RAÍZES

CRIOULO FUGIDO.

RS. 50$000  **DE ALVICARAS**

Anda fugido, desde o dia 18 de Outubro de 1854, o escravo crioulo de nome

FORTUNATO,

de 20 e tantos annos de idade, com falta de dentes na frente, com pouca ou nenhuma barba, baixo, reforçado, e picado de bexigas que teve ha poucos annos, é muito pachola, mal encarado, falla apressado e com a bocca cheia olhando para o chão; costuma ás vezes andar calçado intitulando-se forro, e dizendo chamar-se Fortunato Lopes da Silva. Sabe cozinhar, trabalhar de encadernador, e entende de plantações da roça, donde é natural. Quem o prender, entregar á prisão, e avisar na côrte ao seu senhor Eduardo Laemmert, rua da Quitanda n.º 77, receberá 50$000 de gratificação.

Rio de Janeiro.—Typ. Universal de LAEMMERT, Rua dos Inválidos, 61 B.

Ladinos e crioulos

Ladinos e crioulos
Estudos sobre o negro no Brasil

Edison Carneiro

Apresentação e notas de
Raul Lody

SÃO PAULO 2019

Copyright © 2019, Editora WMF Martins Fontes Ltda.,
São Paulo, para a presente edição.

1ª edição 1964
Civilização Brasileira
2ª edição 2019
revista e supervisionada por
Philon Carneiro

Acompanhamento editorial
Helena Guimarães Bittencourt
Revisões gráficas
Ivani Cazarim
Daniela Lima
Solange Martins
Edição de arte
Katia Harumi Terasaka
Produção gráfica
Geraldo Alves
Paginação
Moacir Katsumi Matsusaki

Dados Internacionais de Catalogação na Publicação (CIP)
(Câmara Brasileira do Livro, SP, Brasil)

Carneiro, Edison, 1912-1972.
 Ladinos e crioulos : estudos sobre o negro no Brasil / Edison Carneiro ; apresentação e notas de Raul Lody. – 2. ed. – São Paulo : Editora WMF Martins Fontes, 2019. – (Raízes)

 ISBN 978-85-7827-468-9

 1. Contos brasileiros 2. Contos folclóricos – Brasil 3. Contos populares – Literatura brasileira I. Lody, Raul. II. Título. III. Série.

19-29314 CDD-869.93

Índices para catálogo sistemático:
1. Contos populares : Literatura brasileira 869.93

Cibele Maria Dias – Bibliotecária – CRB-8/9427

Todos os direitos desta edição reservados à
Editora WMF Martins Fontes Ltda.
Rua Prof. Laerte Ramos de Carvalho, 133 01325-030 São Paulo SP Brasil
Tel. (11) 3293.8150 e-mail: info@wmfmartinsfontes.com.br
http://www.wmfmartinsfontes.com.br

ÍNDICE

Prefácio XI
Apresentação XVII

Os Rastros do Negro

Uma pátria para o negro 9
Os trabalhadores da escravidão 15
O negro em Minas Gerais 20
Singularidades dos quilombos 37
A Costa da Mina 49
Os negros trazidos pelo tráfico 54
A fortaleza de Ajudá 60
"Nego véio quando morre..." 69
Quanto valia um escravo? 73
Lembrança do negro da Bahia 77
O azeite de dendê 88
Aruanda 92
O quilombo da Carlota 93
O Batalhão dos Libertos 100
As Irmandades do Rosário 103
A abolição do tráfico 108
Treze de Maio 112

O Congresso Afro-Brasileiro da Bahia 115
Os estudos brasileiros do negro 120

AS ENCRUZILHADAS DE EXU

Os cultos de origem africana no Brasil 141
Os caboclos de Aruanda 166
Tempo 176
Vodum 179
Oxóssi, o deus da caça 183
Nascimento do arco-íris 185
São Jorge 186
Iemanjá e a mãe-d'água 188
Umbanda 192
O culto nagô na África e na Bahia 198

UMA FRANQUIA DEMOCRÁTICA

Liberdade de culto 209
Xangôs de Maceió 212
Associação Nacional de Cultos Populares 214

APÊNDICES

Livros

Embaixada ao Daomé 219
Candomblé 222
O negro nas letras brasileiras 225

A face dos amigos

Aninha 229

Nina Rodrigues 231
Perdigão Malheiro 241
Uma "falseta" de Arthur Ramos 246

Scripta Manent

Bibliografia do negro brasileiro 253
Bibliografia dos capítulos 262

NOTAS (de Raul Lody) 265

PREFÁCIO

Edison Carneiro,
"brasileiro em toda extensão da palavra"

> "Só agora tentamos uma reviravolta – encarar o negro como um ser vivo, atuante, *brasileiro*, em todos os aspectos do seu comportamento na sociedade. Ou seja, não apenas o legado da África, mas a contribuição que o negro deu no passado e está dando no presente à conformação da nacionalidade, do ponto de vista dos variados processos que o levaram à nacionalização, à aceitação dos valores sociais que identificam o nosso povo".

Para usar uma expressão do próprio autor, é papo de "encruzilhada de Exu" o fato de o prefácio à reedição de *Ladinos e crioulos* ter vindo parar nas minhas mãos. Iniciada nos caminhos da história social da escravidão pelo consagrado historiador Flavio Gomes, conheci Edison Carneiro através das suas aulas. No início dos anos 2000, quando não havia ações afirmativas e o número de pessoas negras na academia era ainda menor, o consagrado professor executava com maestria a missão de apresentar intelectuais negros para estudantes do curso noturno de História da UFRJ. Foi nas suas aulas de História do Brasil que conheci Abdias do Nascimento, Guerreiro Ramos, Manuel Quirino, além, claro, do indispensável Edison Carneiro. Eu, estudante suburbana, encantada com a raiz da palavra universidade – universo –, ficava atônita e ao mesmo tempo encantada com uma descoberta que hoje também revelo semanalmente em minhas aulas. Pessoas "de cor" – para usar expressão corriqueira da primeira metade do século XX – dedicaram-se, no passado, a escrever, pesquisar e trabalhar em prol da educação de nossa ancestralidade. Nas palavras do próprio Edison, "não exagerava Joaquim Nabuco ao dizer que se devia ao negro tudo o que a civilização fizera no Brasil".

A leitura de *Religiões negras*, livro do baiano publicado em 1936, foi marcante em minha trajetória. A pesquisa – seus métodos, baseados em observação participante, entrevistas, leitura de livros, jornais, fotografias e outras fontes – desabrochou-me a veia de pesquisadora. Mas hoje, mirando o futuro sem deixar de olhar para o passado (sankofa), penso que duas foram as coisas que mais me cativaram no seu trabalho: a forma didática, leve e direta, sem deixar de ser contundente, escolhida para narrar o protagonismo negro na história do Brasil; e o fato de ter se construído como um dos primeiros acadêmicos ativistas do país. Esta segunda característica fascinante de seu trajeto fica evidente em obras como *Antologia do negro brasileiro* (1950). Nela o escritor dedicou-se a visibilizar a participação de pessoas negras em todas as áreas de conhecimento e da história nacionais. Exímio construtor de redes intelectuais, Edison contou com a colaboração de Afonso Arinos, Joaquim Nabuco, Jorge Amado e Rui Barbosa para esta empreitada.

Em simultaneidade à sua brilhante carreira acadêmica (formou-se em Direito em 1936), o grande etnólogo era militante filiado ao Partido Comunista Brasileiro. Considerando a brancura como norma para se pensar e definir a esquerda no Brasil, seu percurso no PCB forjou caminhos para que organizações partidárias incorporassem as questões raciais em suas agendas. A contextualização da história de Edison como ativista refere-se a reconhecer um pioneirismo que tornou possível cenas do tempo presente como a ascensão de mulheres como Marielle Franco na política institucional, para ficarmos com um exemplo icônico. #MariellePresente.

Como etnólogo, advogado, militante partidário, Edison Carneiro atuou no Teatro Experimental do Negro. Fundada nos anos 1940 por Abdias do Nascimento e Maria de Lourdes Vale do Nascimento, a organização carioca tinha como objetivo trabalhar, através da arte e da educação, para desenvolver projetos relacionados à "vida, aos problemas e aspirações do negro brasileiro", em acordo com o subtítulo do jornal *Quilombo*, veículo de comunicação do TEN, do qual Edison era colaborador e vira e mexe personagem de suas páginas.

Ladinos e crioulos, o livro que temos em mãos, apresenta como uma das características mais inovadoras a preocupação de Edison de registrar em minúcias as culturas negras no Brasil. Através de seus fios condutores, acessamos informações de difícil alcance devido ao "epistemicídio" – conceito utilizado pela filósofa Sueli Carneiro para evidenciar a morte intelectual do sujeito negro, imposta pela ciência hegemônica no Brasil. Edison descreve de forma detalhada assuntos dolorosos, como as condições de vida em navios negreiros que "trouxeram alguns milhões de negros da Guiné Portuguesa, da Costa da Mina, de Angola, do Congo e de Moçambique, e os distribuíram, durante os três séculos de existência da escravidão"; as precificações da vida de mulheres, homens e crianças em mercados da escravidão como o Cais do Valongo, principal porto de pessoas escravizadas nas Américas; a crueldade do trabalho na mineração; o destino dado aos cadáveres que o sistema produzia diariamente: quando muito o "banguê", onde se insere o enterro em cova rasa ou o predominante: a vala comum, tornada "pasto dos urubus". Mas, visionário, Edison esteve atento ao perigo da história única. Assim, foi cuidadoso ao também nos contar dos projetos negros de "preparar-se para a morte". Por ele ficamos sabendo da construção de "redes funerárias", "primeiro com a Irmandade do Rosário e, em 1724, com um pequeno cemitério provido de capela, de que nasceu a igreja da Lampadosa".

Aqui, a ideia de "refazimento" de Rosana Paulino ajuda a aprofundar nosso olhar para a sensibilidade rara, registrada no pensamento do autor. Na coleção homônima ao conceito, a artista plástica demonstra a impossibilidade de pessoas negras se refazerem por completo diante da violenta experiência da travessia em tumbeiros. Se ela está com a razão, e realmente está! –, Edison foi ótimo em mostrar a capacidade de pessoas negras se reinventarem no cotidiano. Desestabilizando o projeto de desumanização, ele nos conta, em minúcias, como era feito o azeite de dendê. Narra a chegada dos caboclos à macumba no Rio de Janeiro: "fundamento de umbanda tem mironga e dendê". Transcreve as lições de "aproveitamento da terra", com base na policultura e na pequena propriedade, praticadas em quilombos como o da Carlota. Informa que foi através dos pavorosos tumbeiros, saídos da Costa da Mina, em média com 300 até 600 pessoas escravizadas, que chegaram ao Brasil "quiabo e pimenta-malagueta". Segundo ele, artigos "de fácil aclimatação na terra brasiliense" e que serviram "para revigorar as energias do povo que contribuiu para formar".

A já citada rede intelectual de Edison rendeu frutos memoráveis, como o Congresso Afro-Brasileiro da Bahia (1937). Dedicado a discutir as culturas negras para além do folclore, da música e da culinária, sendo essa uma das preocupações que mais ocupavam a mente do autor, o evento foi criticado de forma preconceituosa por Gilberto Freyre: "receio muito que vá ter todos os defeitos das coisas improvisadas... que só estejam preocupados com o lado mais pitoresco e mais artístico do assunto: as *rodas* de capoeira e de samba, os toques de candomblé, etc."

Contrariando tal expectativa, o Congresso, realizado em Salvador, destacou-se como um "dos eventos intelectuais mais importantes", por sua "dupla fisionomia". Um "certame popular", ao mesmo tempo que "científico". De acordo com Edison, seu principal articulista, "homens de ciência e homens do povo se encontraram ombro a ombro, discutindo as mesmas questões que, se interessavam a uns pelo lado teórico, a outros interessavam pelo lado prático, por constituir parte da sua vida". O indiscutível sucesso do Congresso leva-nos a tema, digamos, "sensível".

O fato de ter sido dono de uma trajetória brilhante também faz com que seja importante observar os erros e problemas do trabalho de Edison. Entre eles, talvez o maior seja o silenciamento da produção intelectual de mulheres, quase nunca citadas em seus trabalhos, à exceção da antropóloga Ruth Landes, que aparece algumas vezes devido a *Cidade das mulheres*, livro relacionado ao protagonismo de mulheres e gays nos candomblés baianos. Como historiadora do pós-abolição, seria maravilhoso ter podido saber pela voz do próprio Edison como a presença de mulheres como Mãe Aninha e Maria de Lourdes Vale do Nascimento, suas contemporâneas, foram fundamentais no seu processo de construção como o que foi: um grande intelectual negro. Se "a casa-grande surta quando a senzala aprende a ler", estou certa de que a juventude negra hoje teria outras perguntas para Edison relacionadas à "palmitagem". Mas isso é papo para uma biografia. Aliás, enquanto escrevo o texto, decidindo o que não colocar diante da rica trajetória, penso em justiça e reparação. Biografar Edison Carneiro, autor de um projeto inovador de "pátria para o negro", é tarefa para ontem. Uma missão que se insere em projeto mais amplo que eu, como coordenadora do Grupo Intelectuais Negras UFRJ, também assumi como dever. Visibilizar o trabalho intelectual de pessoas negras na ciência brasileira.

Obrigada, Edison, por ensinar o que deveria ser óbvio. "Lembrar o negro, um dever de justiça!" Através do seu trabalho, aprendemos sobre a relevância de construir projetos nos quais possamos assumir nosso lugar, por direito. "Brasileiro em toda extensão da palavra."

Giovana Xavier

APRESENTAÇÃO

UM AMPLO OLHAR

Em *Ladinos e crioulos*, publicado em 1964, Edison Carneiro reúne textos escritos em diferentes momentos, tendo como eixo as relações África/Brasil, e lhes dá um sentido histórico que é complementado nas experiências baianas, em verdadeiras etnografias vivenciais.

Ladinos e crioulos quer mostrar o mergulho do autor na costa africana e na costa brasileira – as rotas da escravidão, os portos, os povos da Mina – nos desejos de interpretar Aruanda, uma terra construída a partir de Luanda, do porto de Luanda em Angola, como um quase paraíso, marcando o desejo do retorno, de voltar à África.

Os documentos e os textos de pesquisa revelam o compromisso de Edison Carneiro com a Bahia. Ele busca o Brasil, mas reafirma e expõe Salvador, o candomblé, as matrizes africanas permanentes em um amplo olhar sobre a afrodescendência.

Pode-se dizer que a obra de Edison Carneiro forma um hipertexto. Assim, *Ladinos e crioulos* ganha destaque, como também *Candomblés da Bahia*; as duas obras têm profundo diálogo e revelam aspectos comuns de temas históricos e sociais sobre amplas maneiras de manter memórias ancestrais africanas na nova terra, na terra brasileira.

O africano na condição escrava, o filho de africano, o já nativo afrodescendente, o *crioulo*, revela um sentimento de pertencer a um país de adoção e uma vocação de continuar a pertencer a um povo, a uma região, a uma etnia africana.

No Brasil, há uma leitura dominante do africano sobre o caboclo. Assim, essa leitura integra a construção simbólica do caboclo como o "mito nativo" ou como o "dono da terra" e confirma o sentimento pela ancestralidade que as tradições religiosas de matriz africana preservam no candomblé.

Edison Carneiro toca em um tema cuja literatura ainda necessita de maiores e melhores trabalhos. Certamente está na construção mítica do caboclo a busca de ancestralidade, tema fundamental às organizações sociais e religiosas de matriz africana no Brasil.

Sem dúvida, a matriz africana valoriza a ancestralidade declarando os mitos fundadores do outro lado do Atlântico, geralmente chamados eguns, e recria uma ancestralidade próxima, crioula, preservando, assim, os princípios de uma nova gênese com a figura mítica do cabloco.

Outro tema marcante em *Ladinos e crioulos* é o memorial de amigos, informantes da vida sagrada do candomblé e de como essa vida integra outras vidas, outros espaços da sociedade complexa, tão pesquisadas pelo autor.

Edison Carneiro dedica-lhes na obra um capítulo emocional e histórico chamado "A face dos amigos": grandes personagens da vida da Bahia que notoriamente marcaram seus papéis sociais na construção cultural dos anos 1930, durante o Estado Novo, como legítimos representantes da vida religiosa, do candomblé, em momento em que os patrimônios de matriz africana eram perseguidos mas preservados e transmitidos na sabedoria do axé, nos terreiros, integrando religião e civilização, transmitindo os orixás nos arquétipos dos personagens do momento, atualizando os legados iorubás à contemporaneidade.

O próprio II Congresso Afro-Brasileiro na cidade do Salvador (1937) marcou um encontro entre os amigos detentores dos fundamentos do povo de candomblé, em suas diferentes Nações. Contudo mais próxima por frequência e afeto é a Nação Queto, onde se inscreve a Casa Branca, tão nobre e antigo candomblé, também conhecido como Engenho Velho, onde Edison Carneiro foi apontado, escolhido ogã de Oxalá. Destacam-se também os laços de amizade com Aninha, famosa ialorixá, fundadora do Ilê Axé Opô Afonjá, juntamente com Martiniano do Bonfim.

O Ilê Axé Opô Afonjá é uma comunidade religiosa reconhecida como mantenedora das ancestrais tradições do orixá Xangô, onde, por iniciativa de Aninha, é constituída a sociedade dos obás, ministros de Xangô. Estes originalmente eram em número de doze, como acontece em Oió (Nigéria), e na Bahia se ampliaram para os obás e seus otun e ossi, ou seja, obás da mão direita e obás da mão esquerda, perfazendo um elenco de 36 membros. É a participação da sociedade civil no candomblé, fortalecendo relações, ampliando o sagrado no cotidiano da cidade.

Edison Carneiro traz também os estudos pioneiros de Nina Rodrigues, mais tarde seguidos e revistos por Arthur Ramos. Novamente os temas religiosos são dominantes, na busca permanente pelo sagrado enquanto maneira privilegiada de tratar as memórias e as ações de civilização de povos de matriz africana no Brasil.

Nesse contexto, a Bahia também ganha destaque, como um lugar preferencial, um território notável onde tantos acervos e patrimônios foram preservados, transmitidos e reinventados, para confirmar um olhar da ialorixá Aninha, chamando a cidade do Salvador de Roma Negra.

O sentimento da referência e da autorização pelo conhecimento tradicional se dá até hoje na cidade do Salvador, ampliando-se para outras cidades do Recôncavo, como Cachoeira, Muritiba, São Félix. São valores de atestação de Áfricas mantidas em cada comunidade/terreiro ou em associações e irmandades, como a de Nossa Senhora da Boa Morte, exclusivamente feminina, que melhor traduz um possível matriarcado no candomblé.

Tudo isso é de interesse e perpassa o livro *Ladinos e crioulos*, verdadeiramente um texto memorial, de relatos pessoais, de observações somente possíveis no exercício cotidiano da baianidade. À época do autor, os estudos sobre a África no Brasil começaram a propor leituras mais sociais, políticas, consoantes aos muitos movimentos afrodescendentes que buscaram seus lugares na vida nacional brasileira.

Certamente os compromissos de mudança, de conquista dos direitos foram orientação e caminho que Edison Carneiro experimentou, e ele teve em sua obra um lugar privilegiado para depor, para criticar, para analisar e principalmente para divulgar temas ainda novos na literatura; temas que começavam a aparecer em livros, diga-se uma literatura ainda emergente, motivada por pesquisadores estrangeiros como Donald Pierson, Roger Bastide, Ruth Landes, Pierre Verger, entre outros, ora pela arte, ora pela religião, ora pela diáspora de povos africanos nas Américas e no Caribe, onde nesse contexto Edison Carneiro reafirmou seu compromisso com a causa afrodescendente.

Raul Lody

Ladinos e crioulos

Durante a escravidão, chamava-se *novo* ou *boçal* o negro recém-chegado da África, aturdido com o tipo de sociedade que encontrava aqui, incapaz de exprimir-se senão na sua língua natal e ainda distinguível pelas marcas tribais que trazia no rosto.

Desse estágio inicial o negro africano passava a *ladino*, após acostumar-se ao português, ao trabalho nas fazendas ou nas minas, ao serviço doméstico, à disciplina da escravidão e às artimanhas dos seus pares, com quem convivia, para evitar punições e desmandos e garantir-se proteção ou segurança.

Era *crioulo* o negro nascido no Brasil.

E. C.

Não havendo uma convenção pertinente entre os etnólogos brasileiros, o autor se responsabiliza pela grafia dos termos* africanos adotada neste livro.

---

* Nesta edição foram feitas as atualizações de acordo com a nova ortografia, inclusive dos termos africanos que hoje se encontram dicionarizados. [N. do E.]

Os Rastros do Negro

UMA PÁTRIA PARA O NEGRO*

Ao raiar a República, muitos dos elementos culturais trazidos pelos escravos africanos estavam definitivamente perdidos; de outros, era difícil encontrar a pista, de tal maneira se haviam incorporado à vida nacional; e, finalmente, outros, ainda atuantes, não caracterizavam esta ou aquela tribo, mas em geral o negro brasileiro. A escravidão vencera a resistência esporádica do negro – os quilombos e as insurreições – e nivelara os povos alcançados pelo tráfico.

Nunca houve, no Brasil, uma população negra homogênea. Os navios negreiros trouxeram alguns milhões de negros da Guiné Portuguesa, da Costa da Mina, de Angola, do Congo e de Moçambique, e os distribuíram, durante os três séculos de existência da escravidão, um pouco por toda parte. Em geral, pode-se dizer – sem muito rigor – que o negro de Angola, mais abundante, foi empregado na agricultura, enquanto o negro da Costa da Mina, zona em torno do golfo da Guiné onde os negreiros escambavam ouro, se encaminhava para as catas de ouro e diamantes de Minas Gerais. Com a mineração, os negros de Angola, que faziam a lavoura da cana-de-açúcar e do tabaco no litoral, foram vendidos para as minas; mas também, quando as minas se revelaram pouco rendosas, devido à insaciável cupidez da Coroa portuguesa, tanto os negros da

---

* Os asteriscos fazem remissão às notas de Raul Lody, que se encontram no final do livro.

Costa da Mina como os de Angola foram reabsorvidos pelo algodão e pelo café, nas províncias do sul. O comércio com a Costa da Mina, estimulado pela mineração, não cessou com ela, mas passou a concentrar escravos na Bahia, em Pernambuco e no Maranhão. Toda vez que o interesse econômico mudava de objeto – da cana-de-açúcar para as minas, das minas para o algodão e o café – o negro escravo também se transferia, criando-se, deste modo, nova modalidade de tráfico, o interno, de que o entreposto principal foi o Rio de Janeiro. Um vasto intercâmbio sexual, linguístico e cultural teve certamente lugar entre esses negros, representantes de tribos diferentes, aliás forçados, em conjunto, a aceitar os padrões culturais da sociedade oficial.

Muitas tribos desapareceram sem deixar traço, rebolos, gurunxes, caçanjes, tapas, muxicongos, enquanto outras nos legaram apenas os gentílicos, já com acepções novas, mandinga, fula, moçambique, banguela. Os nagôs e os jejes, povos vizinhos na África, impuseram a toda a massa escrava a sua religião, que atualmente constitui o cerne dos cultos populares brasileiros, candomblés, macumbas, xangôs, batuques, e os angolenses em geral – e não uma tribo qualquer de Angola – nos brindaram com a capoeira, a pernada e o samba de roda, jogos os dois primeiros, o último uma dança aberta a quem dela queira participar. Os negros hauçás, muçulmanos, que só por pouco tempo foram trazidos para o Brasil, introduziram um tipo de culto especial, de orientação maometana (*malê*), já desaparecido, e deixaram na Bahia uma maneira de preparar arroz, *arroz d'hauçá*, antes de atrair impiedosa reação policial com as insurreições que naquela cidade provocaram. Aos negros da Costa da Mina, em geral – depois que os traficantes aclimaram ao Brasil o dendê e o quiabo –, devem-se as iguarias chamadas *baianas*, caruru, vatapá, efó, acarajé, abará, o arroz de cuxá do Maranhão e o traje típico da baiana. Coube aos negros procedentes de Angola contribuir com o maior número de nomes de lugares. No que se refere à totalidade dos escravos, porém, a escravidão preparou, irrecorrivelmente, a sua nacionalização.

Isto não foi um desejo nem uma atitude consciente, mas uma imposição histórica. O negro era a maioria da população – e o branco considerava o trabalho manual aviltante. Assim, ao lado da exploração agrícola, o senhor teve de criar, entre a escravaria, um corpo de artífices para a satisfação das suas necessidades: pedreiros, carpinteiros, ferreiros, oleiros, seleiros, colchoeiros, sapateiros, mecânicos... Em estágio posterior, foi-lhe preciso retirar do trabalho do campo negras costureiras, doceiras e cozinheiras. E, quando o comércio exterior se desinteressava dos seus produtos, e em consequência era grande o número de escravos ociosos, trazia boa parte deles para compor a sua criadagem nas cidades. A estes teve de ensinar a ler, de treinar em prendas domésticas e em boas maneiras, de preparar para missões de confiança. Com a sua multiplicação, teve de alugá-los a estrangeiros e a burgueses sem escravos e, mais tarde, se viu na contingência de lhes permitir ganhar a vida por si mesmos, com a condição de lhe pagar uma pequena diária. Para policiar o distrito, e reforçar a milícia de brancos, desde cedo teve de organizar regimentos de ordenanças com escravos escolhidos – e assim deu a negros e pardos a oportunidade de se distinguirem na campanha contra os holandeses (Henrique Dias), na Independência na Bahia e na guerra do Paraguai. O negro acompanhou o branco em todas as suas aventuras, até mesmo nas bandeiras; era pescador, estafeta, barbeiro, alfaiate, carregador, tropeiro, e sobre os seus ombros se fazia toda a movimentação pública nas cidades. Não exagerava Joaquim Nabuco ao dizer que se devia ao negro tudo o que a civilização fizera no Brasil.

A brutalidade inicial da escravidão logo cedeu lugar a uma atitude mais humana. Como, nos primeiros anos, o negro era barato e o tráfico, sem restrições, o trazia em abundância, os senhores não se preocupavam com a sorte dos moleques, permitiam que os feitores esbordoassem mulheres grávidas e puniam com extrema severidade qualquer falta dos seus escravos. Ora, o senhor se desmandava, como um sultão, com as suas negras. Os filhos do casal eram amamentados pelas escravas lactantes, muitas vezes em companhia de filhos espúrios do senhor, de quem se tornavam companheiros de infância. Os negros artífices, os feitores, os capangas, os pajens e as amas de leite, as negras cozinheiras, parteiras, doceiras, costureiras, mucamas e em geral as pessoas da amizade pessoal dos senhores ou dos seus descendentes puderam conquistar uma situação especial para si e para os seus parentes. Os castigos e as vexações não cessaram, mas a sua incidência maior, que sempre se verificou no campo, esteve limitada àqueles momentos em que, em virtude do grande interesse do mercado mundial pelo açúcar e pelo café, o trabalho assíduo do negro era, não somente necessário, mas indispensável. Entretanto, a vida em comum de negros e brancos na verdade criou relações afetivas de caráter duradouro.

A intimidade dessas relações, que se foram acentuando com o correr do tempo – e mais especialmente onde a produção agrícola era menos afetada pelas injunções do mercado externo, Pernambuco, Bahia, Rio de Janeiro –, deu ao negro a possibilidade de colorir toda a vida material e espiritual do brasileiro. Os contos africanos do Kibungo espalharam-se pelo interior; os cultos africanos, a princípio múltiplos e variados, de acordo com a herança cultural das diversas tribos, uniformizaram-se num tipo que teve o seu ponto de irradiação na Bahia, mas que, sob as mais diferentes designações, se encontra em todo o país e ganhou para si a adesão de mulatos, brancos e caboclos; a capoeira e a pernada, simples jogos na África, adaptaram-se às condições do novo ambiente, a fim de garantir a liberdade a negros e mulatos forros e libertos, quer a tivessem em documento válido, quer a tivessem tomado por sua própria conta e risco; o samba de roda, o batuque de Angola, invadiu os terreiros em volta da casa da fazenda, no interior, e mais tarde tomou o caminho das cidades, a Bahia e o Recife em primeiro lugar, São Paulo e o Rio de Janeiro já neste século – e nesta contribuiu para a formação da escola de samba; os cortejos do rei do Congo, criados pelos senhores para divertir e confundir a escravaria, transformaram-se no afoxé da Bahia e no maracatu do Recife ou formaram elementos constituintes das congadas; os modos de fazer, característicos da África, modificaram a dieta na Bahia, no Recife e em São Luís do Maranhão, com a introdução das comidas consideradas *baianas* ou *africanas*; os ritmos da África deram vivacidade e vigor à música urbana... O negro tomou para si a rua. E, como era, em muitas cidades, a maioria da população – e até meados do século passado quase toda a população ativa na Bahia, no Recife e no Rio de Janeiro –, coube-lhe participar, caracteristicamente, de todas as atividades urbanas, procissões, enterros, festejos populares, comemorações religiosas, batizados e casamentos, e até de eleições, na qualidade de capangas dos poderosos, imprimindo decisivamente a sua marca na vida nacional. Assim nasceu o frevo, resultado remoto da capoeira, contratada para a defesa de blocos carnavalescos populares no Recife; assim o bumba meu boi, com antecedentes conhecidos e vivos na Europa, constitui hoje um folguedo a bem dizer negro no Nordeste – ou inclui, entre os seus personagens essenciais, tipos de negros, como na Amazônia; assim a dança de bastões da Europa encontrou executantes entre os negros – os cucumbis do passado, os moçambiques do presente. O negro sentia-se tão brasileiro que chegou a aderir à voga em que esteve o indígena durante a revolução da Independência – uma posição que lhe fazia injustiça – e o incorporou aos seus cultos ou o celebrou em folguedos populares, cabocolinhos e caiapós.

Todo este panorama, que agora vamos penosamente reconstruindo, já se desdobrava ante o possível observador, na aurora de 1889. A assimilação do negro, que já indicava, ainda não se completou, pois os cultos de inspiração africana continuam a atrair adeptos e novas recombinações de elementos culturais, de que o exemplo mais curioso é o maculelê da Bahia, estão em pleno desenvolvimento. Embora o negro represente (Censo de 1950) pouco mais de um terço da população brasileira, se incluirmos no total os seus descendentes, os mulatos, a sua bagagem cultural, que veio prodigalizando durante estes quatro séculos, ainda não se esgotou – e não podemos prever com que novos sortilégios nos surpreenderá no futuro.

(1957)

OS TRABALHADORES DA ESCRAVIDÃO

Esquematicamente, podemos dizer que a escravidão no Brasil deu três tipos de trabalhadores – o negro de campo, o negro de ofício e o negro doméstico, este último produzindo, secundariamente, nas cidades, o negro de aluguel e o negro de ganho.

Não há rigor de seriação cronológica no aparecimento desses tipos e subtipos de trabalhadores. Muitos deles, dependendo de época e lugar, coexistiram, de maneira que não podemos considerá-los como camadas ou graus sucessivos. Entretanto, à medida que o negro se destacou da massa – da massa anônima que era o negro de campo – cresceram as suas possibilidades de ascensão social.

O negro de campo – o braço agrícola – foi utilizado, a princípio, na cana-de-açúcar, na verdade em toda a faixa litorânea, mas especialmente no Nordeste. Extremamente reduzido em número com a demanda de trabalhadores para as minas, vemo-lo retomar a sua antiga importância, perdidas as ilusões do ouro e dos diamantes, nas fazendas de café e de algodão fluminenses, mineiras e paulistas.

Deste grupo se destacou, desde cedo, o negro de ofício, especializado no trabalho dessa primeira oficina nacional que foi a moenda dos engenhos de açúcar. As observações de Antonil e de Vilhena, em épocas diferentes, nos engenhos do Recôncavo baiano, revelam que na moenda, na casa da caldeira, na casa de purgar e na caixaria do engenho labutava um pequeno número de escravos selecionados, os primeiros especialistas entre a escravaria. O mestre de açúcar, ao tempo de Vilhena (1802), já era "de ordinário" forro e ajustado por certa quantia, quer por toda a safra, quer por pão de açúcar fabricado. Em 1837, F. L. C. Burlamaqui observava que o escravo, em geral, custava 400$; entretanto, se, no momento da compra, já era oficial, o seu preço oscilava entre 600$, 800$ e um conto de réis. O jornal médio do negro de ofício, na ocasião, era de 640 réis – o dobro dos demais. Por volta de 1847, o barão de Pati do Alferes dava este conselho aos seus pares: "Tende o cuidado, logo em princípio, de pôr alguns escravos moços a aprender os ofícios de carpinteiro, ferreiro e pedreiro; em pouco tempo estarão oficiais, e tereis de casa operários..." O negro carreado para as minas lá chegava, não como negro de campo, mas como negro de ofício – especialmente os da Costa da Mina, que se supunha portadores de uma tradição de trabalho com o ouro. Tanto para servir diretamente à produção como em profissões ancilares, os negros que se distinguiam pelas suas habilidades manuais e pela sua inteligência passaram a constituir um escalão superior da massa escrava*.

O negro doméstico – o último dos grandes tipos a surgir na sociedade escravocrata – compôs a famulagem do senhor. O seu aparecimento corresponde a certa diminuição do interesse econômico da exploração agrícola, que se reflete na vida menos árdua e trabalhosa do senhor – ou dos seus filhos e netos. As mulheres mais bonitas e agradáveis e os homens mais sociáveis, e em geral os velhos e os parcialmente inválidos, e em estágio posterior os filhos destes, foram a massa principal do negro doméstico. Parece significativo que esse tipo surja, em sua maior força, tanto no Nordeste açucareiro como na região das minas a partir de fins do século XVIII, quando a desocupação crescente da escravaria justifica uma divisão do trabalho que beneficia diretamente os mais chegados ao senhor, e não se produza, absolutamente, em São Paulo, onde o braço negro tinha aplicação útil na lavoura. O negro doméstico proliferou principalmente nas cidades – e nelas serviu como sinal de riqueza e de poder do senhor. Nas suas *Cartas* Vilhena observa que as mucamas serviam à ostentação das senhoras, que nas festas "aparecera com suas mulatas e pretas vestidas com ricas saias de cetim, becas de lemiste finíssimo e camisas de cambraia, ou cassa, bordadas de forma tal que vale o lavor três ou quatro vezes mais que a peça e tanto é o ouro que cada uma leva em fivelas, cordões, pulseiras, colares ou braceletes e bentinhos que sem hipérbole basta para comprar duas ou três negras ou mulatas, como a que o leva...".

Do negro doméstico e em pequena proporção dos negros de ofício, quando estes transbordaram das fronteiras do domínio senhorial, desenvolveram-se dois subtipos de trabalhadores – o negro de aluguel e o negro de ganho. O senhor, que a princípio podia alimentar, sem dificuldade, todos os seus familiares, começa a prepará-los, deliberadamente, para ganhar a vida – explorando diretamente o seu trabalho (*negro de aluguel*) ou dando-lhe liberdade de ação, em troca de certa quantia semanalmente paga pelo escravo (*negro de ganho*). John Luccock, que esteve no Brasil durante o reinado de João VI, chegou a falar em "uma nova classe social", de pessoas que adquiriam escravos para, depois de lhes ensinar artes ou ofícios úteis, alugá-los ou vendê-los a bom preço: "Sempre que muitos são da propriedade de um só senhor, aqui [São Paulo] como no Rio, costuma-se ensinar a algum deles o ofício de carpinteiro, a outro o de remendão, e os restantes habilitados a diversas ocupações úteis; costumam também alugá-los a quem deles possa necessitar, ressarcindo assim vantajosamente os gastos que tiveram em instruí-los".

O negro de aluguel, já conhecido desde o regime da Extração Real nas minas, foi mais numeroso, aparentemente, no Rio de Janeiro. Em 1853, o *Jornal do Commercio* publicava anúncios como estes: "Ama de leite, a melhor que se pode desejar, parida há 15 dias..." "Aluga-se uma perfeita ama de leite, muito sadia e carinhosa, é a primeira vez que se aluga, dá-se por 12$ levando o filho, ou 22$ sem ele..." "Aluga-se por 13$ um preto de raça, e um moleque por

12$ para serviço de uma casa..." "Aluga-se um bom preto cozinheiro por 20$ mensais..." Os anúncios de venda (1850-53) revelam melhor o cuidado com que se preparavam escravos para dar lucro ao senhor. Vendiam-se "um pardo de elegante figura, insigne alfaiate, corta e faz uma casaca, paletós e toda obra miúda, monta bem a cavalo, é bom copeiro e pajem"; "uma linda parda muito prendada, perfeitíssima costureira de cortar e fazer camisas de homem e vestidos de senhora de qualquer moda que se lhe apresente, borda, marca e faz crivo com toda perfeição, enfeita chapéus para senhora como qualquer francesa, engoma o melhor possível, é boa doceira, penteia e veste uma senhora com toda delicadeza, enfim é uma mucama prendada no último ponto, por ter aprendido em um colégio"; "uma preta..., perfeita cozinheira de forno e fogão, massas, doces, engoma bem e lava, é de muito boa conduta"; "um preto lustrador e empalhador"... O senhor livrava-se, deste modo, do peso morto que era o escravo ocioso nas cidades.

O negro de ganho foi um desdobramento do negro de aluguel, no Rio de Janeiro, ou um produto independente, na Bahia e no Recife. Eram carregadores, moços de recados, condutores de cadeiras de arruar, pau para toda obra. Debret acrescenta a estas profissões a de barbeiro ambulante e Rugendas as de marceneiro, seleiro e alfaiate. Na Corte, traziam cestas e longas varas, na Bahia e no Recife balaios e rodilhas. O inglês Luccock (1808) e o francês Forth Rouen (1840) viram tantos negros de ganho nas ruas do Rio de Janeiro e da Bahia que ambos tiveram a mesma ideia – a de que um estrangeiro distraído poderia supor-se extraviado num ponto qualquer da África. J. F. da Silva Lima, rememorando a Cidade do Salvador em 1840, escreveu que eram esses negros que moviam tudo, "caixas, fardos, pipas, barricas, móveis, materiais de construção", transportando os volumes grandes e pesados a pau e corda, ao som de ruidosa e monótona cantoria de que há o seguinte exemplo notado pelo cronista Silva Campos:

Ê, cuê...
Ganhadô
Ganha dinhero
pra seu sinhô

Silva Lima recordava: "Os [escravos] que não tinham ocupação no serviço doméstico eram *ganhadores*, isto é, pagavam por dia uma pataca, ou mais, conforme as suas aptidões. Não trazendo à noite a pataca, ou seis patacas no sábado, havia em casa uma sessão de palmatoadas com um final de chicote..." Como negro de ganho, o escravo estabelecia-se por conta própria e – fora a *diária* de 320 réis que pagava ao senhor – vivia sobre si, às vezes sem fazer as refeições ou dormir na casa do amo. Assim, muitos deles puderam juntar, em pouco tempo, o dinheiro necessário para comprar a sua alforria.

A escravidão proporcionou, a cada qual desses tipos de trabalhadores, oportunidades diversas de ascensão social, ao tempo em que preparava a massa inicial de que – como o demonstram os dados do Recenseamento de 1872 – se forjaria, no futuro, o proletariado nacional.

(1957)

O NEGRO EM MINAS GERAIS

Em Minas Gerais se reuniu, em período relativamente curto, a maior concentração de escravos verificada no país. Cerca de meio milhão de negros foi empregado na mineração do ouro e dos diamantes nos setenta anos em que essa exploração foi considerada economicamente rendosa. Tão formidável afluxo de braços precipitou o processo social por meio do qual o negro passou de escravo a cidadão, antecipando-se, de certo modo, ao que devia acontecer, posteriormente, em todo o Brasil.

O desenvolvimento histórico da sociedade brasileira propiciou ao negro condições extremamente favoráveis à sua ascensão social. Sabemos que o interesse econômico nacional, dirigido no começo para a extração do pau-brasil, se transferiu, sucessivamente, para o açúcar, para as minas, para as lavouras do algodão e do café. E, com a transferência de interesse, transferia-se também o negro, que era a maioria da população. A demanda de braços, as dificuldades do tráfico e, em consequência, o encarecimento da mercadoria humana foram, durante toda a escravidão, fatores de valorização do negro. A esta valorização, que não dependia de si, o escravo acrescentou a importância cada vez maior do seu trabalho, em quantidade e em qualidade. E, sempre que a decadência se pronunciou na exploração econômica principal, no açúcar, nas minas, nas lavouras do sul, o escravo teve mais lazer e o senhor se viu obrigado a retirá-lo do campo, seja para os serviços domésticos, seja para transformá-lo em negro de aluguel ou em negro de ganho, até alforriá-lo de vez. Em suma, o rendimento menor da exploração econômica trouxe o negro do campo para a cidade e, de cada vez, urbanizou maior número de escravos.

Estas condições favoráveis como que se conluiaram, em Minas Gerais, com a descoberta do ouro e, posteriormente, dos diamantes. Bem entendido, a escravidão foi uma brutalidade – e em parte alguma merece tanto esse nome quanto em Minas. Antes da mineração, o negro era o escravo de campo. A cana-de-açúcar, explorada em quase todo o litoral, e especialmente no Nordeste, deu a uma pequena fração da escravaria – os negros de ofício, necessários à fabricação do açúcar e aos serviços auxiliares dos engenhos – certo grau limitado de especialização. As culturas do café e do algodão, posteriores à mineração, utilizaram novamente o escravo como braço da lavoura. O escravo das cidades, parcialmente saído das fileiras dos negros de ofício e dos escravos domésticos, teve oportunidades desiguais de ascensão, dependendo de época e lugar. Nas minas, porém, o negro pode beneficiar-se de medidas e circunstâncias que, contradizendo-se, lhe proporcionaram, mesmo durante o esplendor da exploração do ouro e dos diamantes, a ocasião de valorizar-se na sociedade.

Não podemos contar, no rol destas condições favoráveis, com a benevolência do senhor, pois, a não ser em casos esporádicos e excepcionais, as boas disposições do senhor para com o escravo são reflexo, e não causa, de tais condições.

Em primeiro lugar, o trabalho das minas foi um trabalho de negros. Não somente o trabalho braçal, mas o trabalho técnico. A experiência da mineração foi uma iniciativa, uma conquista do negro, tanto nos começos da exploração, quando trabalhava sozinho nas catas, como no período subsequente, quando a ganância do senhor os fez vigiar pelos seus capangas, os feitores. Os brancos, sumidos na mais completa ignorância, nem mesmo reconheceram, nas pedras com que marcavam os seus jogos familiares, os diamantes que mais tarde os iriam enriquecer. O barão de Eschwege escreveu (1833): "Durante longos anos, a experiência e a habilidade do negro foram o único guia, sendo rejeitado tudo que não concordava com isto". Em segundo lugar, a demanda de braços para as minas valorizou o escravo e contribuiu para abrandar, em certa medida, o rigor da escravidão, já que a mineração requeria negros fortes e robustos, em pleno vigor físico, aptos para a dura tarefa que deviam enfrentar. Houve, a princípio, um tráfico secundário de escravos, tráfico interno, das zonas açucareiras do litoral para as minas – um fenômeno que devia repetir-se mais tarde, para suprir de braços as fazendas de algodão e de café. Em seguida, intensificou-se o comércio de escravos com Angola. As minas, insaciáveis, absorviam toda a mole humana carreada pelo tráfico. Mais tarde, estabilizada a exploração do ouro e dos diamantes, o novo tipo de trabalho exigiu negros portadores de padrões culturais menos primitivos, negros mais capazes, mais resistentes, mais preparados para aceitar a nova sociedade – e os tumbeiros passaram a frequentar a Costa da Mina. O preço do escravo aumentou e a sua obtenção, dada a concorrência dos mineiros, se tornou mais difícil. E isto afrouxou, para o grande número, e especialmente fora das minas, a férrea disciplina da escravidão: Em terceiro lugar, o esplendor da mineração deu a maior número de negros a oportunidade de libertar-se pelas suas próprias forças, como a libertação e a alforria de negros, quando a curva da exploração começou a baixar, se fizeram em proporções não atingidas em outros pontos do país. O negro fez o seu caminho para a liberdade contrabandeando ouro e diamantes – ou o senhor, sem recursos para mantê-lo, achou mais econômico dar-lhe a liberdade de ganhar a sua vida.

O trabalho das minas formou especialistas, transformou o escravo, por definição a mão de obra desqualificada, em minerador e, em proporção menor, em comerciante. Sabemos que, na medida em que se tornou um especialista, o negro pôde encontrar o caminho para tornar-se um elemento ponderável da população e contribuir para variegar a paisagem social. Em parte alguma do Brasil esta transformação atingiu tão grande número de escravos, em lapso de tempo tão curto, quanto em Minas Gerais*.

*

A descoberta das minas impôs um profundo reajustamento à sociedade colonial.

O tráfico de escravos se ampliou, encontrou a nova zona da Costa da Mina – e essa ampliação do tráfico significou maior número de navios, mais produtos brasileiros a levar ao exterior, maior intercâmbio de produtos com a África. O dendê, tanto o óleo como a palmácea, chegou ao Brasil com este alargamento dos horizontes do tráfico.

A carestia de gêneros nas minas foi, nos primeiros anos, uma calamidade. São conhecidos os preços correntes em 1703, de acordo com o rol publicado por Antonil: um alqueire de farinha de mandioca, 40 oitavas de ouro; uma mão de milho, 30; uma galinha, 3 a 4; uma libra de manteiga, 2... Sabendo-se que a oitava de ouro, na ocasião, valia 1$500, a farinha sairia a 60$, o milho a 45$, a galinha a 4$5 ou 6$, a libra de manteiga a 3$. Para termo de comparação, digamos que, nos anos 80 do século XVII, uma rês valia 15 a 16 tostões no sertão do Nordeste e que, em 1823, durante a guerra da Independência na Bahia, os nacionais compravam o alqueire de farinha a $800. Tudo vinha de fora, e não apenas os alimentos. Escreveu Antonil (1711): "... tanto que se viu a abundância do ouro, que se tirava, e a largueza, com que se pagava tudo o que lá ia; logo se fizeram estalagens, e logo começaram os mercadores a mandar às minas o melhor que chega nos navios do Reino, e de outras partes, assim de mantimentos, como de regalo, e de pomposo para se vestirem, além de mil bugiarias de França, que lá também foram dar. E, a este respeito, de todas as partes do Brasil se começou a enviar tudo o que dá a terra, com lucro não somente grande mas excessivo. E não havendo nas minas outra moeda mais que ouro em pó; o menos que se podia, e dava por qualquer coisa, eram oitavas. Daqui se seguiu mandarem-se às Minas Gerais as boiadas de Paranaguá, e às do Rio das Velhas, as boiadas dos campos da Bahia, e tudo mais que os moradores imaginavam poderia apetecer-se, de qualquer gênero de coisas naturais, e industriais, adventícias, e próprias". De tão ativo comércio participaram, secundariamente, os negros, a serviço dos seus senhores – as negras como cozinheiras e doceiras públicas, gerindo casas de pasto, os negros como taverneiros – uns e outros com certa liberdade de movimentos. O comércio nacional, atraído pelo pagamento em ouro, a bom preço, estendia as suas forças, expandia-se, buscava novas fontes de abastecimento para suprir a zona de riqueza que de repente se abrira no interior, acompanhando e assegurando a aventura da mineração.

Multiplicaram-se os caminhos para alcançar as minas. Entre São Paulo e o ouro e os diamantes, seguindo a trilha das bandeiras, medeavam dois meses de jornada. Do Rio de Janeiro, utilizando o caminho "velho", via Parati, podia-se alcançar as minas em menos de trinta dias ou, pelo caminho "novo", seguindo o vale do Paraibuna, "em dez até doze dias, indo escoteiro". Da Bahia, o caminho bifurcava-se, podendo-se cobrir a distância pelo São Francisco, 237 léguas de percurso, ou pelo rio Verde, 186 léguas.

Minas Gerais, antes subordinada a São Paulo, passou a constituir uma capitania (1722). A população nacional, mais densa no norte antes dos descobertos, concentrou-se, preponderantemente, no sul. A riqueza das minas deslocou o centro administrativo da colônia, da Bahia para o Rio de Janeiro, e elevou o país a vice-reino.

*

Os paulistas foram os primeiros a valorizar o escravo negro, em conexão com a mineração do ouro.

Descobertas as minas, nos últimos vinte anos do século XVII, os bandeirantes, que as haviam localizado, logo começaram a utilizar os escravos na sua exploração. Iam eles buscá-los no Rio de Janeiro, onde os compravam a bom preço. Estas visitas dos paulistas desorganizavam as lavouras da cana-de-açúcar e do tabaco. A fim de silenciar os protestos, os paulistas se propuseram mandar um navio, duas vezes por ano, a Angola, a fazer escravos. A sugestão foi, entretanto, rejeitada – os paulistas que trabalhassem com os índios que domesticavam! – mas o governo real fixou em 200, anualmente, pelos preços correntes na praça, os escravos que os paulistas podiam adquirir para as minas. O ouro não se contentava com tão pouco – e o governador Artur de Sá e Menezes (1700), incapaz de controlar as saídas clandestinas de escravos, se viu na contingência de proibir completamente esse comércio. Mais tarde, o governo real, respondendo a uma representação da Câmara do Rio de Janeiro, concordou com a transferência, cobrando-se o imposto de 4$500 por escravo levado para as minas.

Em todas as capitanias do litoral a situação era idêntica. O ouro atraía tudo, como bem o entendeu Antonil: "E estes preços tão altos, e tão correntes nas minas, foram causa de subirem tanto os preços de todas as coisas, como se experimenta nos portos das cidades e vilas do Brasil, e ficarem desfornecidos muitos engenhos de açúcar das peças necessárias; e de padecerem os moradores grande carestia de mantimentos, por se levarem quase todos aonde vendidos hão de dar maior lucro".

Assim, nos começos da exploração, já o negro se encontrava, em grande número, nas lavras. O rol de Antonil mostra quanto o escravo se valorizara. Por um negro "bem-feito, valente e ladino" pagavam-se 300 oitavas de ouro; por um molecão, 250; por um moleque, 120; por um crioulo, "bom oficial", 500; por um mulato "de partes, ou oficial", 500; por uma mulata "de partes", 600 "ou mais"; por uma negra "ladina cozinheira", 350... O excesso de braços nos engenhos, empobrecidos pela queda vertiginosa dos preços do açúcar no mercado internacional, encontrava aplicação rendosa, e inesperada, nas Minas Gerais.

Com a descoberta dos diamantes, "em pouco tempo se acharam mais de 18 000 negros" nas catas, como o declara um documento da época.

*

Ao mesmo tempo que os paulistas, a Fazenda Real trabalhava pela valorização do escravo.

Em 1697, o negro era vendido pela Fazenda Real a 160$; em 1718, em pleno esplendor da mineração, já o preço do escravo subira para 300$, embora o seu custo fosse reconhecidamente de 94$.

O negro, retirado dos engenhos e despachado para as minas, pagava um tributo de 4$500. Os escravos que, da Bahia, seguiam por terra para as minas pagavam imposto de 9$; se faziam a viagem por mar, via Rio de Janeiro, 4$500, completando o imposto com os 4$500 cobrados de transferência para as minas.

O senhor pagava a princípio 5$ por escravo empenhado na mineração e sujeitava-se à multa de 20$ por escravo encontrado clandestinamente nas catas, mas essas taxas foram aumentadas, dois anos depois de instituídas, para 20$ e 300$, respectivamente. Sob o regime dos contratos de extração, o negro pagava de capitação anual 230$.

Todas estas medidas, que visavam apenas a enriquecer o erário real, inspiraram maior consideração pelo negro. Quando, afinal, a avareza da Coroa transformou a mineração em instrumento da mais vil das opressões, as medidas tomadas contra o negro na verdade redundaram na sua maior valorização. Em 1732, quando se despejaram negros e mulatos do Distrito Diamantino, como parte da decisão real de criar a Intendência dos Diamantes, "as escravas comerciantes" foram apenas objeto de proibições e multas. Em 1743, um bando proibiu "às negras ou mulatas forras ou cativas andarem com tabuleiros pelas ruas ou lavras", sob pena de 200 açoites e 15 dias de prisão, forçando-as a estabilizar o seu comércio, pois só podiam vender "gêneros comestíveis" nos arraiais e em lugares determinados – como a rua da Quitanda, no Tijuco. Em 1771, o Regimento da Real Extração mandava admitir no trabalho apenas os escravos "capazes de todos os serviços, isto é, nem velhos nem rapazes", sobre os quais não recaísse a suspeita de "extraviadores de diamantes". Durante todo o período da mineração oficial dos diamantes, só podiam habitar a demarcação pessoas que tivessem cargo ou ofício – e o negro, se não era comerciante ou taverneiro, era o minerador.

*

O comércio com a África que se fazia então com Angola, tomou outra direção – para o golfo da Guiné. Mais exatamente, para a Costa da Mina, dominada pelo forte, outrora português, do Castelo da Mina. Os negros *minas*, que então começaram a ser trazidos para o Brasil, "vinham duma região havida por aurífera, com garantias de dar bons catadores de ouro", como lembra Edmundo Correia Lopes. Os alvarás de licença para buscar escravos na Costa da Mina multiplicaram-se, na Bahia, a partir da notícia dos descobertos. Os preços desses escravos eram elevados, de modo que os lavradores não os podiam disputar aos mineradores. E eram os preferidos esses negros. O governador Vasco Fernandes César de Menezes afirmava (1731) que "para o lavor do ouro só servem os da Costa da Mina por mais resolutos, fortes e temerários". Em 1725-27, arrematavam-se os contratos de entrada de negros, pagando cada peça 3$500, no Rio de Janeiro (negros de Angola) por 50 000 cruzados e na Bahia (negros da Costa da Mina) por 62 000. Em 1746 escrevia o conde das Galveas: "Da Costa da Mina ordinariamente entram neste porto [Bahia] seis mil escravos pouco mais ou menos cada ano..."

Os navios que da Bahia iam fazer escravos na Costa da Mina levavam açúcar, aguardente, búzios, panículo, boiões de doce e tabaco. Era por tabaco, rolos de tabaco, que se trocavam escravos. Dos 26 comerciantes da Bahia que, em 1759, traficavam na África, segundo o testemunho de José Antônio Caldas, 18 o faziam com a Costa da Mina, 5 com Angola e 3 com ambos os pontos. Por duas vezes, em 1750 e em 1795, o rei do Daomé mandou embaixadores à Bahia a fim de propor uma espécie de monopólio do comércio de escravos no porto de Ajudá. Era mais fácil resgatar escravos em Angola, mas, como os traficantes não tinham a menor consideração pela carga que dali traziam, que rendia menos no Brasil, os navios vinham superlotados – e, em consequência, era maior o número de vítimas. O comércio com a Costa da Mina se fazia com escravos em melhores condições físicas e em melhores condições de acomodação. De acordo com uma estatística levantada por Luís Viana Filho, para o período 1803-10, a média de escravos por embarcação era, para a Costa da Mina, 279 e, para Angola, 370. A percentagem de mortos, de 5,4% para a Costa da Mina, elevava-se a 10% para Angola. Segundo dados obtidos por Vilhena, o escravo da Costa da Mina valia (1798) 100$, o de Angola cerca de 80$.

Estes foram os escravos que mereceram o elogio de Alvarenga Peixoto:

> Estes homens de vários acidentes,
> pardos e pretos, tintos e tostados,
> são os escravos duros e valentes,
> aos pesados serviços costumados:
> eles mudam aos rios as correntes,
> rasgam as serras, tendo sempre armados
> da pesada alavanca e duro malho
> os fortes braços feitos ao trabalho...

Os negros da Costa da Mina iam da Bahia para as minas pelo interior, em números consideráveis para a época – cerca de dois milhares por ano, talvez mais. Embora mais comprido do que os do Rio de Janeiro e de São Paulo, o caminho da Bahia para as Gerais, pelo São Francisco, era – dizia Antonil – "menos dificultoso, por ser mais aberto para as boiadas, mais abundante para o sustento, e mais acomodado para as cavalgaduras e para as cargas".

*

O negro de Angola não cessou de chegar às minas.

Terão sido estes negros os componentes dos quilombos das vizinhanças da demarcação – o do rio das Mortes, de que Bartolomeu Bueno trouxe 3 900 pares de orelhas, o do Tengo-Tengo, os que circundavam São João da Chapada... Entre os descendentes destes últimos, Aires da Mata Machado Filho pôde recolher cantos de trabalho (*vissungos*) em meia-língua a que chamam *banguela*. Terão sido os primeiros taverneiros, as primeiras cozinheiras e doceiras, os primeiros gerentes de casas do pasto. Terão sido, possivelmente, do número dos *garimpeiros*, na acepção que o termo tinha na ocasião, de minerador clandestino. Terão sido os mestres dos demais na arte de ocultar no corpo ouro e diamantes. Terão sido o braço do senhor no desempenho de missões especiais. Um relatório enviado a Lisboa (1735) acusava certos senhores de permitir que os seus negros trouxessem armas de fogo – "e lhes dão pólvora e balas e todas as mais armas de catana e facas para entrarem pelos rios e fazerem negócios de compras de diamantes, ou os tirarem por força aos negros que andam minerando".

Não somente a área geográfica destes sucessos parece ter sido servida de escravos pelo Rio de Janeiro, e portanto com negros de Angola, como se verificaram em época anterior à entrada regular de negros da Costa da Mina na zona da mineração.

*

Foi o trabalho, entretanto, o grande elemento de valorização do negro escravo.

Eschwege escreveu, em começos do século passado:

"Até agora o escravo tem sido pau de toda obra: lavrador, fabricante de açúcar e de aguardente, animal de transporte, máquina de britagem e de pulverização, cozinheiro, pajem, palafreneiro, sapateiro, alfaiate, correio e carregador. É o único bem do homem livre, a cujas necessidades ele provê. Sem seu auxílio o branco poderia considerar-se pobre, mesmo que suas arcas regurgitassem de ouro. Com efeito, as terras permaneceriam incultas e a mineração desapareceria, caso não existisse o escravo que fizesse todos esses serviços. É ele quem cuida da própria alimentação do senhor, que, se assim não fosse, teria de viver miseravelmente, ou de emigrar para outras terras, onde seu ouro tivesse alguma serventia."

A observação válida para todo o país, em parte alguma se aplicou melhor do que nas minas.

Minerador de ouro e de diamantes, o negro adquiriu uma experiência que o tornou indispensável ao senhor – e, em período posterior, aos contratadores e à Real Extração. Era geral a ignorância de métodos racionais de mineração, como observou Joaquim Felício dos Santos. A falta de recursos, somada a essa ignorância, levou os mineradores a trabalhar apenas no leito dos rios, nos tabuleiros e nas gupiaras. A mineração extensiva, superficial, à flor da terra, era feita pelos negros. Muitos deles, pelo menos nos começos da exploração, trabalhavam sozinhos, tal a confiança que mereciam a sua probidade e a sua perícia. "As mãos e as cabeças dos africanos foram e são ainda as únicas máquinas" – desesperava-se o técnico alemão Eschwege.

O negro não era apenas o minerador. Era o taverneiro, o comerciante de gêneros alimentícios e, até, o proprietário de escravos. Nas catas, empalmava diamantes, engolindo-os, ocultando-os na boca, nos dedos dos pés, no ânus, ou escondia ouro na carapinha, com o que pagou a sua liberdade e a das mulheres e amigos. Taverneiro ou vendedor de gêneros ou de guloseimas, servia de elemento de ligação entre os contrabandistas. O fechamento de vendas e lojas – como na Vila do Príncipe (1796) onde, de 91, foram reduzidas a

24 – e a proibição a cozinheiras e doceiras de percorrer as lavras tinham por objetivo coibir o extravio de diamantes. Até 1745 o contrabando era agenciado pelos *comboieiros* que traziam escravos, depois substituídos pelos *cachaceiros*, que trocavam as suas águas ardentes, com os negros, por diamantes – "sendo também esse tráfico o maior que fazem as lojas, vendas ou tavernas, que ocupam quase metade das ruas desse arraial" (o Tijuco). O negro livre, proprietário de escravos, vivia de alugá-los aos contratadores e à Real Extração. Embora o aluguel fosse ínfimo – a Real Extração, que pagava uma oitava de ouro (1$200) *per capita*, semanalmente, baixou-o até $675, quase a metade, e no tempo de Eschwege era apenas de 24$ por ano –, este era um meio de vida que revelava o grau de ajustamento do negro à nova sociedade, já que era o habitual entre altos funcionários e pessoas gradas.

A fabricação do ferro – segundo o testemunho de Eschwege – foi também uma conquista do negro:

"Na província de Minas, a fabricação do ferro tornou-se conhecida no começo deste século [XIX], através dos escravos africanos. O ferro foi fabricado pela primeira vez em Antônio Pereira, por um escravo do capitão-mor Antônio Alves, e também em Inficionado, por um escravo do capitão Durães... Ambos disputavam a honra da prioridade."

Dada a natureza da exploração, o negro, em Minas Gerais, não teve de ser o negro de campo, antes passou por cima dessa etapa, tornando-se negro de ofício. Esta foi a singularidade principal da mineração.

*

Os negros trabalhavam nus, expostos ao sol, à chuva e ao frio, às vezes com uma ligeira tanga, sob a constante vigilância do feitor. Ainda em começos do século XIX, Eschwege se admirava da "diminuta despesa" exigida pela alimentação do escravo. Muito do ouro e dos diamantes contrabandeados pelos negros se gastava, como o observou Antonil, em comer e beber à grande – para variar a farinha de milho, o toucinho e o feijão que se lhes dava habitualmente a comer. Os escravos eram revistados ao terminar o serviço do dia e, se os feitores desconfiavam de que tivessem engolido alguma pedra, eram submetidos a clisteres de pimenta-malagueta... Muitos escravos morreram de fome, de açoites, tentando salvar os travejamentos primitivos com que se desviava o curso dos rios ou por simples exaustão, curvados sobre as *canoas*, os pés durante todo o dia metidos na água.

Era grande a mortalidade de escravos. Roberto Simonsen calculou em sete anos a vida do escravo na mineração. A média de mortalidade, segundo Eschwege, era de 4% – ou seja, 7 000 escravos morriam, anualmente, nas minas. Maurício Goulart estimou em 4 milhões de cruzados – 1 600 contos – a quantia necessária, em cada ano, para as substituições de pessoal.

Não admira que fosse constante o receio de sublevação dos escravos, pretexto, de cada vez, para o extermínio de negros e mulatos. Já em 1719, a Vila do Carmo (Mariana) tinha 10 937 escravos, Vila Rica 7 708, Sabará 5 721... O número de escravos cresceu até uma centena de milhar em 1738, declinando depois, como reflexo do monopólio da Coroa na área sempre crescente da demarcação. No auge da mineração, 80% da população estava empenhada nas lavras. Já no tempo de Antonil, havia "mais de trinta mil almas" em Minas Gerais, ocupadas, "umas em catar, outras em mandar catar". O interesse da Coroa cresceu na proporção do desinteresse dos mineiros. As lavras, que davam serviço a cerca de 95 000 cativos por ano, passaram a empregar, apenas, durante os quarenta e dois anos anteriores a 1777, de acordo com os cálculos de Maurício Goulart, 75 000.

A qualidade se transformou, assim, em quantidade – e isto anulou, quanto ao rigor da escravidão, os benefícios adquiridos pelo negro com o domínio do ofício de minerador.

*

Um corretivo a esse rigor foi, entretanto, a facilidade que a riqueza das minas oferecia ao negro de alforriar-se. Escamoteando ouro e diamantes, quer para contrabandeá-los diretamente, quer para entregá-los ao senhor, quando alugado aos contratadores e à Real Extração, o negro em pouco tempo reunia o suficiente para comprar a sua liberdade. Pela importância do seu trabalho, como minerador, como taverneiro, como cozinheira e doceira, como criado, capanga e *factotum* do senhor, muitos outros a obtiveram. O desinteresse econômico da exploração transformou o escravo em peso morto para o senhor, que, alforriando-o, se reajustava, economicamente, à nova situação.

Já em 1735, de acordo com o códice de Caetano da Costa Matoso, o número de forros era de 1 420 sobre 96 541 escravos. Cinquenta anos mais tarde, os forros já representavam 35% da população de cor (1786), com marcada predominância dos mulatos (65,1%). Em 1821, os forros constituíam 40,3% dos homens de cor da província, com 73,3% de mulatos.

A população de cor, que até 1750 concorria com mais de 80% da arrecadação total do quinto, cresceu extraordinariamente a partir do momento em que as minas deixaram de suscitar o interesse dos habitantes da capitania. De acordo com uma tábua publicada por Eschwege, a gente de cor somava 249 105 pessoas de ambos os sexos (166 995 negros e 82 110 mulatos) numa população total de 319 769 habitantes em 1776. Em 1821, negros e mulatos livres davam um total de 201 179 pessoas contra 181 882 escravos, negros e mulatos, sobre a população geral de 514 108 habitantes. Eschwege, trabalhando com estas e outras cifras, mostrou que a população livre cresceu perto de 52 900 almas entre 1742 e 1776 e, entre 1776 e 1821, em número não inferior a 194 339.

Com a Lei Áurea, segundo Aires da Mata Machado Filho, foram libertados 230 000 escravos em Minas Gerais.

*

Uma observação de Ruth Landes, em torno do papel desempenhado pela mulher negra em toda a escravidão na América, pode explicar, ao lado das circunstâncias já examinadas, a rapidez com que o negro fez o seu caminho para a liberdade nas minas.

A negra foi, sem dúvida, "o esteio econômico e emocional da família": enquanto o negro, no campo, na mineração, na vida urbana, estava sujeito à tirania da escravidão, a negra – a permanência e a reprodução da gente de cor – se fixava, angariando simpatias, na casa do senhor. E despertando desejos.

As duas tabelas de Eschwege, se tivermos em mente o constante crescimento da população, podem ser elucidativas. Em 1776, para 41 677 brancos, havia somente 28 987 brancas; o número de mulatos e mulatas equilibrava-se (40 793 e 41 317); o negro (117 171) estava em franca desproporção com a negra (49 824). Em 1821, para 70 262 brancos, havia 60 785 mulheres. Entre os livres, as mulatas (79 806) eram mais numerosas do que os mulatos (69 829) e as negras (26 150) somavam mais do que os negros (25 393). Homens e mulheres livres, inclusive os brancos, se equivaliam (165 484 e 166 742). Entre os escravos, porém, a situação era inversa. Para 12 105 mulatos temos 9 772 mulatas, para 104 115 negros 55 890 negras. Havia, assim, 116 270 escravos, negros e mulatos, para 65 612 escravas.

O minerador é, por definição, o homem da aventura, que chega escoteiro à zona de riqueza, na esperança – que o tempo geralmente desvanece – de se tornar de repente abastado. A mineração do ouro e dos diamantes foi, certamente, a maior aventura coletiva do Brasil. "Das cidades, vilas, recôncavos e sertões do Brasil vão brancos, pardos e pretos..." – escrevia Antonil.

A estes aventureiros – tantas vezes descoroçoados, mas não desiludidos – não escaparam os encantos da negra, o *mainstay* da sobrevivência do negro nem o lúbrico fascínio da mulata.

*

    Assim, em Minas Gerais, no período da mineração, desenrolou-se todo o presente e todo o futuro da escravidão negra no Brasil.
    O negro de Angola e da Costa da Mina, chegado às lavras não como escravo de campo, mas como negro de ofício, venceu rapidamente todas as etapas que o separavam da liberdade. Era natural. Somente no campo o negro esteve subjugado inteiramente à vontade do senhor – e a sua única tentativa de libertação foi o quilombo, a fuga para o mato. Desde o começo, escravos e escravas, uns como taverneiros, outras como cozinheiras e doceiras, se distanciaram do senhor, ganhando a oportunidade de revelar as suas qualidades. Minerador, negro de ofício, era a bem dizer autônomo – ao menos nos primeiros anos das lavras – o trabalho do escravo. Não teve paralelo em parte alguma do país, em período comparável, o número de escravos que encontraram modos e maneiras de comprar a sua alforria. A lenda de Chico-Rei, o rei negro de Vila Rica, ilustra, pelo menos, o sem-número de ocasiões, que tinham os escravos, de amealhar boa soma de dinheiro com que escapar às agruras da sua sorte. Pela primeira vez no Brasil o negro foi explorado, em grande número, como negro de aluguel e, em proporção menor, como negro de ganho, cada vez mais autônomo, mais independente do senhor, mais responsável, pessoalmente, pelo seu trabalho e pelo seu comportamento.
    A liberdade estava bem à mão – e o número de negros e mulatos livres cresceu, com regularidade e firmeza, desde que a mineração do ouro e dos diamantes, submetida ao controle oficial, se transformou de sonho em pesadelo para os mineiros.
    Tão geral foi esta ascensão social do negro em Minas Gerais que a passagem de escravo a cidadão se operou suavemente, sem choques nem episódios marcantes, depois de encerrado o ciclo da mineração. O povo habituara-se a valorizar o negro e a aceitá-lo na sociedade. Atualmente, numa população de 7,7 milhões de habi-

tantes, o negro e os seus descendentes, os mulatos, contribuem com 3,2 milhões (1950), mais de dois quintos do total. Em que diferem estes negros e mulatos – exceto sob o ângulo inexpressivo da cor – do resto dos mineiros? São todos cidadãos, no mesmo pé democrático de igualdade, cônscios dos seus deveres e dos seus direitos, no gozo de uma tolerância racial que, como apanágio do nosso povo, nos singulariza no mundo.

O negro se fez, em toda parte – e em Minas mais rapidamente do que em outros pontos do país –, um brasileiro em toda a extensão da palavra.

(1956)

SINGULARIDADES DOS QUILOMBOS*

O recurso mais utilizado pelos negros escravos, no Brasil, para escapar às agruras do cativeiro foi sem dúvida o da fuga para o mato, de que resultaram os *quilombos*, ajuntamentos de escravos fugidos, e posteriormente as *entradas*, expedições de captura. Infelizmente, não dispomos de documentos fidedignos, minuciosos e circunstanciados a respeito de muitos dos quilombos que chegaram a existir no país; os nomes de vários chefes de quilombos estão completamente perdidos; e os antigos cronistas limitaram-se a exaltar as fadigas da tropa e a contar, sem pormenores, o desbarato final dos quilombolas. A despeito dessa vagueza de informações, é possível o estudo genérico das características e peculiaridades dos quilombos. Até agora, apenas o escritor Amaury Porto de Oliveira interessou-se por um estudo dessa natureza, sob o aspecto particular de forma de luta contra a escravidão, e o gráfico Duvitiliano Ramos analisou com sucesso a "posse útil" da terra nos Palmares. Em verdade, se desprezarmos o episódio em favor do quadro geral, observaremos que, embora ocorridos em diversos pontos do território nacional, e em épocas diferentes, os quilombos apresentam uma fisionomia comum – tanto nos motivos que impeliram os negros para o recesso das matas como na organização social e econômica resultante da vida em liberdade.

O movimento de fuga era, em si mesmo, uma negação da sociedade oficial, que oprimia os negros escravos, eliminando a sua língua, a sua religião, o seu estilo de vida. O quilombo, por sua vez, era uma reafirmação da cultura e do estilo de vida africanos. O tipo de organização social criado pelos quilombolas estava tão próximo do tipo de organização então dominante nos Estados africanos que, ainda que não houvesse outras razões, se pode dizer, com certa dose de segurança, que os negros por ele responsáveis eram em grande parte recém-vindos da África, e não negros *crioulos*, nascidos e criados no Brasil. Os quilombos, deste modo, foram – para usar a expressão agora corrente em etnologia – um fenômeno *contra-aculturativo*, de rebeldia contra os padrões de vida impostos pela sociedade oficial e de restauração dos valores antigos.

Tentaremos aqui analisar, em grandes linhas, as peculiaridades dos quilombos em relação à sociedade oficial, tomando como base aqueles em torno dos quais a documentação é mais farta e completa – o dos Palmares, localizado entre Alagoas e Pernambuco, que se manteve durante quase todo o século XVII, e o da Carlota, primitivamente chamado do Piolho, em Mato Grosso, atacado duas vezes, em 1770 e em 1795. Afora estes, utilizaremos também, na medida do possível, dados e circunstâncias de outros quilombos, como os do Rio Vermelho, do Itapicuru, do Mocambo, do Orobó e do Urubu, na Bahia (1632, 1636, 1646, 1796 e 1826); do rio das Mortes, em Minas Gerais (1751); de Malunguinho, nas vizinhanças do Recife (1836); de Manuel Congo, em Pari do Alferes, Estado do Rio; e do Cumbe, no Maranhão (1839).

1

Duas coisas se notam, à primeira vista, no estudo dos quilombos – todos esses ajuntamentos de escravos tiveram, como causa imediata, uma situação de angústia econômica local, de que resultava certo afrouxamento na disciplina da escravidão, e todos se verificaram nos períodos de maior intensidade do tráfico de negros, variando a sua localização de acordo com as flutuações do interesse nacional pela exploração desta ou daquela região econômica.

Com efeito, o simples "rigor do cativeiro", que sempre se fez sentir pesadamente sobre o escravo, não basta para justificar a sua fuga, a princípio em pequenos grupos, depois em massa, para as matas vizinhas. Nem chega para explicar a segurança com que negros já aquilombados visitavam frequentemente as vilas de onde tinham fugido, a fim de comerciar, de comprar artigos manufaturados e de induzir outros escravos a seguir o seu exemplo, tomando o caminho da selva. O quilombo foi essencialmente um movimento coletivo, de massa. Poder-se-á explicar, apenas pelo "rigor do cativeiro", o grande movimento de fuga de escravos das fazendas paulistas, nos últimos anos da escravidão?

A primeira grande concentração de escravos se fez em torno dos canaviais do Nordeste, e especialmente da capitania de Pernambuco. Ora, o quilombo dos Palmares, segundo investigações mais recentes, já existia em começos do século XVII, sabendo-se que o governador Diogo Botelho tratou de aprestar uma expedição, comandada por Bartolomeu Bezerra, para eliminá-lo. Já nessa ocasião (1602-08) a economia açucareira estava em franca decadência. O quilombo, que não passava de um pequeno habitáculo de negros fugidos, cresceu extraordinariamente com a conquista holandesa, exatamente porque a guerra desorganizara a sociedade e, portanto, a vigilância dos senhores. Com a descoberta das minas, a concentração de escravos se fez, de preferência, no centro. O quilombo do rio das Mortes, liquidado por Bartolomeu Bueno do Prado em 1751, a mando da Câmara de Vila Rica, revelou-se com a decadência das lavras de ouro e diamantes em Minas Gerais e com a insatisfação econômica reinante na região, que mais tarde produziriam a Inconfidência. E o quilombo da Carlota coincidiu com a exaustão das minas de Mato Grosso, de tal modo que as expedições que o destroçaram tinham também a missão de "buscar alguns lugares em que houvesse ouro", a fim de obviar "a atual falta de terras minerais". Os quilombos do Rio Vermelho e do Itapicuru, na Bahia, destruídos, o primeiro pelos capitães Francisco Dias de Ávila e João Barbosa de Almeida, o segundo pelo coronel Belchior Brandão, foram consequências remotas da tomada da capital do país pelos holandeses. Quanto ao quilombo do Orobó, em terras então sob a jurisdição da Vila de Cachoeira, devastado pelo capitão-mor Severino Pereira, e ao quilombo de Malunguinho, nas matas do Catucá, porto do Recife, que arrostou por cerca de oito anos os assaltos da tropa, não muda muito a situação. Era geral a penúria no interior baiano, na segunda metade do século XVIII – nesse período ocorreu a "revolta dos alfaiates", a Inconfidência baiana; enquanto, para situar o quilombo de Malunguinho, basta lembrar as sucessivas rebeliões, progressistas e saudosistas, que sacudiram a província de Pernambuco a partir de 1817, prolongando-se até 1849.

Outros quilombos menores chegaram atrasados, no momento em que a massa escrava já se valia de formas superiores de luta contra o cativeiro. Quando os negros malês passavam francamente à insurreição, na Bahia, em ondas sucessivas (1806-35), outros grupos reuniam-se no quilombo do Urubu, em Pirajá. E, quando os negros, com os camponeses pobres, promoviam o grande levante da balaiada no Maranhão (1839), florescia o quilombo do Cumbe, sob a direção de Cosme, um dos chefes do movimento.

As agitações populares na Corte, como parte da revolução da Independência, deram a possibilidade para o quilombo de Manuel Congo, em Pati do Alferes. O Mocambo, contra o qual marcharam as forças do Mestre de Campo Martim Soares Moreno, certamente não escapa à explicação geral, em vista da lentidão com que se recuperou a economia baiana depois da invasão holandesa.

Os quilombos tiveram, pois, um *momento* determinado. O desejo de fuga era certamente geral, mas o estímulo à fuga vinha do relaxamento da vigilância dos senhores, causado, este, pela decadência econômica. E, por outro lado, os quilombos se produziram nas regiões de maior concentração de escravos, de preferência durante as épocas de maior intensidade do tráfico.

Quanto aos negros *crioulos*, utilizaram outras maneiras de fugir ao "rigor do cativeiro" – passaram à luta aberta, como na balaiada, justiçaram os senhores, como nas fazendas fluminenses, ou buscaram a liberdade nas cidades.

2

Os ajuntamentos de escravos fugidos não tinham, em si mesmos, caráter agressivo: os negros viviam tranquilamente nos seus mocambos, como dizia a parte oficial sobre a destruição do quilombo da Carlota. O do Urubu, por exemplo, que serviu de pista para o desmantelo policial do levante malê de 1826, foi descoberto acidentalmente por um capitão de mato, que explorava as florestas de Pirajá.

Embora os documentos do tempo falem sempre em "assaltos" e "violências" dos quilombolas nas regiões vizinhas, tudo indica que sob essas palavras se escondiam pretextos inconfessáveis para as expedições de captura de negros – e de terras. Por certo houve incidentes sangrentos, uma ou outra vez, na fronteira entre a sociedade oficial e a nova organização dos negros, mas esses incidentes não podem ter sido tão frequentes de modo a justificar, sozinhos, as *entradas*, os choques armados. As *entradas* custavam muito caro – e o governo, que não dispunha de meios para custeá-las, tinha de recorrer a contribuições extraordinárias dos moradores e das vilas interessadas, tanto em mercadorias como em dinheiro. As autoridades, quando tomavam providências para extinguir os Palmares, não esqueciam as "tropelias" e as "insolências" dos palmarinos, mas o Mestre de Campo Domingos Jorge Velho queixava-se de pessoas influentes que haviam tentado afastar o seu terço da região e acusava os moradores vizinhos do quilombo de "colonos" dos negros, por comerciarem pacificamente com os homens do Zumbi. O apresamento de negros tinha interesse remoto, exceto para aqueles que cabeavam as expedições. Era costume pertencerem as presas aos que as tomassem (às vezes eram repartidas pelos homens da expedição) ou, quando devolvidas aos seus senhores, estes pagavam imposto "de tomadia", que revertia em benefício do chefe da *entrada*, e se comprometiam a vender os negros para fora da terra, sob severas penas. Este costume foi observado durante a guerra nos Palmares e em geral nos quilombos da Bahia. Já na Carlota foi-se mais longe ainda – os negros aprisionados durante a segunda *entrada* (1795), depois de alforriados, foram devolvidos ao mesmo lugar onde, quatro meses antes, haviam sido atacados. Ora, o pagamento dos serviços prestados na campanha contra os negros fazia-se com datas nas terras conquistadas.

Os quilombolas viviam em paz, numa espécie de fraternidade racial. Havia, nos quilombos, uma população heterogênea, de que participavam em maioria os negros, mas que contava também mulatos e índios. Alguns mocambos dos Palmares, como o do Engana--Colomim, eram constituídos por indígenas, que pegaram em armas contra as formações dos brancos. O alferes Francisco Pedro de Melo encontrou, na Carlota, apenas 6 negros entre as 54 presas que ali fez, pois 27 eram índios e índias e 21 eram caborés, mestiços de negros com as índias cabixis das vizinhanças. E, como veremos, os negros chegaram a estabelecer comércio regular com os brancos das vilas próximas, trocando produtos agrícolas por artigos manufaturados.

Nem mesmo dispunham os quilombos de defesas militares. O que os defendia era a hostilidade da floresta, que os tornava – como certa vez confessou o governador Fernão Coutinho – "mais fortificados por natureza do que pudera ser por arte". Somente nos Palmares, e assim mesmo num período bem adiantado da sua história, encontraram-se fortificações regulares, feitas pela mão do homem. Um documento da guerra palmarina informava que os negros não tinham "firmeza" nos seus mocambos, passando de um para outro, de acordo com a necessidade. Esta mobilidade completava a proteção que a natureza lhes oferecia.

Assim, o motivo das *entradas* parece estar mais na conquista de novas terras do que mesmo na recaptura de escravos e na redução dos quilombos. A destruição de quilombos menores, como os do Rio Vermelho e do Urubu, na Bahia, o de Manuel Congo, em Pati do Alferes, ou, na fase final da balaiada, o do Cumbe, no Maranhão, talvez tivesse tido esses objetivos formais. Parece certo, porém, que o tipo de agricultura e as atividades de caça e pesca desenvolvidos pelos negros nos quilombos maiores, mais populosos e mais permanentes, espicaçavam a cobiça dos moradores vizinhos, desejosos de aumentar as suas terras mais um pouco, e dos sertanistas, ambiciosos de riqueza e poder. Era voz corrente que as terras dos Palmares eram as melhores de toda a capitania de Pernambuco – e a guerra de palavras pela sua posse não foi menor, nem mais suave, do que a guerra contra o Zumbi. O quilombo do rio das Mortes ficava exatamente no caminho dos abastecimentos para as lavras de Minas Gerais, o que pode dar uma ideia do valor das suas terras e da riqueza econômica que representavam, e é nessa circunstância que se encontra a razão da crueldade de Bartolomeu Bueno do Prado, que de volta a Vila Rica trouxe 3 900 pares de orelhas de quilombolas. E, como já vimos, os objetivos explícitos da incursão contra os ajuntamentos da Carlota eram os de "se destruírem vários quilombos e buscar alguns lugares em que houvesse ouro".

A iniciativa da luta jamais partiu dos refúgios de negros.

3

Os quilombos situavam-se geralmente em zonas férteis, próprias para o cultivo de muitas espécies vegetais e ricas em animais de caça e pesca. A utilização da terra, ao que tudo indica, tinha limites definidos, podendo-se afirmar que, embora a propriedade fosse comum, a regra era a pequena propriedade em torno dos vários mocambos ou, como escreveu Duvitiliano Ramos, a "posse útil" da terra. Era o mesmo sistema da África. Entre os nagôs como entre os bantos, pelo que ensinam C. Daryll Forde e S. W. Page, a terra pertence aos habitantes da aldeia e o indivíduo detém somente a posse da terra que cultivou. Os quilombolas, individualmente, tinham apenas a extensão de terra que podiam, na realidade, cultivar. Os holandeses, quando invadiram os Palmares, incendiaram, num só dia, mais de 60 casas em roças desertadas pelos negros. Como as plantações ficavam em volta dos mocambos, pequenas aldeias arruadas à maneira africana, parece provável que as casas nelas existentes servissem apenas de pouso durante as épocas de plantio e colheita. Os rios e as matas pertenciam, dada a sua riqueza em caça e pesca, a todos os quilombolas.

A agricultura beneficiava-se, por um lado, da fertilidade da natureza e, por outro, do sistema de divisão da terra. Os palmarinos plantavam feijão, batata-doce, mandioca, milho, cana-de-açúcar, pacovais – e eram essas plantações que sustentavam os soldados que atacaram o quilombo. Havia roças de milho, feijão, favas, mandioca, amendoim, batatas, cará, bananas, abóboras, ananases, e até de fumo e de algodão, nas terras generosas da Carlota. O capitão-mor Severino Pereira, ao dominar o quilombo do Orobó, encontrou canaviais, roças de mandioca, inhame e arroz de iniciativa dos negros. Era universal, nos quilombos, a criação de galinhas, algumas vezes acompanhada da criação de porcos e outros animais domésticos. Havia muita caça e pesca nos quilombos, especialmente nos Palmares e na Carlota, este último "abundante de caça, e o rio de muito peixe". E, quanto à simples coleta de alimentos, além dos pomos das mais variadas árvores frutíferas, nativas da terra, regalavam-se os negros de Palmares com uns vermes que viviam no tronco das palmeiras.

Os trabalhadores, aparentemente, dividiam-se por duas categorias principais – lavradores e artesãos. Os escravos procedentes das fazendas certamente se enquadravam no primeiro grupo e terão sido os responsáveis diretos pela policultura. As tropas holandesas que atacaram os Palmares notaram que as roças que encontravam a todo momento estavam sob a responsabilidade de dois ou três negros cada. Os artesãos, notáveis principalmente nos Palmares, eram sobretudo ferreiros, embora houvesse "toda sorte de artífices" nos mocambos. Os documentos antigos não indicam exatamente a atividade econômica a que se entregavam as mulheres, mas provavelmente fabricavam roupas com cascas de árvores e peles de animais, como nos Palmares, ou de algodão, como na Carlota, e produziam cestos, abanos e trançados em geral. Talvez também as mulheres ajudassem os oleiros na fabricação dos potes e vasilhas de todos os tipos encontrados nos quilombos.

As vilas vizinhas, entregues à monocultura ou sujeitas à precariedade da lavoura de mantimentos, socorriam-se dessa atividade polimorfa dos negros aquilombados. Os frutos da terra, os animais de caça e pesca, a cerâmica e a cestaria dos negros trocavam-se por ferramentas industriais e agrícolas, roupas, armas de fogo e outros produtos de manufatura. Esse comércio direto, reciprocamente benéfico, realizava-se habitualmente em paz. Somente às vezes os quilombolas recorriam às armas contra os moradores brancos – quando estes os roubavam além dos limites da tolerância ou quando avançavam demais com as suas terras sobre a área do quilombo.

4

A simples existência dos quilombos constituía "um mau exemplo" para os escravos das vizinhanças. E, em geral, estava tão relaxada a vigilância dos senhores que estes não tinham maneira de impedir a fuga dos seus escravos, senão tentando a destruição, pelas armas, dos quilombos.

Os negros já aquilombados eram incansáveis no recrutamento de parentes, amigos e conhecidos. Um documento da guerra palmarina notava que os negros se iam para os Palmares, "uns levados do amor da liberdade, outros do medo do castigo, alguns induzidos pelos mesmos negros, e muitos roubados na campanha por eles". Em 1646, a Câmara da Bahia propunha a extinção das tabernas em que se vendiam aguardente e vinho de mel, "aonde vinham os negros do Mocambo contratar e levar de dentro da cidade muitos escravos". Quando as forças que haviam atacado a Carlota partiram para o quilombo próximo de Pindaituba, levaram consigo dois escravos como guias, "por viverem nele, quando foram presos por seus senhores nesta Vila [Bela] onde vinham, não só a comprar o que necessitavam, mas a convidar para a fuga e para o seu quilombo outros [escravos] alheios". Esse recrutamento estendia-se também às mulheres e, sem dúvida, às crias. Domingos Jorge Velho escrevia que as negras palmarinas tinham sido levadas à força para o quilombo, mas o apreciável número de mulheres encontradas nos quilombos chega para destruir essa hipótese. Quando o quilombo estava muito distante das povoações dos brancos, e em terreno de acesso difícil, como a Carlota, a mais de trinta léguas de Vila Bela, os negros valiam-se das mulheres mais à mão – no caso, as índias cabixis.

Esta população miúda aos poucos deu nascimento a uma oligarquia, constituída pelos chefes de mocambo, a quem cabia, como na África, a atribuição de dispor das terras comuns. A pequena duração dos quilombos em geral não permitiu que o processo de institucionalização chegasse ao seu termo lógico, exceto nos Palmares. De qualquer modo, o Poder civil cabia àqueles que, como disse Nina Rodrigues, davam provas "de maior valor ou astúcia", "de maior prestígio e felicidade na guerra ou no mando", embora a idade e o parentesco também conferissem certos privilégios. Zumbi, Malunguinho, Manuel Congo e Cosme eram, sem dúvida, os "chefes mais hábeis ou mais sagazes", mas nos Palmares a mãe, um irmão e dois sobrinhos do rei eram chefes de mocambo e os seis negros encontrados na Carlota em 1795, remanescentes da primeira expedição, eram "os regentes, padres, médicos, pais e avós do pequeno povo que formava o atual quilombo...". Há notícia certa de pelo menos 18 mocambos nos Palmares; o quilombo de Pindaituba dividia-se em dois "arraiais" ou "quartéis", sob a direção de Antônio Brandão e de Joaquim Félix ou Teles; o do Orobó, além do mocambo do mesmo nome, dispunha de mais dois, Andaraí e Tupim... Mal sabemos os nomes dos mocambos dos demais, se é que chegaram a fracionar-se em povoações, e muito menos os nomes dos seus chefes. E, entretanto, eram esses chefes de mocambo que constituíam o governo dos quilombos.

Os chefes palmarinos, em todas as ocasiões importantes, reuniam-se em conselho – um costume em vigor entre as aldeias bantos – e, segundo o testemunho dos holandeses, tinham uma "grande" casa para as suas reuniões. O presidente do Conselho era o Gana-Zona, irmão do rei e chefe do mocambo de Subupira, a "segunda cidade" do quilombo. Não há, entretanto, notícia de conselhos semelhantes em outros ajuntamentos de escravos fugidos.

5

O quilombo foi, portanto, um acontecimento singular na vida nacional, seja qual for o ângulo por que o encaremos. Como forma de luta contra a escravidão, como estabelecimento humano, como organização social, como reafirmação dos valores das culturas africanas, sob todos estes aspectos o quilombo revela-se como um fato novo, único, peculiar – uma síntese dialética. Movimento contra o estilo de vida que os brancos lhe queriam impor, o quilombo mantinha a sua independência à custa das lavouras que os ex-escravos haviam aprendido com os seus senhores e a defendia, quando necessário, com as armas de fogo dos brancos e os arcos e flechas dos índios. E, embora em geral contra a sociedade que oprimira os seus componentes, o quilombo aceitava muito dessa sociedade e foi, sem dúvida, um passo importante para a nacionalização da massa escrava.

Do ponto de vista aqui considerado, se, por um lado, os negros tiveram de adaptar-se às novas condições ambientes, por outro lado o quilombo constituiu, certamente, uma lição de aproveitamento da terra, tanto pela pequena propriedade como pela policultura, ambas desconhecidas da sociedade oficial. Não foi esta, entretanto, a sua única utilidade. O movimento de fuga deve ter contribuído para abrandar o "rigor do cativeiro", mas o quilombo principalmente serviu ao desbravamento das florestas além da zona de penetração dos brancos e à descoberta de novas fontes de riqueza. E, inconscientemente, mas na Carlota a mando dos brancos, tiveram os quilombolas a missão de trazer para a sociedade brasileira os naturais do país, como sentinelas perdidas da colonização do interior.

(1951)

A COSTA DA MINA*

A Costa da Mina, intensamente frequentada por tumbeiros de todas as nações, era uma região definida do continente africano. Estendia-se por todo o litoral do golfo da Guiné, ao norte do equador, compreendendo outras "costas" menores – a do Marfim, a do Ouro e a dos Escravos – e as ilhas portuguesas de São Tomé e Príncipe.

Para uns, a Costa da Mina começava no Cabo de Palmas, exatamente no ponto em que findava a Costa da Malagueta, na fronteira da atual Libéria; para outros, no rio dos Cestos ou no Cabo do Monte, não muito distante do Cabo de Palmas; e, no consenso geral, acabava 426 léguas para leste, no Cabo Lopo Gonçalves (Cabo Lopez), no delta do rio do Gabão, o Ogunhê.

Chamava-se Costa da Mina – e mais tarde simplesmente a Costa – em virtude da existência do forte de São Jorge da Mina, Castelo da Mina ou El Mina, baluarte construído pelos portugueses em 1482, na Costa do Ouro, e tomado pelos holandeses em 1637, ao tempo em que ocupavam Pernambuco. "Este Castelo está situado em uma ponta rasa, e junto a ele entra o rio chamado da Mina – escrevia José Antônio Caldas na sua *Notícia geral de toda esta capitania da Bahia* (1759). – Este rio faz o Castelo mais forte, que lhe serve de fosso pela parte do norte..." Uma ponte sobre pilares o ligava a um forte holandês. Havia outras fortalezas na Costa, da França, da Inglaterra e de Portugal (Ajudá), mas, por tratado mais do que caduco

(1661) entre Portugal e Holanda, era obrigatório o "quartiamento" dos navios portugueses no Castelo da Mina. O padre Vicente Ferreira Pires, que por lá passou em 1797, explicava que, em cada dez rolos de tabaco, os holandeses tinham direito a um. Entretanto, Caldas usava um eufemismo: "A este Castelo costumam ir os navios portugueses despachar, e pagar 10 por cento da sua carga..."

A fortaleza continuou em poder da Holanda até o terceiro quartel do século XIX.

*

O comércio de escravos com a Costa da Mina, instituído pelo governo geral do Brasil, teve confirmação real em 1699, na aurora do ciclo da mineração.

Somente 24 embarcações, todas registradas no porto da Bahia, podiam fazer o resgate de escravos na Costa. O negócio era tão lucrativo, dada a crescente aceitação da mercadoria nas lavras de Minas Gerais, que, em 1751, o conde de Atouguia teve de reimpor, em toda a sua força, a limitação: embora o número de navios fosse o mesmo, alguns donos possuíam dois e três, "o que era a causa de descontentamento na praça, pela desigualdade das conveniências que a cada um resultavam".

A essa altura do século XVIII, já o comércio declinava. Pela relação que José Antônio Caldas publica na sua *Notícia*, 26 dos 121 negociantes da Bahia empenhavam-se em transações com a África no ano de 1759, dos quais 18 com a Costa da Mina, 5 com Angola e 3 com ambos os pontos. Nos seis anos seguintes, a Bahia mandava para Minas Gerais – os dados são da Provedoria-Mor da Fazenda, citados por Afonso de Taunay – apenas 6 600 escravos, ou seja, pouco mais de 1 000 por ano. Por volta de 1790 o autor anônimo da *Descrição Econômica* da Bahia comentava que a importação se reduzira a 6 000 negros, carga de 12 navios – cada navio levava 4 000 mangotes de tabaco, equivalentes a 500 escravos –, embora entre 9 e 10 000 negros fossem necessários "na substituição dos falecidos para surtir em Minas as fábricas da extração de ouro, e na comarca e capitania da Bahia aos serviços domésticos, e a todo gênero de agricultura". E, em 1798, ao que anotou Vilhena nas suas *Cartas*, o número de escravos da Costa da Mina chegados à Bahia não atingia cinco milhares.

*

José Antônio Caldas chegou a incluir na sua *Notícia* uma descrição da Costa da Mina, entre o rio dos Cestos e o Cabo Lopo Gonçalves, tão importante lhe parecia esse comércio para a Bahia.

Em vários pontos da Costa os navios recebiam a visita de canoas que vinham negociar azeite de palmas (dendê), arroz, pimenta-malagueta, marfim, ouro, animais e frutas, "e outras coisas que dá o país", além de escravos. Os navios de bandeira portuguesa negociavam com açúcar a 1$600 a arroba, pipas de aguardente a 48$, búzios a $320 a libra, peças de panículo a 1$600 e boiões de doce, geralmente de dez libras cada, a $140 a libra, além do carregamento principal de tabaco, o refugo da produção da Bahia, a 10$ o rolo.

Pela *Descrição Econômica*, posterior à *Notícia* de Caldas, o mangote de fumo valia 3$ e a pipa de aguardente 50$. Também o padre Ferreira Pires, nos fins do século XVIII, registrava o preço do rolo de tabaco (duas arrobas e meia) entre 3$ e 5$400.

Do Castelo da Mina, segundo Caldas, os navios portugueses podiam demandar os portos do grande e do pequeno Popó, separados por duas léguas de mar. Ajudá (Whydah) e Apá. "Este porto de Ajudá é avultado em negócio de escravos", mas o melhor dos portos, para os portugueses, era, na ocasião, o de Badagris. Duas léguas a leste estava "o rio de Lagos", já na terra dos nagôs, e, mais adiante, o Calabar: "Dentro faz uma famosa baía: e desta se reparte por vários rios mui dilatados para o sertão. De todos estes concorrem quantidades de escravos..."

Os navios do tráfico faziam grandes despesas nesses portos, pagas em rolos de tabaco.

*

Luís dos Santos Vilhena, professor de grego na cidade do Salvador, tratando do comércio exterior da Bahia, escreveu nas suas *Cartas* (1802) que, para a costa da Guiné e ilhas – ou seja, a Costa da Mina – "se exporta daqui muito tabaco, do refugo que se manda para Lisboa, e Índia por conta de S. M., reduzido a rolos muito mais pequenos; bem como muita aguardente e búzio, que serve de moeda entre os negros". As embarcações traziam, de regresso, afora a mercadoria humana, "muitos panos de algodão, chamados de ordinário panos da Costa que por ser manufatura dos negros tem despacho na Alfândega".

Vilhena teve a sorte de encontrar dados do comércio com a África, referentes à importação no ano de 1798. Simplificando esses dados, teremos:

Costa da Mina
4 903 escravos	490:300$
Panos da Costa	4:800$
1 000 canadas de azeite de palmas	1:000$
6,5 milhões de onças de ouro	8:156$
	504:256$

São Tomé
500 canadas de azeite de palmas	500$

O escravo constituía, na época, toda a transação com Minas Gerais: "consiste este [comércio] na exportação de bastantes escravos que o Rio não pode subministrar-lhes com a precisa abundância…".

O professor Vilhena não morria de amores pelos escravos nem pela escravidão. E, afinal, sempre considerava um bom negócio obter braços para o trabalho em troca de "um gênero que nos superabunda e que para nada nos serve, qual é nosso tabaco de refugo".

*

Por mais de um século, a Costa da Mina foi um "campo de caça" para a Bahia. Tão rendoso era o comércio de escravos que o rei Dagomé duas vezes mandou embaixadores à Bahia, a fim de obter o monopólio do fornecimento de negros pelo porto de Ajudá, e dois antigos escravos brasileiros, Alfaiate e Xaxá, com ele se tornaram ricos, influentes e famosos. O forte da Mina, encravado em terras do soberano Fanti, deu nome, no Brasil, aos negros fantis e axantis (minas) das redondezas, alcançados pelo tráfico, e batizou toda a Costa. Além da mole humana carreada pelos tumbeiros – do litoral e do interior, até mesmo do Sudão, até mesmo de tribos islamizadas da orla do deserto – a Costa da Mina mandou para o Brasil dendê, quiabo e pimenta-malagueta, de fácil aclimação na terra brasiliense, para revigorar as energias do povo que contribuiu para formar.

(1958)

OS NEGROS TRAZIDOS PELO TRÁFICO

Os homens alcançados pelo tráfico, salvo uma ou outra pessoa de relativo destaque porventura caída no desfavor dos régulos, eram em geral prisioneiros de guerra.

Não parece ter havido casos em que funcionários civis, militares ou religiosos tenham conhecido de perto os horrores da travessia por mar, nos tumbeiros imundos e superlotados. Somente os elementos sem representação, por natureza ou condição escravos dos sobas, eram vendidos aos traficantes. Em todo caso, sempre há a lenda do Chico-Rei... Excetuam-se apenas os hauçás e alguns negros jejes e nagôs, que sabiam ler e escrever e, como aderentes da lei de Mafoma, professavam uma religião de importância universal: "São de uma grande altivez de caráter", escreveu o francês Forth Rouen (1847).

*

Provinham estes negros de uma zona mais ou menos contínua, que se estendia do golfo da Guiné até o Sudão e, descendo para o rio Congo, continuava para o leste até as praias do oceano Índico, na chamada Contracosta.

O tráfico trouxe, para o nosso país, habitantes das regiões conhecidas como Costa do Ouro e Costa dos Escravos, no golfo da

Guiné. Da Costa do Ouro vieram negros fantis e axântis, os primeiros moradores do litoral, os segundos do interior, os negros gás, que viviam também na costa, entre os fantis e os fons (jejes). Estes negros, que falam, em geral, a língua *tshi*, receberam aqui o nome genérico de *minas*, do Castelo da Mina, e muitos dos chegados ao Brasil foram empregados na cata do ouro e dos diamantes nas Minas Gerais, via Bahia. Eram seus vizinhos os jejes ou evês da Costa dos Escravos, que, por ocasião do tráfico, já se haviam organizado nos poderosos reinos de Daomé, Arda (Allada) e Savi (Ajudá). Em meados do século XVIII, por duas vezes o rei Dagomé – como se dizia nos papéis do tempo – mandou embaixadores à Bahia, para tratar do monopólio do comércio de escravos, que pretendia escambar à razão de doze rolos de fumo cada. Os jejes, pelo que revelam pesquisas etnográficas recentes, chegaram à Bahia, ao Recife e a São Luís do Maranhão, onde, embora em números não muito consideráveis, deixaram algumas das suas práticas religiosas. Dos ardas, um documento atribuído – talvez sem razão – a Henrique Dias os descreve como "tão fogosos, que tudo querem cortar de um golpe" na campanha contra os holandeses. A tribo principal dos fons, *mahi*, deu também alguns escravos ao Brasil: a esse grupo mais setentrional dos jejes pertencia Luísa Marrim, participante de um dos levantes de escravos malês na Bahia, mãe de Luís Gama. Da Costa dos Escravos chegaram, igualmente, negros de Iorubá, chamados aqui nagôs, do nome de uma das suas tribos, que pelo noroeste limita com os jejes. Esses negros eram, em toda a região do golfo da Guiné, os portadores de uma civilização mais adiantada. A sua influência estendia-se a todos os povos do litoral e alcançava o interior do Sudão. Em princípios do século XIV o Oni de Ifé mandara colonizar o Benim, onde florescia a arte do bronze, que surpreendeu os viajantes europeus, a partir dos portugueses que ali aportaram em 1472. A religião, a organização política e os costumes sociais de Iorubá davam o modelo a toda uma vasta zona. Os negros de Iorubá eram principalmente agricultores, mas os seus tecelões, os seus ferreiros, os seus artistas em cobre, ouro e madeira já gozavam de merecida reputação de excelência. Não havia abundância de animais de caça, mas a pesca, nos rios, nos lagos e no mar rendia muito. Criavam-se animais de subsistência – cabras, carneiros, porcos, patos, galinhas e pombos. O cavalo era conhecido havia muitos séculos, devido ao contato com os árabes: o fundador do reino de Iorubá representava-se, nos mitos, montado num corcel. O reino dividia-se nas províncias de Oió, Abeokutá, Lagos, Yebu e Ondô, e as cidades de Ifé e de Ibadan já eram famosas, sem contar a capital, Oió, de onde procedem alguns dos deuses africanos que se cultuam no Brasil. Em fins do século XVII, o povo de Iorubá estava repartido por seis reinos, inclusive o de Benim, o de Queto ou Ala Queto, o mais poderoso de todos, o de Ijexá e o de Egbá. Os nomes de Queto e Ijexá continuam vivos, como designativos de ritos dos candomblés brasileiros. Estes negros praticavam a circuncisão. Ao contrário dos bantos, já conheciam tecidos de pano, que eram a sua vestimenta habitual, valendo-se de cascas de árvores somente em certas cerimônias simbólicas*.

Dos povos do Alto Sudão, o papel mais espetacular coube aos hauçás, que na Bahia comandaram nagôs e tapas, seus vizinhos na África, em algumas das insurreições malês do começo do século XIX. A flama proselitista do Islam havia alcançado os hauçás, desde o século XIV, através dos fulas e dos mandingas. Povo de artesãos (ferreiros, tecelões, etc.), ilustrado por soberanos famosos como Abu Yazid, Othman dan Fodio e Sarkin Musulmi, os hauçás tinham os seus Estados ao sul do povo Kanuri, do Bornu, habitante da região adjacente ao Lago Tchad, e ao norte dos peul (fulbe, fala, fulanim, felata) – os *fulas* –, em parte pastores nômades, pagãos, em parte muçulmanos, sedentários, valorosos guerreiros que se haviam espalhado, já pelo século XIII, pelo interior do Sudão, erigindo redutos fortificados. De alguns desses povos ficaram apenas certos gentílicos e apelativos, *fula, mandinga, malê*, sujeitos aos processos normais de semântica, mas em conjunto nos legaram a liturgia muçurumim, alguns hábitos alimentares e o camisu dos malês, este último popularizado pelos árabes naquela parte da África muito antes da viagem de Cabral. Numericamente poucos, esses negros altos, sérios, de pescoço comprido, de pele baça e, com a idade, de cabelos branco-amarelados, concentraram-se na Bahia, mas tanto as restrições ao tráfico como as medidas tomadas em seguida aos levantes que provocaram na cidade do Salvador fizeram cessar a sua vinda. Um pequeno povo da grande curva do Níger, os gurunxe ou grunce, pacíficos agricultores chamados na Bahia *galinhas*, talvez pela sua falta de combatividade, também vieram para o nosso país. Em começos do século XIX, os hauçás pressionavam os nagôs para o Atlântico, recuando, por sua vez, ante as incursões dos peuls (*fulas*).

Antes e depois do tratado de 1815, com que se procurou sustar a entrada de negros do Sudão no Brasil, os tumbeiros rumavam para a zona banto do continente africano, especialmente Angola e Congo. Eram antigos os interesses portugueses em Angola. Os holandeses tomaram Luanda, tentando controlar o comércio de escravos, mas foram expulsos daquela posição por uma expedição de socorro portuguesa, partida do Rio de Janeiro (Salvador de Sá). Já havia comerciantes portugueses estabelecidos em Bailundu e Caconda e alguns deles iam de Bié a Catanga em busca de marfim. A região de Angola, banhada pelo Zambeze, é uma estepe seca, a *brousse*, às vezes modificada pela floresta espessa ou por campos de relva. Dos seus habitantes, as mulheres entregavam-se à agricultura, utilizando enxadas primitivas, enquanto os homens se empenhavam na criação de gado. Os rebanhos eram, entretanto, pouco numerosos, exceto nas elevações de Benguela, zona pouca palúdica, habitada pelos ambundos ou ovimbundos. Os naturais vestiam-se de cascas de árvores, como o fariam, nos Palmares, os negros do quilombo, mas, no sudoeste, havia uma verdadeira casta de caçadores, que já conhecia vestimentas de couro, lanças de ferro, manteiga. O nome de Angola, dado ao país, proveio dos reis Ngola, soberanos do Ndongo, um reino que incluía, entre as suas províncias, as de Samba e Mpemba. Daí, do extenso reino do Ndongo, a que a rainha Jinga havia anexado o de Matamba, no Kwango, muitos milhares de negros vieram para Pernambuco ("sem negros não há Pernambuco", dizia o padre Vieira), Bahia, Rio de Janeiro, embarcados nos portos de Luanda, Mossâmedes, Benguela e no rio Ambriz. Dos negros de Benguela escrevia Vilhena que "são mais amoráveis e dóceis e percebem e falam a nossa língua melhor, e com mais facilidade". Quanto ao Congo, já era conhecido dos portugueses desde Diogo Cão, que parlamentou com o Mani-Congo (1482). O país caracteriza-se por densas florestas à beira-rio, savanas e estepes úmidas. Ao norte do rio havia plantações de batatas, inhame, bananas e palmeiras oleaginosas; na floresta, a única plantação era a de milho. Mencionemos duas tribos conguesas, *samba*, no interior, povo muito fragmentado e pouco homogêneo, e *moxicongo* (Mushicongo). Um documento de 1759, de Belém do Pará, dizia, destes últimos, que eram os escravos "da mais ínfima reputação por serem sumamente mortais e todos tão moles que pessoa nenhuma se resolve pelo Brasil a comprá-los, a menos de ser por preços muito módicos". Os povos de Angola e do Congo praticavam a circuncisão e a excisão dos púberes, geralmente por ocasião da iniciação; as mulheres serviam de moradia aos deuses, por quem eram possuídas; o culto dedicava-se principalmente aos ancestrais, mas havia um deus supremo, chamado no Congo Nzambi, Nyambi ou Nyame – o Zâmbi do Brasil – que lembra fortemente o Onyamê dos negros axântis da Costa dos Escravos. Desta região vieram cabindas, monjolos, rebolos, caçanjes...

Os tumbeiros alcançaram a Contracosta, na região de Moçambique, e de lá trouxeram, em números reduzidos, negros macuas e anjicos, encontrados aqui por Martius. Não somente a viagem era mais dispendiosa como a aceitação desses negros, no Brasil, era problemática. Em 1738 escrevia o conde das Galveas: "Os escravos que se extraem daquelas paragens não acham aqui saída alguma porque a experiência tem mostrado na sua frouxidão o pouco que valem para o serviço dos engenhos, lavoura dos tabacos e muito menos para o trabalho das minas".

(1957)

A FORTALEZA DE AJUDÁ

Pouco ou quase nada serviu às ambições de Portugal a fortaleza de São João Batista de Ajudá, fundada com o duplo objetivo de substituir o Castelo da Mina, tomado pelos holandeses em 1637, e proteger a navegação procedente da Bahia.

Com a sua construção, os portugueses publicamente desistiam de recuperar o baluarte perdido. E, durante todo o período do tráfico, as embarcações lusitanas tiveram de pagar 10% da sua carga aos holandeses do Castelo da Mina e comprar "passaporte" para, sob a vigilância de guardas do forte, comerciar mais para o leste e alcançar Ajudá.

A fortaleza estava encravada na aldeia de Gregué, nas vizinhanças de Ouidah ou Whydah, uma légua para dentro da costa daomeana – "uma costa desolada, a que o mar, pulando um banco, arremete em constante fúria", escreveu Edmundo Correia Lopes. O padre Vicente Pires deixou uma descrição (1797) desse banco

> que é bem assim como um cordão de areia sobre o qual o mar faz continuada ressaca, em distância da praia enxuta 40 braças pouco mais ou menos.
>
> ... Aquém do cordão, por costume se formam três rolos de mar, que fazem seu abatimento sobre o mesmo cordão, e por isso aqueles negros remadores das canoas contam em distância proporcionada primeiro, se-

gundo e terceiro rolo, e nestes termos costuma então o mar fazer um pequeno jazigo, tanto quanto basta a dar tempo para remarem as canoas além do banco; mas, como isso não tem compasso ... muitas vezes acontece, na ação da canoa ir a passar o cordão, vir o primeiro rolo do mar ainda inesperado, e irremediavelmente a canoa é profundada.

Aqueles que caíam ao mar, nesse trecho perigoso da costa, eram tragados pelos tubarões.

Talvez nestas circunstâncias – de se plantar à orla de uma importante povoação africana e de estar praticamente cercada e acuada pelo mar – esteja a razão de ter sido a fortaleza, mais do que um estabelecimento militar, um simples entreposto comercial de resgate de escravos. Não obstante atacada e invadida algumas vezes pelos negros, a sua artilharia só entrou em ação para saudar os navios portugueses que demandavam o porto...

Iniciadas as obras, em 1680, pelas autoridades portuguesas das ilhas de São Tomé e Príncipe, o diretor e os oficiais da fortaleza, que convinha construir "à última perfeição", eram nomeados, por determinação do Conselho Ultramarino (1723), pelo vice-rei do Brasil. O quadro do pessoal, com os respectivos soldos, era modesto, ao tempo do vice-rei Vasco Fernandes César (1728): diretor, 600$; capitão de infantaria, 300$; tenente, 150$; almoxarife, 200$; escrivão, 150$. Havia mais um capelão e um sangrador. Formavam a guarnição os residentes portugueses, a que se juntavam companhias de negros "domésticos". Mais tarde houve diretor e segundo diretor.

As despesas com Ajudá eram pagas com o "imposto dos dez tostões", cobrado sobre cada qual dos 6 000 escravos da Costa da Mina chegados à Bahia, em média, todos os anos. O vice-rei conde das Galvêas calculava essas despesas em 2:960$.

Ao lado de Ajudá elevavam-se os fortes São Luís (França) e Cabo Corso (Inglaterra), que, por se localizarem também para dentro da Costa, estavam, como o português – escreveu José Antônio Caldas – "sujeitos aos insultos do rei Daomé".

A história da fortaleza, levantada por Edmundo Correia Lopes (*São João Batista de Ajudá*, Lisboa, s.d.), reflete a luta pelo poder na África, então ainda incipiente e desordenada, no sentido da criação de grandes Estados independentes.

Era diretor da fortaleza Francisco Pereira Mendes quando (1727) Adandosan (ou Adarunzá), comandando jejes e fons, tomou Ouidah e, derrotando as forças de seu inimigo o Chambá, se apoderou de Jaquem, vendendo para o Brasil, por quatro a cinco rolos de tabaco, cerca de cinco milhares de prisioneiros.

Com o novo diretor, João Basílio, teve início um longo período de dificuldades. O pessoal da fortaleza, ao que parece, dividia as suas simpatias, ativamente, entre Adandosan e o Chambá. Descoberto roubo na feitoria de Jaquem, houve ordem de prisão contra José Rodrigues da Silva, que a dirigia (e que buscou refúgio com o Chambá), e contra o capitão de infantaria Manuel Correia da Cunha. Intrigas do tenente Manuel Gonçalves, que desejava o cargo de diretor, e de Francisco Nunes Pereira levaram Adandosan a deter João Basílio, que em consequência chegou a ser processado na Bahia. Seis meses passou João Basílio em poder do régulo, que, ao lhe restituir a liberdade, por intercessão do capelão Manuel Velho de Godói, caracterizou a traição, declarando que o prendera "por palavra de branco e não de negro". Suspeitava Adandosan que, em 1732 e em 1736, o forte tivesse de algum modo apoiado o seu derrotado inimigo o Chambá.

Novamente, no São João de 1743, a fortaleza se viu cercada pelas forças de Adandosan, que exigiam a entrega de negros que nela se haviam refugiado. Tendo saído a parlamentar, João Basílio e o tenente Manuel Gonçalves foram detidos e forçados a ordenar a entrega dos negros. Estes, desesperados, fizeram explodir o paiol. Então, Adandosan tomou de assalto o bastião português. O diretor, o tenente e o escrivão da feitoria, deportados para a Bahia, foram condenados por deserção pelo abandono de Ajudá.

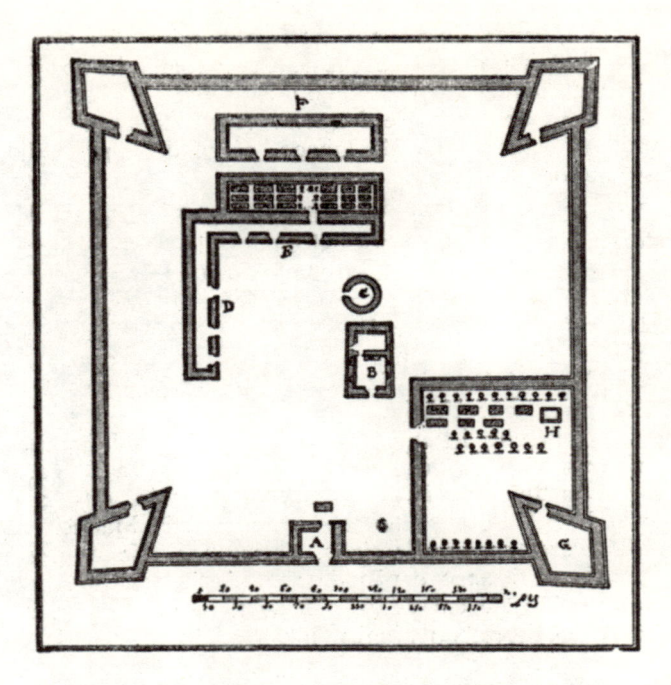

Ajudá – *Simplificação do traço original de José Antônio Caldas* (Notícia geral de toda esta capitania da Bahia, 1759): A – *entrada da fortaleza e corpo da guarda*; B – *igreja de São João*; C – *casa da pólvora*; D – *casa do diretor*; E – *armazéns e casas dos oficiais*; F – *tronco para os cativos*; G – *baluarte da bandeira com 10 peças*; H – *cisterna*.

O padre Martinho da Cunha Barbosa, que substituiu João Basílio, teve de hospedar-se no forte São Luís, enquanto se reedificava Ajudá, para o que conseguiu que Adandosan lhe fornecesse escravos. Um cortejo festivo, salvas de artilharia e a presença do *otegã*, um dos conselheiros reais, na festa de retorno à fortaleza, pressagiavam um período de boas relações entre portugueses e daomeanos.

Mas o padre morreu em 1746. Três anos antes, Francisco Nunes Pereira, que havia participado, talvez a serviço de Adandosan, das intrigas que levaram à primeira prisão de João Basílio, recuperara a liberdade; por ocasião da morte do capelão, era Tesoureiro dos De-

Aspecto atual do Castelo da Mina (Foto do Serviço de Informações de Gana)

funtos e Ausentes. Vindo de Allada, em companhia do *otegã*, Nunes Pereira se fez empossar diretor, mas a sua posse não foi reconhecida por Adandosan, que propôs que os capitães das outras fortalezas escolhessem o novo diretor. A escolha recaiu no agostinho descalço frei Francisco do Espírito Santo, da ilha do Príncipe que o *abogá*, outro dos conselheiros de Adandosan, prometeu que teria o reconhecimento real. Mas Nunes Pereira, tendo granjeado novamente as graças do régulo, expulsou o frade, tomou posse e por oito meses pavoneou na fortaleza a sua vaidade. O vice-rei do Brasil escreveu a Adandosan exigindo-lhe a entrega de Nunes Pereira a Félix de Gouveia, que despachava para a África. O régulo não hesitou em livrar-se de um aventureiro que já lhe não podia prestar serviços. Preso e deportado para a Bahia, Nunes Pereira, condenado por sedição, foi publicamente açoitado, com baraço e pregão, degredado por toda a vida para Benguela, com pena de morte natural se de lá saísse, e teve os seus bens confiscados pela Fazenda Real (1750).

Morto Adandosan, seu filho, que assumiu o mesmo nome ao subir ao trono, manteve boas relações com os portugueses. Não obstante mandar duas embaixadas à Bahia, a tratar do comércio de escravos, coagiu (1759) o diretor Teodósio Rodrigues da Costa a embarcar-se para a Bahia, onde o acharam sem culpa, já que o forte não estava em condições de resistir; e, após autorizar a colocação de peças de artilharia na praia, a pedido do diretor Félix de Gouveia (1760), certo dia mandou desmontá-las, devolvendo-as à fortaleza com o recado de que estudaria a questão com mais vagar...

*

O porto de Ajudá, "avultado em negócio de escravos", era frequentado por navios, corvetas e sumacas de muitas nações.

As unidades mercantes de bandeira portuguesa paravam, primeiro, no Castelo da Mina, onde pagavam um imposto de 10% sobre o valor da carga e obtinham, pagando mais um rolo de tabaco, "passaporte" para comerciar nos portos de Popó, Ajudá e Apá. Era obrigatório levar a bordo um guarda do Castelo da Mina, para que não negociassem em outros portos, e a reboque uma *bomba* (canoa), com cinco ou seis guardas do forte holandês, para impedir a aproximação de outras canoas.

Ao lançar âncora no porto de Ajudá, os navios do tráfico faziam grandes despesas, segundo José Antônio Caldas – presentes e gratificações para o régulo (32 rolos de tabaco e dois cativos); para os negros "de botar o bando para abrir o negócio"; para dois "ladradores que procuram cativos"; para os moços do "serviço d'água, que enchem barricas"; para os "moços do chapéu de sol" do capitão e do escrivão da fortaleza; para o diretor do tronco "para guardar os cativos". Tais despesas, segundo Caldas, se elevavam a 2:702$400, se se tratava de embarcações de 1 500 a 2 500 rolos de tabaco, ou a 4:037$200, no caso de ser a carga de 4 a 6 000 rolos.

O novo diretor devia ter, também, as mãos cheias de presentes no seu primeiro contato oficial com as autoridades daomeanas – âncoras de aguardente, peças de seda da Holanda, de cotonilha e de cambraia da Índia, frasqueiras de licor... O régulo e a sua ilustre genitora, os potentados ("cabeceiras de recebimento") Tamingá, Meú, Abogá, Caxaris, Apolgá e Jogá, o general Agaú e os mercadores Bambia e Bocoxapa (1759) eram os homenageados nessa primeira visita. Presentes especiais destinavam-se ao régulo – aguardente "do Reino, boa", e grandes chapéus de sol de veludo.

Cada embarcação pagava ao diretor da fortaleza 21 rolos de tabaco, seis boiões de doce e três arrobas de açúcar.

*

Chefe de linhagem mais ou menos estável, o soberano do Daomé usava inteligentemente o forte de Ajudá como sumidouro dos seus inimigos, que vendia como escravos, e fonte de renda e poder.

Tratava com as autoridades portuguesas no mesmo pé de igualdade. Por duas vezes, em 1750 e em 1795, enviou embaixadas à Bahia, propondo o monopólio do comércio de escravos: da primeira vez, um mensageiro e seu secretário, recebidos pelo vice-rei conde de Atouguia; da segunda, dois embaixadores e um *língua*, ex-escravo do diretor da fortaleza, com cartas para o governador da Bahia Fernando Portugal e para a rainha.

Em carta para o Reino, o governador, desaconselhando o comércio privativo no porto de Ajudá, indicava, sem o desejar, a autoridade de que se revestia o régulo, afirmando que "convém a boa harmonia com este potentado sumamente ambicioso e soberbo". As razões do governador eram: a) se acontecesse estarem muitos navios ancorados ao mesmo tempo, haveria demoras, que poderiam arruinar a carga, e o régulo exigiria preços mais elevados pelos escravos; b) os mestres das embarcações não teriam liberdade de escolher as peças; c) em todos os outros portos da Costa da Mina se resgatavam escravos mais barato; d) não convinha reunir na Bahia grande número de escravos da mesma *nação*...

À segunda embaixada seguiu-se a viagem à África de *enviados apostólicos* de Maria, a Louca – os padres Cipriano Pires Sardinha e Vicente Ferreira Pires, com o ingênuo objetivo de trazer à fé cristã o soberano e o seu povo.

Enquanto se discutia a proposta, o régulo, que não se entendia com o diretor Fonseca e Aragão, conseguiu livrar-se dele. Nomeado para substituí-lo, Manuel de Bastos Varela se conduziu de tal modo que os conselheiros reais invadiram Ajudá, prenderam, despiram e amarraram o novo diretor e o deportaram para a Bahia.

O potentado enviou ainda uma terceira e última embaixada à Bahia, em 1805, voltando a propor a exclusividade do comércio de escravos no porto de Ajudá, acenando com a exploração portuguesa das minas de ouro daomeanas e exigindo o fim da direção da fortaleza.

*

Era claro, por essa época, que a fortaleza já não tinha qualquer significação militar ou diplomática. E as proibições ao tráfico ao norte do equador deram o golpe de graça à sua possível importância comercial. Os empregos que o governador da Bahia Fernando Portugal já considerava vantajoso abolir (1795) persistiram, porém, por mais de um século.

Enquanto o Daomé foi uma colônia europeia, as ruínas do forte ficaram sob a jurisdição da "província" de São Tomé. Uma das curiosidades de Ouidah, escrevia há alguns anos Christine Garnier, era a fortaleza, "pálido vestígio das rivalidades europeias na costa d'África". Assim, "Portugal possui, no coração de Ouidah, uma colônia de uma centena de metros, sobre a qual tremula sempre o seu pendão...". Maria Archer, portuguesa, não viu muito mais: "Hoje em dia apenas restam de pé os seus paredões escalavrados. Um oficial, com pequeno número de praças, ocupa-o na parte menos arrasada. A bandeira portuguesa é içada, todos os dias, no alto dos muros abalados. E nada mais..."

O novo governo independente e soberano do Daomé negou-se a reconhecer a extraterritorialidade da fortaleza. Perdidas as esperanças de demovê-lo dessa atitude, um belo dia de 1961 o oficial em comando lhe ateou fogo antes de abandoná-la.

Era a resposta lusitana ao derradeiro "insulto" dos nacionais.

(1963)

"NEGO VÉIO[1] QUANDO MORRE..."

Uma quadrinha popular, cantada, que admite algumas variantes no primeiro verso – negro "véio", "jeje" ou "nagô" –, lembra o destino que esperava o negro escravo, ao morrer:

> Nêgo véio quando morre
> vai na tumba do bangüê
> Os parente vão dizeno:
> "Urubu tem que comê"

Fazia-se o transporte do defunto, seja amarrando-o a um pau, seja numa rede, aos ombros de dois ou mais negros. Era ao préstito fúnebre que se dava o nome de *banguê*. A inumação do cadáver, no interior, nada tinha de especial – abria-se uma cova regular ao pé de uma árvore ou ao descampado para recebê-lo – mas, nas cidades do litoral, o descaso pelo negro morto chegava às raias da inconsciência. O *banguê* nem sempre o levava ao cemitério, mas àqueles pontos em que se depositavam o lixo e as imundícies urbanas. Daí o triste sarcasmo da quadra: "Urubu tem que comê..."

Era o negro que literalmente não tinha onde cair morto que ficava à mercê dos urubus. Esta maneira de dispor do cadáver parece

---
[1] Nas quadrinhas populares, mantivemos a ortografia adotada pelo autor. [N. do E.]

ter coincidido com os períodos de maior intensidade do tráfico – o negro, fácil de substituir, não merecia consideração alguma – e, certamente, aplicava-se de preferência ao negro *novo*, recém-chegado da África. Em determinados momentos, como durante as epidemias de varíola, de sarampão, de cólera, dos *males* (febre amarela), todos os escravos tiveram sepultura comum, em virtude das exigências das autoridades sanitárias municipais. Isto não exclui o desprezo pelo negro *ladino* ou *crioulo*. Manuel Diegues Júnior observou que "nas Alagoas era hábito os senhores botarem para fora de casa os escravos que, por velhice ou enfermidade, não lhes podiam mais prestar serviços: eram abandonados aos sentimentos humanos dos estranhos. Quando ficavam bons os donos os reaviam...". Após alguns anos de trabalho dedicado e constante, porém, era raro que o negro não contasse com alguma proteção na velhice e na morte, quer em dinheiro, quer em amizades, quer em filiação em Irmandades e sociedades beneficentes.

O Rio de Janeiro foi a primeira cidade a tomar providências a favor do enterramento normal dos escravos. Os franciscanos criaram, em 1665, um cemitério para os escravos da Ordem e, em 1695, o governo da capitania fez um acordo com a Santa Casa de Misericórdia, que passou a receber um cruzado (400 réis) por enterro de escravo. As frequentes epidemias de varíola eram atribuídas, na ocasião, ao tratamento dispensado aos cadáveres dos escravos atingidos pela moléstia, como escreve Vivaldo Coaracy: "Não raras vezes os senhores mandavam abandonar esses corpos em lugares ermos, e outras faziam sepultá-los perfunctoriamente, em covas rasas que os cães e outros animais descobriam". Os escravos por si mesmos tomaram a iniciativa de preparar-se para a morte, primeiro com a Irmandade do Rosário e, em 1724, com um pequeno cemitério provido de capela, de que nasceu a igreja da Lampadosa. O mosteiro de São Bento, por essa época, já dava sepultura a escravos. À chegada de João VI os negros dispunham de dois cemitérios especiais e, pouco depois da Independência, podiam enterrar os seus mortos em quatro igrejas "mantidas por irmandades negras": a Velha Sé (Rosário), a da Lampadosa, a da Senhora do Parto e a de São Domingos.

Nem mesmo no Rio de Janeiro, porém, se dispensava o *banguê*. John Luccock, que esteve na Corte nos primeiros anos do governo real, conta que o cadáver, envolvido em fazenda grosseira, era depositado numa rede que, dependurada num pau, dois homens carregavam, com indiferença, para o cemitério. Se estes, no caminho, encontravam outros portadores de redes, juntavam os cadáveres numa delas. "Uma longa cova com seis pés de largo e quatro ou cinco de fundo" recebia os corpos, "atirados sem cerimônia de espécie alguma, de atravessado e em pilhas, uns por cima dos outros, de maneira que a cabeça de um repousa sobre os pés do outro que lhe fica imediatamente por baixo..." Luccock notava "o mau cheiro intolerável" que, em consequência, pairava no ar. Debret observou que, se o defunto não tinha eira nem beira, o cadáver, conduzido numa rede, ficava no chão, junto ao muro de uma igreja ou à porta de uma venda, à luz de uma vela, com parentes e amigos a recolher esmolas para as despesas do enterro pela Santa Casa, que então já custava três patacas (960 réis) – um aumento considerável sobre a taxa de 1695.

O *banguê*, no Recife, durante dois séculos levou comida para os urubus. Pedro Moreau escreveu (1651) que os escravos, "sendo doentes, tinham menos trato do que os animais" e, quando morriam, "a cerimônia consistia em ligar-lhes o corpo por três ou quatro lugares a um pau e dois de seus camaradas os tomavam às costas e os iam lançar ao mar ou a algum rio". Durante algum tempo houve um "clérigo do banguê" para acompanhar à sepultura os escravos indigentes, não membros da Irmandade do Rosário. Quando Maria Graham passou pelo Recife (1821), os senhores ainda se livravam do defunto à moda antiga. Deitado numa tábua, carregavam-no os companheiros até a praia e, abaixo do nível da preamar, espalhavam "um pouco de areia" sobre o cadáver. "Mas a um negro *novo* até este sinal de humanidade se nega... É amarrado a um pau, carregado à noite e atirado à praia, de onde talvez a maré o possa levar." Este cemitério ao ar livre – onde a inglesa viu um cão "que arrastava o braço de um negro de sob algumas polegadas de areia" – ficava no caminho entre a cidade e Olinda.

Era conhecido como *banguê*, na Bahia, o esquife dos pobres, da Santa Casa de Misericórdia. O enterro do negro (1800) custava 800 réis. O cemitério em que se inumavam os escravos servia aos indigentes e era dirigido – informa Vilhena – por negros, que "não somente deixam os cadáveres na flor da terra, por preguiça de afundar as sepulturas, como por dias deixam alguns por sepultar" – às vezes empilhados uns sobre os outros. Os senhores se eximiam, porém, até mesmo do pagamento dos 800 réis do esquife dos pobres: "uma grande parte" dos escravos falecidos "se vão pôr de noite embrulhados em uma esteira nos adros de todas as igrejas e capelas".

A rede funerária, ainda agora comum no interior, não servia apenas ao negro escravo, mas a toda a camada pobre da população das cidades. A diferença estava apenas em que o branco pobre ia seguramente para o cemitério, enquanto o negro desvalido, se escapava da vala comum, destinava-se em geral a pasto dos urubus...

(1957)

QUANTO VALIA UM ESCRAVO?

Como acontece com toda mercadoria, o preço do escravo oscilava de acordo com as necessidades do mercado e os riscos do negócio. De qualquer modo, porém, parece que o escravo nunca valeu menos de 80$ nem mais do que 1:500$, exceto em casos muito extremos e excepcionais.

A princípio, a mercadoria era relativamente barata. Os navios negreiros cobriam, em pouco tempo, a distância entre a África e o Brasil sem constrangimento algum e despejavam a sua carga, regularmente, na costa. O número de escravos importados era tão grande que o seu preço durante muito tempo se manteve em 80$ para os de Angola e 100$ para os da Costa da Mina, elevando-se para 160$ somente em fins do século XVII. Durante a mineração, e na área por ela compreendida, o negro afeito ao trabalho valia 300$, em média, após ter conhecido, segundo Antonil, preços que se aproximavam de conto de réis. Com as limitações impostas ao tráfico a partir de 1810, o preço do escravo na faixa litorânea subiu até 300$. Nessa época, de acordo com as observações de Cristiano Ottoni, nos municípios de Piraí, Vassouras, Valença e Paraíba do Sul, os senhores pouco se importavam com a reprodução da população escrava – e era frequente fazerem este cálculo: "Compra-se um negro por 300$; colhe no ano 100 arrobas de café, que produzem líquido pelo menos o seu preço; daí em diante tudo é lucro. Não vale a pena aturar as crias, que só depois de dezesseis anos darão igual serviço". O negro valia, pois, nessa região em franca prosperidade, 100 arrobas de café – uma bagatela.

Ora, os navios negreiros transportavam em média 300 escravos, num total de menos de dez contos de despesas gerais, o navio inclusive – 30$ por escravo. Mas esses pequenos navios de cem toneladas, no máximo de duzentas toneladas, começaram a chegar abarrotados de escravos, 400, 700, 800 e até 900 escravos, à medida que se intensificava a perseguição dos cruzeiros ingleses em alto-mar. Os riscos do negócio aumentavam na mesma proporção, especialmente depois do *bill* Aberdeen, quando os ingleses se arrogaram o direito de chamar à fala os navios suspeitos, revistá-los e conduzir os culpados perante os tribunais do Almirantado, por pirataria. Os negreiros se arriscavam a fazer toda a carga ao mar – e, naturalmente, o preço do escravo sofreu nova alta. Vendido a 100$, o escravo dava um lucro líquido de 70$ em média. Este lucro aumentou consideravelmente, em parte pelo aumento de preço forçado pelos riscos do negócio, mas principalmente pelo grande número de escravos trazidos, nos últimos anos do tráfico, pelos mesmos navios que antes mal se aventuravam a transportar mais de 300 escravos. Navios de 60 toneladas chegavam a trazer 400 negros. O escravo, desta maneira, custava muito pouco ao negreiro. Tão pouco que, como o provaram inquéritos do Almirantado inglês, se, de três navios, um fosse capturado, haveria ainda um lucro apreciável:

"Sendo 6 libras o custo do escravo em África, e calculando sobre a base de que um sobre três venha a ser capturado, o custo de transportar os dois outros seria, 9 libras por pessoa, 18 libras, às quais devem-se acrescentar 9 libras da perda do que foi capturado, perfazendo no Brasil o custo total dos dois escravos transportados 27 libras ou 13 libras e 10 xelins por cabeça. Se o preço do escravo ao desembarque é 60 libras haverá um lucro, não obstante a apreensão de um terço e incluindo o custo dos dois navios que transportam os dois terços, de 46 libras e 10 xelins por cabeça."

Este cálculo é do comandante da esquadra inglesa na África Ocidental (1849), a que Joaquim Nabuco acrescentava: "O meu cálculo é esse mesmo, tomando 40 libras como preço médio do africano no Brasil". Na ocasião, 40 libras eram somente 800$. Nabuco escrevia em 1883 e o seu cálculo do "preço médio" do escravo era mais ou menos correto. Mais ou menos, porque, em 1867, Perdigão Malheiro argumentava contra a extinção imediata do elemento servil à base da indenização, dizendo que seriam necessários 1 200 000 contos para a alforria de 1 500 000 escravos existentes na época. Isto significa que, já em 1867, como talvez em 1883, o escravo em média valia 800$. De acordo com o testemunho de Perdigão Malheiro, nesse mesmo ano de 1867 o negro valia um pouco mais – entre outras coisas por causa da guerra com o Paraguai: "Eles [os escravos] têm sido vendidos a 1:600$ e mais; o próprio governo tem-nos resgatado a 1:500$ (embora nominais por serem pagos em apólices ao par) a fim de servirem na guerra". O cálculo de Nabuco estava, também, mais ou menos de acordo com a denúncia de André Rebouças, em 1882, sobre a existência, no Tesouro, de 4 000 contos, inaplicados, do Fundo de Emancipação, dinheiro que significava a permanência no cativeiro para, "pelo menos", um número igual de escravos – ou seja, um conto de réis cada escravo. Note-se a ressalva "pelo menos".

As tabelas do Projeto Saraiva de 1885 fixavam o preço do escravo de 20 anos em um conto de réis e, à medida que aumentava a idade, até os 60 anos, o preço diminuía gradativamente para 200$. Como se sabe, nesse ano de 1885 foi decretada a lei que libertou da escravidão os sexagenários. Nos dois anos seguintes, num ou noutro ponto do país, o preço do escravo sofreu uma baixa considerável, mas artificial, em virtude da adesão de certa parte da magistratura às ideias abolicionistas, como conta Evaristo de Morais: "Facilitavam sobremaneira os juízes a libertação *mediante pecúlio*, admitindo arbitramentos por vezes ridículos: houve casos de serem libertos homens válidos e mulheres na flor da idade por 100$ e 50$..."

O preço, nessas diferentes épocas, era, evidentemente, um preço *básico*, variável de acordo com as condições físicas de cada escravo. Nabuco citava um edital de praça de escravos em Vassouras, em 1883, em que um homem de 51 anos, *quebrado*, era avaliado em 300$, enquanto outro, tropeiro, de 47 anos, era avaliado em 200$; uma menina de 10 anos (portanto nascida depois da lei do ventre livre) era avaliada em 800$, um cego de 76 anos em 50$, um morfético em 300$... Todos tinham o seu preço, até mesmo um doido de 50 anos, Militão, levado à praça de Itaguaí, avaliado em 100$. O preço do escravo também refletia, naturalmente, as vicissitudes do mercado. Sofreu aumentos consecutivos com as perseguições ao tráfico, continuou a subir ainda depois de abolido o tráfico em 1850, mas foi declinando à medida que se revigorava o movimento abolicionista, expressão política da transformação capitalista, burguesa, por que passava a sociedade brasileira. Assim, quando a escravidão foi afinal abolida, em 1888, os 720 000 escravos ainda existentes eram avaliados em 500 000 contos – o valor aproximado de todo o comércio exterior do Império. Mas isto dava menos de 700$ por escravo. O negro ia incorporar-se ao proletariado... O seu preço final foi a República.

(1946)

LEMBRANÇA DO NEGRO DA BAHIA

Negro habita a cidade do Salvador desde a sua fundação, em 1549 – e a partir desse ano, de tão extraordinária importância para a nacionalidade, deu a sua contribuição ao melhoramento das condições gerais de vida de todos os brasileiros.

Esta contribuição se estendeu, com intensidade variável, a todos os campos da atividade humana, entre os quais a luta política pela reforma da sociedade, produzindo figuras eminentes, como os pardos da revolta de 1798 e, contemporaneamente, Manuel Querino, Teodoro Sampaio, Martiniano do Bonfim e Aninha. E, dando força e vigor a esses expoentes, milhões de negros escravos, libertos e livres ajudaram, na medida das suas forças, o desenvolvimento urbano, social e intelectual da cidade.

Não será fácil esquecer, num estado em que a maioria da população é de cor, numa cidade em que pardos e pretos são quase dois terços dos habitantes, a presença e o papel tranquilo e paciente, mas constante e eficaz, do negro e em geral do homem de cor.

1

Os seis navios da armada de Tomé de Sousa trouxeram, entre o pessoal que vinha fundar a cidade do Salvador, cerca de uma dúzia de negros e mulatos – provavelmente os primeiros homens declaradamente de cor chegados à Bahia.

Alguns eram escravos, como Afonso de Touca, auxiliar do meirinho da Correição; outros eram forros; outros eram artífices, como o serrador Inácio Dias. Um deles se chamava Pero de Lagos, denunciando, já no nome, a sua procedência. Uns vinham engajados nas forças armadas, outros desempenhavam serviços vários, como simples mão de obra. Pelo menos três pretos, homens d'armas, pertenciam ao séquito pessoal do governador. O mais notável, entre esses primeiros homens de cor, foi o pardo Jorge Dias, que em 1550 completou a obra que tomara de empreitada – a Ladeira da Conceição.

Esses poucos negros e mulatos eram as avançadas de alguns milhões de filhos do continente africano que viriam ajudar no desbravamento da terra brasileira.

2

De então por diante não cessaram de chegar à Bahia levas regulares de negros. Eram especialmente homens adultos, mas também vinham mulheres e crianças, algumas ainda de peito. Os azares do tráfico fizeram aportar à capital do país os artífices e os agricultores nagôs e jejes, os intelectuais muçulmanos do Alto Sudão, os criadores de gado do Congo e de Angola... Um escravo que a princípio era avaliado em 80$ foi aos poucos aumentando de preço, à medida que se evidenciava a sua importância, tanto na exploração agrícola, nos canaviais e nas plantações de fumo do Recôncavo, como em empreendimentos urbanos, as rondas noturnas de polícia, a vendagem de guloseimas nas ruas, o transporte de carga. A importância social dos moradores brancos passou a ser medida pelo número de escravos de que dispunham – para a famulagem doméstica, para a tração das suas cadeiras de arruar, para serviços de ordem pessoal. Com a diversidade dos seus costumes nacionais, tão notáveis na religião e no traje civil como na cozinha e na linguagem, o negro transformou rapidamente a fisionomia portuguesa da Cidade do Salvador, tornando-a a mais característica das cidades do Brasil.

O negro não somente substituía o índio, e o relegava para o recesso das matas, como ajudava o português na sua tentativa de adaptação ao novo meio físico e social brasileiro. O negro, antítese racial, social e econômica do homem lusitano, criava a Bahia que conhecemos.

3

A tomada da Bahia pelos holandeses (1624) e a desorganização consequente na vida da cidade deram, aos elementos mais decididos entre a massa de escravos, a sugestão da independência. Alguns deles se estabeleceram por conta própria – e a Câmara da Bahia, depois da restauração, decidiu (1628) que "todo negro que morar fora das casas de seus senhores, em casas sobre si", se recolhesse novamente à escravidão antiga, dentro de seis dias, "sob pena de lhe derrubarem as casas" – uma providência que se estendia também aos forros. Outros buscaram a segurança nas matas, formando quilombo no Rio Vermelho (1629), esmagado, três anos depois, pelos capitães de campo Francisco Dias de Ávila e João Barbosa de Almeida, e outro no Itapicuru (1636), de cuja liquidação foi incumbido o coronel Belchior Brandão, "por ser pessoa de muita satisfação e experiência". Outros ainda, acreditando mais na defesa individual, fugiram do cativeiro, mas foram caçados com facilidade.

O negro despertava para a liberdade.

4

Em começos do século XVIII, o Terço de Homens Pretos, unidade auxiliar da tropa de linha, pedia ao rei a mercê do soldo para os seus oficiais e homens.

O seu requerimento – um retrato fiel da situação – lembrava que os Homens Pretos serviam "sem obstáculo, a todo tempo, e a qualquer hora", e acrescentava que "é muito para reparar que, havendo na mesma praça terços pagos, sejam os miseráveis suplicantes, alimentados somente de calamidades, os que supram a todo o serviço, e sem prêmio…".

Os Henriques desejavam as mesmas vantagens de que gozavam os seus companheiros de cor em Pernambuco – meio soldo quando em serviço e alojamento nos quartéis. Parece, entretanto, que conseguiram apenas, a despeito da informação favorável do governo da Bahia, "uma quarta de farinha" em cada dez dias e "uma farda ordinária" em cada dois anos.

Era muito, porque os Homens Pretos haviam obtido uma vitória – o reconhecimento oficial da justiça das suas pretensões.

5

A 26 de maio de 1795, chegavam à Bahia dois embaixadores do rei do Daomé, com cartas para o governador-geral e para o rei de Portugal, propondo o resgate de escravos exclusivamente no porto de Ajudá.

Não eram os primeiros emissários do régulo a chegar à capital, pois, anos antes (1750), um mensageiro do Daomé, acompanhado do seu secretário, viera propor a mesma coisa ao governo da Bahia.

Tanto numa como noutra ocasião, os enviados africanos foram hospedados e vestidos (traziam somente um pano da Costa sobre o corpo) por conta da Fazenda Real e apresentados ao governador em dia de festa pública, por já estar a tropa formada na rua, o que dava um aspecto de cerimônia à recepção. As suas pretensões não foram satisfeitas, em nenhum dos casos, embora o governador-geral Fernando Portugal achasse conveniente "a boa harmonia com este potentado sumamente ambicioso e soberbo, em razão do comércio de

Baluarte da bandeira, fortaleza de Ajudá (Foto Gasparino da Matta)

resgate dos escravos". Da Bahia os embaixadores continuaram viagem para o Reino, ainda por conta da Fazenda Real.

O acontecimento, em si mesmo extraordinário, revela a importância atribuída ao comércio de escravos com o Brasil.

6

O século XVIII se encerra, na cidade, com a liquidação da Inconfidência baiana (1798) – um movimento democrático que bem pode ser chamado de "a revolta dos pardos".

Como a Inconfidência mineira, de que era um seguimento lógico – embora mais próxima, ideologicamente, da grande Revolução francesa –, essa revolta foi abafada ainda na fase de arregimentação e organização de adeptos e as suas vítimas foram, não os homens influentes, das camadas superiores da população, que encabeçavam o movimento, mas os elementos populares, mais radicais, que se distinguiam pelo ardor com que lutavam pela implantação de reformas. Eram pardos e pretos esses elementos populares, alguns deles escravos, outros libertos. Maria, a Louca, que mandara esquartejar Tiradentes, depois de lhe dar "morte natural" na forca, não hesitou em impor o mesmo castigo, na Praça da Piedade, aos pardos Lucas Dantas, Luís Gonzaga das Virgens, Manuel Faustino e João de Deus.

Esses homens desejavam o "governo republicano" para o Brasil, a liquidação do preconceito de raças, "a franqueza do comércio a todos os portos estrangeiros, sem precisar de Portugal, e... o estabelecimento de novas fábricas de manufaturas e... a abertura de novas minas" – a democracia, a independência política e econômica do país.

A liberdade de comércio seria obtida, à chegada da Família Real, com a intervenção de Cairu – um dos homens brancos envolvidos no movimento, mas nem sequer incomodados pela justiça.

7

Era tal a concentração de negros escravos na cidade, em começos do século XIX, que o conde dos Arcos, durante o seu governo, achava conveniente permitir que as várias *nações* realizassem livremente as suas festas tribais, que ajudavam a manter as diferenças nacionais e retardavam a união da massa escrava em torno de objetivos comuns:

"O governo... olha para os batuques como para um ato que obriga os negros,... de oito em oito dias, a renovar as ideias de aversão recíproca que lhes eram naturais desde que nasceram, e que todavia se vão apagando pouco a pouco com a desgraça comum ... Proibir o único ato de desunião entre os negros vem a ser o mesmo que promover o governo, indiretamente, a união entre eles..."

A política maquiavélica do conde dos Arcos se revelaria incapaz de refrear, entre os negros, o desejo comum de liberdade.

8

Abria-se, pouco depois, a guerra da Independência. Os escravos, pela sua condição, estavam impossibilitados – exceto com licença dos seus senhores – de participar da luta contra o dominador português, que teimava em se manter na Bahia. Os grandes proprietários de terras, parceiros dos portugueses na opressão do povo, não se interessavam pela campanha travada, a despeito de todas as dificuldades, pelo Exército Pacificador. O general Labatut se queixava, publicamente, da falta de patriotismo dos senhores de engenho do Recôncavo, pois somente a classe média e as camadas inferiores da população contribuíam para as fileiras. Foi por insistência de Labatut que esses proprietários de terras libertaram alguns escravos pardos, com que se organizou o Batalhão dos Libertos (327 praças).

Os libertos entraram em fogo nos últimos meses da guerra libertadora, quando as forças independentes já atuavam nas vizinhanças do Tanque da Conceição, tomando parte nas duas últimas ofensivas contra as forças de Madeira, a 3 de maio e a 3 de junho de 1823, que garantiram a vitória ao Exército Pacificador.

Outros senhores de terras puseram escravos à disposição do comando português, armando-os com "arcos, flechas, espingardas, espadas, chuços, e facas de mato", para retardar o avanço das formações patrióticas populares.

9

Os negros muçulmanos, mais inteligentes, mais solidários entre si, se organizavam, já sob o governo do conde dos Arcos, para a guerra santa contra os infiéis.

A partir de 1807, esses negros, chamados na Bahia *malês*, começaram a inquietar as autoridades. A responsabilidade dos primeiros movimentos (1807-16) era dos hauçás, com o auxílio dos tapas, mas os últimos, os mais importantes (1826-35), foram organizados pelos nagôs. Oito vezes, em anos diferentes, os negros do Islam se arregimentaram para a luta armada pela sua independência política e religiosa. Significativamente, entre um e outro período das revoltas malês, estão os anos compreendidos pela revolução constitucionalista do Porto e pela guerra da Independência, de que os negros esperavam auferir vantagens. A última das revoltas, a de 1835, embora desfechada para anular os efeitos da delação, quase deu a vitória aos muçulmanos, que, tendo dominado os quartéis da cidade, foram entretanto dispersados pela cavalaria. Estes levantes eram um eco distante da expansão árabe, que levara o nome de Alá a todos os continentes.

O governo puniu severamente os culpados, deportou grande número de escravos, proibiu a importação dos seus tambores de guerra...

Falhara a expectativa do conde dos Arcos.

10

Com a guerra do Paraguai, o governo da Bahia achou pretexto para afastar da cidade os capoeiras e os batuqueiros, que começavam a constituir um problema.

O recrutamento militar alcançou de preferência muitos dos negros astutos, desempenados e ágeis de Angola, mas outros se apresentaram voluntariamente para servir, como Cesário Álvaro da Costa, capoeira amador.

O castigo lhes deu a oportunidade de mostrar o seu valor, tanto coletivamente, no combate do Curuzu, como individualmente, em atos de reconhecida bravura.

11

O negro da Bahia contribuiu, modestamente, para a libertação dos seus irmãos, com organizações de ajuda mútua de que os escravos se valiam para comprar a liberdade.

Essas organizações, as "juntas de alforria", eram uma invenção particular dos negros. Todos contribuíam com o pouco dinheiro que conseguiam obter – e as entradas eram escrituradas de maneira singular, por meio de incisões nos bastonetes dos mutuários. E, pelo esforço comum, os negros se ajudavam reciprocamente a escapar aos horrores da escravidão.

Não se poderá exagerar a importância de negro na determinação das características locais da cozinha, da religião, da linguagem popular e dos costumes em geral da Bahia.

Com os seus grandes quitutes de fama nacional, com os seus não menos famosos candomblés, um deles (o Engenho Velho) já centenário, com os seus panos da Costa, os seus camisus, os seus torsos, com as suas *rodas de samba*, de capoeira e de batuque, com os seus *ganhadores* e as suas *mulheres de saia*, o negro da Bahia modificou o panorama geral da cidade.

O intercâmbio sexual entre os vários grupos étnicos resultou ainda noutra modificação – o extraordinário número de pardos, que hoje são, numericamente, o grupo mais importante da Bahia.

13

A toponímia da cidade, entretanto, não reflete, na devida proporção, essa onipresença do negro. As designações locais dão preferência a motivos católicos ou aos acidentes do terreno – em língua portuguesa. Os nomes nagôs, jejes e bantos ficaram reservados aos pontos mais distantes do centro urbano.

Em geral, os topônimos africanos cobrem regiões ainda em estado natural, cortadas apenas por trilhas ou estradas não muito transitadas. Os terrenos são geralmente foreiros e é difícil encontrar neles mais do que *casas de sopapo*, construídas com arbustos e barro, cobertas de palma ou de zinco a raramente de telha. Os seus habitantes são negros e mulatos, artífices, operários, pequenos funcionários públicos, domésticos.

Assim, temos o beco dos Nagôs (*Nagô tedô*), na Saúde; o Cabula, nome de seita africana já desaparecida; o Bogum, que facilmente lembra Ogum, deus nagô da guerra e dos metais; o Beiru, provavelmente derivado de *eiru*, rabo de boi, insígnia de Oxóssi, deus da caça; a ladeira de Nanã; o Alto do Candomblé, sede do Gantois, onde Nina Rodrigues realizou as suas pesquisas; e a Gomeia, que Arthur Ramos já sugeriu ser uma corruptela da forma portuguesa do Daomé (Agomé, Dagomé, Dagomea nos documentos antigos) – o país dos jejes.

Em apoio a esta última interpretação, dois dos três candomblés jejes da Bahia – os de Manuel Menez e de Falefá – estão localizados nas vizinhanças da Gomeia.

*

Os preconceitos de classe, de cor e de religião – que levam à supressão do negro e do homem de cor nas suas tentativas de afirmação individual e coletiva, impedindo a lavagem do Bonfim, mandando varejar pela polícia os candomblés, escorraçando das festas de largo as *rodas* de capoeira e de samba, barrando aos homens de cor o acesso a clubes, cargos públicos e posições políticas – não poderão prevalecer contra esse passado histórico de boa vontade e de cooperação tão rapidamente resumido aqui, nos seus aspectos principais*.

Lembrar o negro, e em geral o homem de cor, nas festas do quarto centenário da cidade do Salvador, não será uma condescendência, mas um dever de justiça – a justiça que a Bahia ainda lhe está devendo.

(1949)

O AZEITE DE DENDÊ*

Embora dele se extraia um óleo rico em estearina, utilizado industrialmente na fabricação de velas, quando duro, e de sabão, quando mole, foi como azeite, óleo comestível, que o dendê se tornou conhecido no Brasil, e especialmente na Bahia. Até o primeiro quartel deste século, o óleo era chamado universalmente *azeite de cheiro*, expressão com que, atualmente, se designa o óleo mais refinado. Parece, com efeito, muito recente esse nome de *dendê*.

O dendê constitui um dos poucos resultados benéficos do comércio negreiro com a África, pois fornece um óleo ou azeite de grande riqueza em provitaminas A. Não o trouxeram os escravos, mas os traficantes. Parece viável a suposição de que os primeiros indivíduos dessa espécie vegetal tenham vindo da Costa da Mina: era "dos melhores" o óleo que se adquiria no porto de Lagos, escoadouro da maior produção mundial – a da atual Nigéria.

Segundo Jamieson (*Vegetable Fats and Oils*, 1943), à medida que se avança para o sul do continente africano o dendezeiro muda de nome – Ade-Quoi, Adesran, na Costa do Marfim; Abe Pa, Abobobe, na Costa do Ouro (Gana); De-Yaya, De-Kla, De-Gbakun, Votchi, Fade, Kissede, no Daomé; Dibope, Lisombe, nos Camarões; Mohei, no Kungwana; Esombe, no Bangala... Eurico Teixeira da Fonseca já afirmava, sem indicação de fontes, designar-se esta planta por *dendém* ou *andim* na África.

Ladislau Batalha (*Costumes angolenses*, 1890) escreveu que o "fruto da palmeira" chamava-se *denden* em Angola, enquanto "o azeite de palma para negócio e tempero doméstico" era *magi ma'n dende*. Estas palavras, em quimbundo, pronunciam-se *den'den* e *den'dê* – não obstante o *e* fechado final, a acentuação tônica recai na primeira sílaba. Foi no Brasil que *dende* se tornou oxítona.

Trata-se de uma palmácea que ostenta, no encontro das palmas com a haste, inflorescências na forma de cachos, seis a oito por ano, que amadurecem duas vezes em cada translação. Produto da floresta tropical, nasce espontaneamente nas terras pretas e no massapé, e em geral nos solos frescos e úmidos. Leva cerca de oito anos para frutificar, mas não necessita de cuidados especiais: dão maior produção os pés que recebem lixo, cinzas, urina e detritos em geral sobre as suas raízes. O *habitat* natural desta monocotiledônea vai da Gâmbia até Angola, sem solução de continuidade, ocupando uma faixa litorânea de cerca de 450 km de largura, que no Congo invade o interior até os lagos Alberto Nyanza e Tanganyika.

Os traficantes de escravos acrescentaram o dendezeiro à paisagem natural do Brasil sem maiores dificuldades. Era natural que o plantassem primeiro na Bahia, então o grande centro do comércio de negros. Na sua *Notícia* da Bahia (1759), José Antônio Caldas informava que os navios negreiros, na ocasião, frequentavam a Costa da Mina para negociar "azeite de palmas", além de escravos. Se isto não prova a inexistência da palmeira no país, pelo menos indica que a produção de azeite ou não se fazia ainda ou era ínfima em relação às necessidades brasileiras. Vilhena conseguiu encontrar estatísticas de 1798 que mostram que, naquele ano, entraram na Bahia mil canadas de "azeite de palmas" da Costa da Mina e quinhentas canadas da ilha de São Tomé, no valor total de 1:500$, ou seja, a mil réis a canada – cerca de 4 000 litros. No momento, porém, em que escrevia as suas *Cartas soteropolitanas* (1802), já estava aclimado aqui o dendezeiro, tanto que o professor régio propunha que fossem plantados nas terras dos engenhos, a fim de se extrair do coco "o azeite, tempero essencial da maior parte das viandas dos pretos e ainda dos brancos, criados com eles".

O azeite conquistou facilmente a preferência da população, que se valeu do dendê de vários modos e maneiras, seja como tempero, seja como alimento, seja para outros fins. A polpa do coco pode ser comida crua, mas, sempre que possível, os cocos eram fervidos em água e sal, ingerindo-se depois a polpa, mais tenra e macia. Uma verdadeira guloseima era o *cafuné*, o coco novo, do olho do cacho, que praticamente é apenas polpa, sem amêndoa. O sedimento acumulado no fundo do tacho, depois da primeira fervura, o *bambá*, de coloração turva, era vendido pelas ruas da cidade da Bahia em "medidas" de folha de flandres e comido com farinha e sal. E, quando o azeite está chegando ao ponto, os últimos restos de borra se aglutinam em forma de torresmos, *catete*, de saber muito apreciado pelos baianos. Manuel Querino conta que os negros faziam vinho de dendê na Bahia – uma beberagem muito estimada na África.

Para as pessoas exigentes, há a *flor* do azeite, o óleo mais apurado, transparente no seu alto grau de refinação. O povo prefere o óleo de fabricação doméstica, mais rico em dendê, ao de fabricação industrial. Há pessoas que não dispensam o azeite, quente ou frio, na comida, na salada, no pão, no doce...

As palhas do dendê, depois de batidas, ficam ainda levemente impregnadas de óleo. Fazem-se, com essas palhas, uns rolos chatos do tamanho de um pires, *aguxó*, para acender fogo – e daí o nome que se dá ao penteado feminino que assume essa forma.

Dura e trabalhosa era a extração do azeite, como se pode aquilatar por esta descrição de técnicos do Ministério da Agricultura (1916):

> Os rácimos separados pela foice sem gavião são expostos durante quatro dias, no mínimo, ao sol e mesmo unicamente três dias, se têm frutos bem maduros. Então toma-se cerca de dois quilos de frutos e se cozinha em uma marmita de ferro, e a massa polposa que deles resulta

é pisada em um almofariz ou pilão e misturada com água morna. Com a mão separam-se então as fibras do envoltório dos caroços e se deitam fora umas e outros. O óleo que sobrenada é misturado com água morna; deita-se o todo em uma peneira, depois a polpa é posta a ferver em água até que não deixe mais exsudar novo óleo, novamente é passado em peneira e assim seguidamente até que as polpas não contenham mais óleo. O óleo assim separado em diversas vezes é reunido e fervido até a eliminação d'água. O produto assim obtido é excelente e convém muito bem aos usos culinários.

Esta é, em geral, a forma por que se obtém o óleo grosso, pesado, quase pastoso, que empresta sabor especial às comidas "africanas" da Bahia e do Maranhão.

(1955)

ARUANDA*

São Paulo de Luanda, capital de Angola, foi o único dos portos africanos do tráfico de escravos que permaneceu na memória coletiva do negro brasileiro. A lembrança ficou através de cantos de macumba, *Aruanda, Aluanda, Aluanguê*, de capoeira, *Aruandê*, de maracatu, *Zaluanda, Aruenda*... Os descendentes de angolenses, congueses e cabindas e em geral dos povos africanos de língua banto mantiveram e mantêm viva a palavra, em toda a sua enorme significação emocional:

> N'Aluanda só se pisa de-vagá

Levas e levas de escravos, durante três séculos, deixaram o porto de Luanda, em navios negreiros semelhantes ao de Castro Alves, rumo do Brasil.

Eram estes os negros mais atacados pelo banzo.

Com o correr dos anos, a palavra deixou de designar o porto de Angola para abarcar, ambiciosamente, toda a África, misteriosa e adorável região de paz que se transformou, para o negro, em Terra Prometida.

(1957)

O QUILOMBO DA CARLOTA

O quilombo da Carlota só modernamente veio a ter esse nome. Em 1770, quando o sargento-mor João Leme do Prado o destruiu, esse refúgio de escravos se chamava do Piolho, do rio em cujas margens ficava. Ainda como quilombo do Piolho foi novamente atacado e destruído, em 1795, pelo alferes de dragões Francisco Pedro de Melo, comandante da povoação de Casalvasco. Depois desta expedição o rio do Piolho passou a ser o rio de São João e as presas feitas no quilombo, devolvidas à mesma zona, tiveram ordem das autoridades de formar a Nova Aldeia Carlota, em memória da princesa de Portugal.

Os quilombolas viviam "tranquilamente" na Serra dos Parecis, numa região cortada por muitos rios, a "trinta e tantas léguas" ao norte de Vila Bela, capitania de Mato Grosso.

Da expedição do sargento-mor (1770) sabe-se que se recolheu com muitos escravos recapturados, embora muitos outros tivessem conseguido safar-se no mato, mas não se sabe se, além disto, tinha outros objetivos. Quanto à bandeira do alferes de dragões (1795), a situação muda muito de figura. O capitão-general de Mato Grosso João de Albuquerque Pereira de Melo e Cáceres, que a promoveu, considerava, certamente, "a perda e dano da fuga de muitos escravos", mas também visava a remediar "a atual falta de terras minerais", a decadência das minas da sua capitania, outrora florescente.

Os 45 homens que, descendo o Guaporé, demandaram a região cortada pelos rios Piolho, Galera, Sararé e Pindaituba, tinham dois propósitos bem claros – reaver escravos para os seus senhores e buscar mostras de ouro – "a fim de se destruírem vários quilombos e buscar alguns lugares em que houvesse ouro".

A bandeira, patrocinada pelo capitão-general, deveria sustentar-se com a contribuição voluntária dos moradores de Vila Bela e dos arraiais a ela contíguos, prometendo a Fazenda Real ajudar com a quinta parte da gente, que armaria e municiaria para a empresa. O capitão-general propôs, ainda, um imposto "módico" sobre cada arroba de carne. Dos 45 homens da expedição, 8 – o comandante, 1 dragão e 6 "pedestres", provavelmente peritos em metais – eram mandados pelo governo da capitania.

Com a bandeira do alferes Melo seguia "um camarada... preto já forro", detido no quilombo do Piolho vinte e cinco anos antes, que agora servia de guia à coluna.

Saída a 7 de maio, a bandeira regressou a Vila Bela a 18 de novembro de 1795 – pouco mais de seis meses depois.

*

Somente a 15 de junho a expedição chegou à margem do Piolho. No dia 19, tendo seguido os rastros que vinham observando desde o dia 16, os homens da bandeira encontraram 3 índios, 1 negro e 1 caboré, que prenderam. Um outro índio fugiu e o alferes Melo, com 39 dos seus homens, correu no seu encalço, dando no mocambo. Os habitantes fugiram, mas foram perseguidos e a coluna fez mais 32 presas, adultos e jovens, índios e caborés. Pelas informações então obtidas, faltavam ainda 3 negros e 16 "pessoas", das quais, no dia seguinte, os homens do alferes apresaram 12. Até o dia 5 de agosto a expedição foi reunindo os elementos dispersos do quilombo, que somaram 54 pessoas, entre as quais 6 negros, 8 índios, 19 índias, 10 caborés e 11 fêmeas caborés.

Os negros eram sobreviventes à primeira expedição, do sargento-mor, que haviam regressado à vida do quilombo:

"Destes escravos novamente aquilombados morreram muitos, uns de velhice e outros às mãos do gentio cabixê, com quem tinham continuada guerra, a fim de lhe furtarem as mulheres das quais [os negros] houveram os filhos caborés ... Destes escravos só se acharam seis vivos presentemente, os quais eram os regentes, padres, médicos, pais e avós do pequeno povo que formava o atual quilombo..."

O alferes ainda queimou alguns ranchos, provavelmente de negros fugidos, e, afinal, depois de vinte léguas de marcha vagarosa, por causa das mulheres e crianças, chegou ao arraial de São Vicente a 19 de setembro, de onde despachou o "paisano" Geraldo Ortiz de Camargo para Vila Bela, com as presas do Piolho. Pondo-se em marcha no dia seguinte, a 24 entrava o "paisano" a capital de Mato Grosso, levando os quilombolas.

"Logo que esta gente chegou a Vila Bela, vendo S. Exa. [o capitão-general] que todos os caborés e índios de maioridade sabiam alguma doutrina cristã que aprenderam com os negros, ... e ainda alguns índios adultos, pois todos falavam português com a mesma inteligência dos pretos de que aprenderam; e como todos estavam prontos para receber o batismo, foi [S. Exa.] pessoalmente assistir a este sacramento, sendo padrinho d'alguns [quilombolas], assim como doutros as principais pessoas desta Vila..."

O batismo teve lugar a 6 de outubro e, no dia seguinte, os 54 habitantes do quilombo do Piolho partiam para a Nova Aldeia Carlota "em muitas canoas", transportando consigo mantimentos para vários meses, sementes, ferramentas agrícolas, porcos, patos e galinhas para criação... "Estabelecimento de que se espera para o futuro próspera e pública utilidade."

O quilombo estava bem situado, "em um belíssimo terreno muito superior, tanto na qualidade das terras como nas altas e frondosas matarias, às excelentes, e atualmente cultivadas margens dos rios Galera, Sararé e Guaporé, abundante de caça, e o rio de muito peixe...". Os seus habitantes ajudavam a natureza, tornando ainda mais paradisíaco o seu refúgio. A bandeira foi encontrar no quilombo "grandes plantações de milho, feijão, favas, mandioca, amendoim, batatas, carás, e outras raízes, assim como muitas bananas, ananases, abóboras, fumo, galinhas e algodão de que faziam [os quilombolas] panos grossos e fortíssimos com que se cobriam".

Quanto à descoberta de terras "minerais", o segundo dos objetivos da bandeira, os resultados foram medíocres. A 17 de maio, fez-se uma prova "de que se tirou coisa de 40 réis d'ouro" na margem esquerda do rio Branco e outra prova, que deu "pequena quantidade d'ouro, muito fino", num córrego. Pareceu aos homens do alferes que as terras eram auríferas, mas os achados não indicavam grande quantidade de ouro. Experimentavam todos os cursos d'água que topavam, mas concluíam sempre que a sua riqueza em ouro era mínima ou desprezível. Quando chegaram ao quilombo do Piolho, exploraram um córrego meia légua ao norte, o de São Pedro, que "deu algumas amostras d'ouro", e, finalmente, ao sul, o de Sant'Ana, que "deu mostras d'ouro, que foram as maiores que se acharam em toda esta diligência, e que dão esperanças de ali poder haver úteis descobertos".

As terras do Piolho eram as melhores – mesmo nesse particular.

*

Aqui termina a história do quilombo do Piolho – modernamente, o da Carlota – e se inicia a da incursão contra outro quilombo na mesma zona, o de Pindaituba.

Depois da partida do "paisano" Geraldo Ortiz de Camargo com a gente do Piolho, o alferes Francisco Pedro de Melo se dirigiu do arraial de São Vicente para a Ponte do Sararé, onde o foi encontrar o capitão José Antônio Gonçalves Prego, emissário do governador, que levava consigo um dragão para agregar à bandeira e dois escravos "que sabiam onde existia um quilombo nos matos de Pindaituba, por viverem nele quando foram presos por seus senhores nesta Vila [Bela] onde vinham, não só a comprar o que necessitavam, mas a convidar para a fuga e para o seu quilombo outros [escravos] alheios".

O encontro com o capitão Gonçalves Prego se deu no dia 23 de setembro e já no dia 30 a expedição fazia pouso "em uns antigos ranchos de pretos fugidos" e, no dia seguinte, às margens do Pindaituba, achava uma pinguela e uma trilha na direção do Sararé.

Transposto o Pindaituba, no dia 2 de outubro, o alferes deu com o quilombo, a cerca de três quartos de légua da margem. Estava dividido em dois "quartéis", um de 11 e outro de 10 casas, a uma distância de cinquenta passos um do outro, mas os negros, avisados da aproximação da bandeira, o haviam abandonado por outro local, à beira do córrego da Mutuca, seis léguas ao norte. O quilombo – pelo que se conseguiu saber de um prisioneiro – constava de dois arraiais, um sob o comando do negro Antônio Brandão, o outro sob a chefia do escravo Joaquim Félix ou Teles, havendo entre ambos uma distância de três léguas. O mocambo do negro Brandão tinha por habitantes 14 negros, dos quais 5 escravos; o outro, que mal tinha dois meses de existência, era mais povoado – 13 negros e 7 negras. Perseguindo dois quilombolas, que inadvertidamente vinham buscar mantimentos, a gente do alferes cobriu a metade do caminho até o mocambo de Antônio Brandão, parando somente com a chegada da noite e a chuva. No dia seguinte, o alferes chegava ao mocambo, encontrando-o deserto, e, tomando o rumo de leste, foi dar, no dia 4, ao mocambo de Joaquim Félix, também "despejado" pelos seus moradores.

Uma tropa de 31 homens, com os dois dragões à frente, bateu o mato em busca dos negros fugidos, mas somente no dia 14 o dragão Joaquim Alves Mizta pôde encontrar, nas margens do Sararé, um grupo de 11 negros, 6 homens e 5 mulheres, que tratava de uma companheira doente. Três escravos fugidos, que andavam à caça, escaparam à prisão. Faltavam ainda, pelas informações obtidas,

30 negros e 7 negras do quilombo. O capitão-general, avisado, mandou recolher à Vila Bela as doze presas, que ali chegaram no dia 21. O alferes organizou então "várias escoltas, que, cortando aquele áspero sertão... seguindo a multiplicidade de rastros de que estava cortado e sofrendo o rigor do tempo, que já era chuvoso", apresaram mais 11 negros e 7 negras, "que confessaram que o resto deles tinha atravessado o Sararé e passado para os arraiais".

Em toda esta vasta zona, a expedição explorou os cursos d'água em busca de ouro e, como confessa o alferes, achou "muitas terras auríferas (suposto que de pouco conto)".

Assim terminou a diligência do alferes na região do Pindaituba – "queimando e destruindo-lhes os seus quilombos e plantações, de que resulta que dos outros que escaparam se vão alguns diariamente entregar a seus senhores, o que já fizeram sete e se espera o resto fazer o mesmo...".

*

Os negros, índios e caborés devolvidos ao quilombo do Piolho – à Nova Aldeia Carlota – cumpriram uma importante função. O capitão-general, em ofício para o governo central, dizia ter informação de que "naquelas vizinhanças havia algumas aldeias de índios mansos, aos quais se ofereceram [para] reduzir à nossa sociedade os novos habitantes daquele quilombo" – um passo importante para a aproximação, por terra, entre Vila Bela e o Forte do Príncipe da Beira, "descobrindo-se assim novas terras minerais". E acrescentava que, com os índios e caborés, mandara para a Nova Aldeia Carlota os pretos "que houve modo de se forrarem (sem os quais os ditos índios e caborés não podiam presentemente passar, assim por serem alguns caborés seus filhos como para lhes ensinar a cultivar as terras)" – uma vanguarda da penetração colonizadora no Mato Grosso. O alferes Francisco Pedro de Melo era mais explícito, declarando que os quilombolas voltaram à Nova Aldeia Carlota "prometendo espontaneamente (!) não só reduzir à nossa amizade e comunicação outras aldeias de índios cabixis vizinhos daqueles lugares, mas vir a esta vila, tanto a comerciar como a trazer boas mostras d'ouro que faça conta, para atrair àquele importante lugar alguns colonos portugueses".

O interesse principal, mais do que a caça ao negro fugido, era a prospecção de ouro. Ao mesmo tempo que mandava o alferes à Serra dos Parecis, com os "úteis fins" já referidos, o capitão-general fazia partir, em missão de estudo das nascentes do Galera, do Sararé, do Guaporé e do Juruena, braço do Tapajós, o tenente-coronel engenheiro Ricardo Franco d'Almeida Serra, o seu ajudante de ordens Vitoriano Lopes de Macedo e o professor régio de Gramática Latina Francisco José de Freitas ("por ser em tempo de férias"), protegidos por escolta suficiente. O motivo da expedição era, assim, "a decadência atual das minas de Mato Grosso", a "falta de terras minerais" ...

(1953)

O BATALHÃO DOS LIBERTOS

O Batalhão dos Libertos teve o seu batismo de fogo, na guerra da Independência na Bahia, a 2 de maio de 1823.

Esta operação – um reconhecimento em força – fez parte dos preparativos para o ataque geral, marcado para o dia 3 pelo general Labatut, comandante do Exército Pacificador, contra as forças do general Madeira, que ocupavam a capital.

Como os demais destacamentos avançados das tropas independentes, a segunda companhia do Batalhão dos Libertos se atirou contra as linhas portuguesas. A ação se travou nas vizinhanças do Tanque da Conceição. Os homens do general Madeira esperaram os pardos do Batalhão "em ordem estendida" e lhes ofereceram obstinada resistência, mas finalmente tiveram de ceder terreno, fugindo em debandada, com os libertos nos seus calcanhares, e deixando oito mortos no campo de batalha.

Esta escaramuça foi o acontecimento mais importante do dia.

O Exército Pacificador, no dia seguinte, desfechava a sua ofensiva, avançando sobre a Cruz do Cosme, pelo Cabula e por São Gonçalo, e sobre o Tanque da Conceição. As linhas lusitanas foram destroçadas nesse setor e as tropas independentes levaram as suas vanguardas às vizinhanças dos entrincheiramentos da Lapinha, enquanto, mais a leste, os portugueses tiveram de recuar as suas posições tão profundamente que, em Brotas – dizia-se –, o comandante português general Madeira perdeu o chapéu esporeando o cavalo, acompanhado do seu Estado-Maior, em desabalada carreira para o centro da cidade. O inimigo perdeu 100 homens, armas e equipamentos, enquanto os independentes registraram a perda de 20 homens, dos quais 7 mortos.

O Batalhão dos Libertos foi criado por iniciativa do general Labatut. O comandante em chefe notava que somente homens das classes médias e das camadas populares acorriam às fileiras e, queixando-se da falta de patriotismo dos senhores de engenho do Recôncavo, que não alistavam os seus filhos no Exército Pacificador, pedia às autoridades que instassem com os senhores pela libertação dos seus escravos pardos, para com eles se formarem dois batalhões. Com os pardos disponíveis, o general Labatut organizou o Batalhão dos Libertos do Imperador.

Ainda nesse mês de maio, com a deposição de Labatut, o coronel Lima e Silva, novo comandante em chefe, reorganizou o comando do Exército Pacificador, mandando que os Libertos do Imperador – então sob o comando do capitão Bulcão Limeira – servissem de "casco" para outro batalhão, o Batalhão nº 9.

Seis dias depois de constituído, o Batalhão nº 9 participava, a 3 de junho, da grande ofensiva geral contra os entrincheiramentos portugueses, que esmagou a resistência do inimigo na Cruz do Cosme, em Brotas, no Rio Vermelho, na Pituba, no Alto d'Areia e no Rio de São Pedro. O Batalhão dos Libertos teve cinco feridos, dois gravemente, em ação provavelmente no setor da Cruz do Cosme.

Os ataques de 3 de maio e de 3 de junho prepararam o caminho para a entrada triunfal do Exército Pacificador, a 2 de julho de 1823, na cidade que sitiara por cerca de um ano*. Os homens do general Madeira já estavam embarcando, apressadamente, de volta a Portugal, nos transportes que os esperavam no porto e que a esquadra de Lord Cochrane deveria perseguir e acossar até além de águas territoriais brasileiras. O grosso do Exército Pacificador, sob o comando de Lima e Silva, entrou na Bahia pela Estrada das Boiadas (Estrada da Liberdade), tendo como uma das suas primeiras unidades o Batalhão nº 9, que, com mais outra formação, vinha chefiado pelo tenente-coronel Manuel Gonçalves da Silva. Enquanto esses destacamentos passavam sob os arcos de flores naturais preparados pelas freiras da Soledade, e eram recebidos sob os aplausos e as aclamações do povo da capital libertada, o coronel Felisberto Caldeira, comandando outras unidades do Exército Pacificador, entrava a cidade pelo lado da esquerda, pelo Rio Vermelho, completando o triunfo das armas brasileiras.

Na Bahia, o Batalhão dos Libertos – ao todo 327 praças – ficou aquartelado no Noviciado (São Joaquim).

O Exército Pacificador, ao entrar na Bahia, constava de 8 783 praças – ou 9 515 homens, contando o Batalhão do Imperador –, mas já em abril de 1823 o número de "bocas consumidoras" do Exército se elevava a 10 148.

(1945)

AS IRMANDADES DO ROSÁRIO

A devoção da Senhora do Rosário, a que mais tarde se acrescentou a de São Benedito, teve extenso mas efêmero esplendor, no século XVIII, florindo em capelas, igrejas e Irmandades onde quer que o escravo fosse parcela ponderável da população.

Esta era apenas uma das faces da política da Igreja, visando a atrair para si as massas de cor. Instigada e bafejada por ela, a corrida às Irmandades alcançou o escravo africano, mal saído da mais completa sujeição doméstica ao senhor, mas também atingiu os mulatos, proporcionando a uns e a outros tanto uma ocasião de sociabilidade e de prazer como uma perspectiva de ascensão social. Para os *ladinos*, as Irmandades do Rosário; para os mulatos, já acostumados às condições de vida brasileira, uma benévola e complacente liberdade de iniciativa.

Era em base tribal que se organizava a devoção, para os naturais da África. As primeiras confrarias do Rosário compunham-se exclusivamente de negros vindos de Angola, os mais numerosos nas cidades de então – e às vezes constava, dos seus estatutos, a exigência expressa da afiliação tribal. Teria esta cláusula, por objetivo, facilitar a catequese? Em algumas delas, como foi o caso em Pernambuco, desde o começo o cargo mais importante, o de Tesoureiro, era desempenhado, obrigatoriamente, informa Pereira da Costa, por "um homem branco, abastado de bens, zeloso e temente a Deus". Também os jejes se organizaram em Irmandade, a do Senhor da Redenção, na Bahia, quando mais considerável foi o seu contingente de escravos (1752). Parece que havia o propósito deliberado de não misturar *nações* diferentes nas mesmas Irmandades.

Os mulatos não se deixaram ficar atrás. Um deles, alfaiate, saindo à rua com uma cruz às costas, num momento calamitoso da vida da Bahia, deu o pretexto para a criação da Irmandade do Senhor da Cruz (1721); outros, libertos, ergueram, em Parati (1722), a igreja do Menino Deus, Santa Rita e Santa Quitéria (agora apenas de Santa Rita de Cássia), emulando com os *ladinos*, que nesse mesmo ano edificavam ali a sua Igreja do Rosário; outros ainda levantaram, com o seu esforço, a igreja da Madre de Deus, no Recife, e as capelas da Senhora dos Anjos, em Sabará, da Senhora de Guadalupe e da Senhora da Conceição dos Pardos, na Bahia...

Tudo indica que as primeiras Irmandades do Rosário foram as do Rio de Janeiro, de Belém e da Bahia. A confraria carioca foi organizada por volta de 1639 e reconhecida pelas autoridades eclesiásticas trinta anos mais tarde; o compromisso da de Belém data de 1682; e, quanto à da Bahia, cuja época de fundação se desconhece, já estava em funcionamento em 1685. A do Recife será mais ou menos contemporânea da sua congênere da Bahia e somente alguns anos mais antiga do que as de Olinda e Igaraçu. Vieram em seguida as de Parati (1722), da Laguna (1745), do Desterro, atualmente Florianópolis (1750), de Vitória (1765)...

Com o fervor e o entusiasmo de novos cristãos, os pretos africanos estenderam o culto da Senhora do Rosário a toda parte, levantando capelas, com ou sem o acompanhamento de Irmandades, em vilas e cidades. Estava-se na época do desbravamento do oeste – e, ao mesmo tempo que se fundava uma capela em Campos, no litoral, construíam-se outras em Paracatu (Minas Gerais), no Rosário da Meia Ponte (Goiás), em Diamantino (Maio Grosso)... Quatro anos após a descoberta das "terras minerais" goianas, já se erguia a capela da Senhora do Rosário de Goiás (1734), Santos Pretos ou, como tal considerados, Ifigênia, Elesbão, Antônio de Catalagirona, Edwiges, Antônio de Lourdes e outros tinham altares nas igrejas e capelas ou saíam em charola nas procissões. Santuários sob outras invocações, como o da Senhora das Mercês, de Sabará, foram edificados pelos *ladinos*, testemunhando o vigor desse período de associação íntima do escravo africano à religião católica.

A devoção de São Benedito, difundida desde a morte do santo (1589), foi autorizada pela Igreja somente em 1743. Isto retardou consideravelmente a organização de Irmandades dedicadas exclusivamente ao mouro siciliano. A da Bahia, por exemplo, não pôde funcionar antes de 1812. Desde 1639, pelo menos no Rio de Janeiro, porém, Benedito e a Senhora do Rosário andavam de mãos dadas – e mal acabava a Igreja de reconhecer o seu culto erguia-se em Cabo Frio, ainda que não por obra dos pretos, uma igreja sob a sua invocação (1761), à qual se seguiram outras, no Paraná e sobretudo em São Paulo, em Minas Gerais e na região amazônica. As danças dos moçambiques, tanto as antigas, de que não há descrição conhecida, como as atuais, as mouriscas da Europa, sempre estiveram associadas ao culto de São Benedito. E, ainda agora, no vale amazônico, onde as suas Irmandades são mais numerosas e atuantes, a folia de São Benedito, embarcada em canoa, faz o peditório de esmolas entre os vizinhos de rio abaixo e rio acima, antes de descrever a *meia-lua* tradicional no porto de chegada.

Duplamente exclusivistas, pois se formavam apenas de homens, e todos da mesma *nação*, as Irmandades do Rosário relutaram muito antes de condescender em abrir as portas a negros de outras terras da África, a negros e mulatos brasileiros e, finalmente, por motivos de prestígio ou de riqueza, a homens brancos. Isto decorria, em parte, da dificuldade de preencher de conterrâneos os seus claros, em parte por "esfriar" a devoção (como diria monsenhor Pizarro) e os preconceitos tribais dos fundadores, mas certamente também do temor da concorrência de possíveis Irmandades de negros crioulos. Passando, porém, da intransigência à tolerância, as Irmandades do

Rosário mudavam de caráter – já não eram instrumentos de catequese – e caíam na rotina.

Era grande, já em meados do século XIX, o descontentamento dos negros em relação a essas confrarias fechadas, impenetráveis. Os negros naturais da Bahia fundaram, utilizando como sede a capela do Rosário dos Homens Pretos, a Irmandade mista (homens e mulheres) do Senhor dos Martírios (1764). A convivência não parece lhes ter sido agradável, pois, alguns anos mais tarde, a nova Irmandade se transferia para a capela da Barroquinha, onde, ainda na República Velha, realizava, segundo Silva Campos, "saturnais" e "rega-bofes" em louvor à Senhora da Boa Morte. A Irmandade do Rosário recusava sangue novo – e os negros passavam a prescindir dela.

Onde estava o atrativo dessas Irmandades? Sem contar as procissões e as festas ruidosas, tão do agrado dos negros, promoviam, como escreveu o beneditino Domingos do Loreto Couto, "danças e outros lícitos divertimentos" – os cortejos de reis do Congo, as cantatas das taieiras, os terços e ladainhas pelas ruas, as bandeiras do Rosário e, à moda das do Divino, as folias de São Benedito – propiciando aos irmãos um ambiente social de que os privara a escravidão. As Irmandades davam segurança – conforto e ajuda nas necessidades, sepultura gratuita. E, elegendo ou confirmando a escolha de reis do Congo, de juízes e juízas de Angola, de governadores de *nação*, de capatazes de *companhias* de trabalho, etc., projetavam os seus membros na sociedade colonial*.

Substituindo os *ladinos*, os crioulos deram o golpe de graça na importância delas. Já não estavam, como os africanos de outrora, totalmente entregues à discrição do senhor. Como *negros de ganho*, distanciavam-se cada vez mais da sujeição antiga, eram elementos participantes da vida das cidades, e à liberdade de movimentos e de opção a que estavam acostumados no mundo civil já não bastavam as oportunidades oferecidas pelas confrarias do Rosário. Algumas delas haviam acolhido as juntas de alforria, mas agora, na segunda metade do século, a evolução urbana apontava aos crioulos múltiplos caminhos para a liberdade e para a ascensão social – não mantendo organizações tribais, mas, ao contrário, destribalizando-se, misturando-se às camadas pobres das cidades e participando, ombro a ombro, do seu incerto destino.

(1960)

A ABOLIÇÃO DO TRÁFICO

A 4 de setembro de 1850 era sancionada a lei que aboliu o tráfico de escravos. O governo imperial jogava uma grande cartada – valia-se da pressão inglesa para solucionar um problema interno, remotamente ligado à escravidão, que abalava a estrutura de classes do país. A propriedade fundiária, base do poder econômico e político, estava mudando, sub-repticiamente, de mãos. Foi contra esta ameaça que se ergueu a lei Eusébio de Queirós. Desde a revolução pernambucana de 1817 a escravidão estava formalmente condenada. Os movimentos que inquietaram a Regência tendiam, confusamente, para a abolição. Hipólito da Costa já dera, no seu periódico de Londres, as razões teóricas para a terminação do tráfico. Eusébio de Queirós capitalizou sobre toda esta agitação anterior. Com o comércio de escravos beneficiavam-se, antes da lei, os traficantes, que acumularam fortunas fabulosas à custa dos fazendeiros e proprietários rurais, e a Inglaterra, pois, dos navios apresados pelos seus veleiros, os escravos eram transferidos para as suas colônias nas Antilhas. Com a lei que extinguiu o tráfico, beneficiaram-se os senhores de terras, que se livraram das dívidas contraídas com os especuladores.

O autor da lei declarou francamente na Câmara dos Deputados, dois anos mais tarde:

"... Os escravos morriam, mas as dívidas ficavam, e com elas os terrenos hipotecados aos especuladores, que compravam os africanos aos traficantes para revender aos lavradores. Assim a nossa propriedade territorial ia passando das mãos dos agricultores para os especuladores e traficantes..."

O comércio com a África era extremamente rendoso. Os senhores de terras necessitavam, cada vez mais, de braços. Era quase nulo o crescimento vegetativo da população escrava, devido, em parte, à maior importação de homens que de mulheres, em parte, aos maus-tratos dispensados à negra gestante e às crias. Os senhores de terras compravam escravos a crédito, a prazo de três a quatro anos, sob o peso de juros astronômicos. Deste modo, o tráfico enriquecia os traficantes, na maioria portugueses, e levava à ruína a freguesia, "e com especialidade os fazendeiros e lavradores" (Perdigão Malheiro).

Uma circunstância especial deu à Inglaterra a oportunidade de apresentar-se no cenário mundial como campeã da extinção do tráfico. Durante o século XVIII e até 1807 era ela o país mais interessado nesse comércio e responsável por cerca de 50% das suas atividades. Em 1807, porém, o Parlamento proibiu o tráfico aos navios ingleses e a Marinha se empenhou, vigorosamente, na campanha pela sua extinção em todo o mundo. A Inglaterra estava em plena era industrial e precisava do trabalhador assalariado, que não só lhe custava mais barato como podia eventualmente comprar os artigos que os ex-senhores produzissem. Nenhum sentimento humanitário a animava. Os navios ingleses, chamando à fala os tumbeiros em alto-mar, apresando-os, transferindo a sua carga humana para as colônias da América Central, garantiam o triunfo da burguesia industrial.

Ora, foi a Inglaterra que negociou com Portugal o reconhecimento da Independência do Brasil. Em paga desse serviço, o governo brasileiro, pelo tratado de 1826, comprometeu-se a abolir o tráfico três anos depois da sua ratificação. Com efeito, em obediência a esse tratado, promulgou-se a lei de 7 de novembro de 1831, que extinguiu *no papel* a importação de africanos. De acordo com o tratado, a desconfiada Inglaterra se assegurara o direito de reprimir o tráfico negreiro em alto-mar, durante quinze anos a contar da vigência da lei. Pedro I negociara o tratado, mas a lei de 1831, dele decorrente, foi sancionada pela Regência, representação direta, no Poder, dos senhores de escravos. Estes de maneira alguma desejavam a cessação do tráfico – e o governo brasileiro não tomou qualquer medida para efetivar a lei. Entretanto, a Inglaterra usava e abusava do seu direito de visita e busca aos navios brasileiros em alto-mar, conduzindo os traficantes à barra dos tribunais do Almirantado, apresando as embarcações e dando novo destino aos escravos nelas transportados. Os negreiros tinham a seu favor a imensidão dos mares – a navegação fazia-se ainda a vela – e podiam valer-se do estratagema tenebroso que era atirar toda a carga ao mar, os escravos com pesos ao pescoço para desaparecer mais depressa no fundo das águas... Os lucros eram altos, que importava esta perda, uma ou outra vez?

Por volta de 1845, porém, deveria cessar o direito dos navios ingleses de chamar à fala os tumbeiros. A Inglaterra tentou obter do Brasil a prorrogação dos quinze anos de prazo, mas sem resultado. O Poder estava nas mãos dos senhores de terras, que ainda acreditavam em que o tráfico lhes trazia a riqueza. Ante a recusa brasileira, a Inglaterra tomou uma medida espetacular, aberrante de todas as normas internacionais, mas apoiada no seu temível poderio militar. O Parlamento britânico aprovou o *bill* Aberdeen, que deu aos navios ingleses, unilateralmente, sem o consentimento do Brasil, o direito de apresar os tumbeiros e de submeter os traficantes a julgamento pelos tribunais do Almirantado. E, apesar de todos os protestos, os navios ingleses varreram os mares, perseguindo o comércio de escravos até mesmo em águas territoriais brasileiras.

Ainda assim, os lucros do negócio valiam o risco. E, quanto mais intensa era a reação inglesa, tanto maior o número de escravos entrados no país. Em 1849, esse número elevou-se a 54 000. De agosto desse ano até maio de 1851, os cruzeiros ingleses capturaram e destruíram cerca de noventa embarcações empenhadas no tráfico. Era com razão, sem dúvida, que Eusébio de Queirós declarava à Câmara: "Nesse crime a cumplicidade é geral..."

A lei de 1850, de interesse imediato dos escravocratas, não ficou no papel, como a de 1831. Os estrangeiros que traficavam com escravos – portugueses principalmente – foram expulsos do Brasil; os depósitos de escravos, destruídos; os tumbeiros, eficazmente perseguidos e apresados na costa. No ano de 1850 haviam chegado ao Brasil 23 000 escravos. Os traficantes ainda conseguiram burlar a vigilância oficial, com 3 000 escravos em 1851 e 700 em 1852. A última tentativa de desembarque teve lugar em 1856... O tráfico estava liquidado.

A lei teve resultados benéficos imediatos. Os capitais investidos no tráfico foram transferidos para empreendimentos úteis. Inauguram-se a primeira linha telegráfica em 1852 e a primeira estrada de ferro em 1854. O Banco do Brasil teve permissão para emitir. O volume e o valor do comércio exterior cresceram. Foi tal o afluxo de capitais ao mercado, e era tão alarmante o despreparo do país para a nova situação, que se deu o inevitável – a inflação, que culminou com a crise de 1857. O Estado, que abolira o tráfico, nesse mesmo fato encontrara justificativa para aumentar a tributação que incidia sobre o escravo.

Eusébio de Queirós salvou – momentaneamente pelo menos – a lavoura e, portanto, a estabilidade das camadas dirigentes de então. O tráfico foi imolado a esses interesses de classe. Varrendo dos mares os tumbeiros e abrindo caminho à economia capitalista, porém, o governo imperial dava o primeiro passo decisivo no caminho da abolição da escravatura – e da liquidação do Poder fundado sobre ela.

(1950)

TREZE DE MAIO

Escreveu o desabusado Sílvio Romero, depois de assinada a abolição: "Os imbecis do ministério colheram apenas o fruto que pendia de apodrecido..."
Todo mundo sabia que a escravidão estava condenada, desde a abolição do tráfico. O recenseamento de 1872, que acusara 6,1 milhões de pretos e pardos sobre uma população total de 10,1 milhões (60,8%), já era muito significativo. Por exemplo, na Bahia, para 830 431 pardos e pretos livres havia apenas 167 824 pardos e pretos escravos. A grande conquista da abolição beneficiou apenas 750 000 escravos em todo o país – menos de um décimo da população de cor. Dois anos depois da Lei Áurea o negro e os seus descendentes, os mulatos, somavam 8 milhões. Os abolicionistas ganhavam, simplesmente, o reconhecimento legal de um estado de fato.
Era uma espécie de tradição dos círculos do governo o roubo organizado às vitórias da opinião pública, conseguidas contra e apesar dos desejos dos dirigentes. Para estancar os pruridos de independência, recorrera-se ao grito do Ipiranga. Para abafar o descontentamento contra a Regência, fizera-se a maioridade de Pedro II. Para safar da insolvência a lavoura, abolira-se o tráfico de negros (1850). E o grupo conservador, o mais fiel intérprete da Casa de Bragança, manobrou de maneira a aproveitar quaisquer oportunidades de sancionar medidas de interesse nacional, propostas pelos

abolicionistas, depois de combatê-las obstinadamente até que os seus efeitos pudessem tornar-se inócuos à sua privilegiada situação.

Isabel era mulher de grandes atitudes – desagravara André Rebouças, tirando-o para dançar, num baile da Corte, e no exílio daria o seu estímulo às experiências de voo de Santos Dumont. Era arrojada e decidida, partilhava dos sentimentos abolicionistas e sabemos que aguardou ansiosamente a aprovação da lei para sancioná-la. Entretanto, a promulgação da lei, independentemente dos sentimentos generosos da Princesa, era uma manobra tática, visando a atrair para o Trono as simpatias populares, que se voltavam decididamente para a República.

A guerra do Paraguai fora habilmente explorada para sustar, em nome da unidade nacional, a pressão abolicionista. Ora, quando todos os patriotas clamavam novamente pela abolição – que o Império, aliás, decretara, por demagogia, no país vencido – quando se lançava aos quatro ventos o Manifesto Republicano (1870), o governo imperial sancionou a Lei do Ventre Livre, uma ideia defendida na Constituinte de 1823 por José Bonifácio, em 1850 por Silva Guimarães e outros deputados e em 1863 por Perdigão Malheiro... Se essa medida vinha, portanto, com cerca de cinquenta anos de atraso, nem por isso se tornaria efetiva. Nos leilões de escravos venderam-se impunemente mucamas e moleques nascidos depois de 1871. E a Lei dos Sexagenários (1885), quando chegou à sanção, estava tão seca, tão encarquilhada, tão "sexagenária" mesmo – o seu embrião se encontra no projeto de José Bonifácio – que nem sequer obteve o transitório êxito popular da lei antecedente.

A Lei Áurea – "o fruto que pendia de apodrecido" – passou quase sem oposição no Parlamento, num tempo recorde de quatro dias. Precedia-a, mais do que quarenta anos de campanha parlamentar e de agitação nacional, a economia capitalista, implantada definitivamente no Império depois de 1850, quando as grandes somas empregadas no tráfico de escravos encontraram ocupação mais rendosa e útil em Bancos, empresas de navegação, indústrias e companhias de comércio. E, ao mesmo tempo, aceleravam o processo abolicionista e imprimiam razão e força às atividades de Luís Gama, de José do Patrocínio, de Tavares Bastos, de Joaquim Nabuco e de Rui Barbosa, a entrada de imigrantes, as fugas de escravos, as alforrias compradas ou doadas, a decadência da lavoura, o número cada vez maior de negros, livres e escravos, recrutados pela indústria nascente.

O Império estava nas últimas, o Trono periclitava – e os áulicos do Paço, num último esforço, capitalizavam sobre a ardente e sôfrega liberalidade da Princesa para conquistar a simpatia dos brasileiros. Daí que o cético Sílvio Romero descrevesse Isabel como "não sei que figura de Enganadora...".

Em todo caso, o delírio foi geral. O Imperador, no seu quarto de hotel na Europa, escreveu um soneto. José do Patrocínio beijou os pés da Regente. O negro, em todas as cidades, festejou ruidosamente a sua liberdade. Poucos, entre os abolicionistas, poderiam prever que nem toda a encenação do Treze de Maio fosse bastante para impedir o triunfo da República.

Setenta anos se passaram desde a abolição. Isabel permanece no coração do povo. Os "enganadores" não conseguiram ludibriar mais do que a si mesmos*.

(1958)

O CONGRESSO AFRO-BRASILEIRO DA BAHIA

Às vésperas da realização do Congresso Afro-Brasileiro da Bahia, os estudiosos do problema do homem negro foram surpreendidos com as declarações francamente pessimistas de Gilberto Freyre, organizador do Congresso do Recife, em 1934, ao *Diário de Pernambuco*:
"Receio muito que vá ter todos os defeitos das coisas improvisadas... que só estejam preocupados com o lado mais pitoresco e mais artístico do assunto: as *rodas* de capoeira e de samba, os toques de candomblé, etc."
Mas, já àquela época, o Congresso estava profundamente enraizado entre as populações negras da velha cidade. Eu, Áydano do Couto Ferraz e Reginaldo Guimarães tínhamos já conseguido a adesão de cerca de 40 candomblés, que se comprometeram a enviar delegações para discutir os assuntos a serem ventilados. Alguns desses candomblés já haviam combinado conosco receber os congressistas, em festas especiais. Tínhamos tido entendimento direto com os capoeiras e com os sambistas, para que o Congresso pudesse apresentar ilustrações vivas dos temas do folclore negro da Bahia. Pais e mães de santo tinham escrito, do seu próprio punho, comunicações interessantíssimas sobre a sua religião, que já estavam em nossas mãos quando das declarações do organizador do Congresso do Recife.
Esta ligação imediata com o povo negro, que foi a glória maior do Congresso da Bahia, deu ao certame "um colorido único", como

já previra Gilberto Freyre. Arthur Ramos, em carta que me escreveu sobre a entrevista ao *Diário de Pernambuco*, dizia: "O material daí, que [Gilberto Freyre] julga apenas pitoresco, constituirá justamente a parte de maior interesse científico". O Congresso do Recife, levando os babalorixás, com a sua música, para o palco do Santa Isabel, pôs em xeque a pureza dos ritos africanos. O Congresso da Bahia não caiu nesse erro. Todas as ocasiões em que os congressistas tomaram contato com as coisas do negro foi no seu próprio meio de origem, nos candomblés, nas rodas de samba e de capoeira.

Outra acusação de Gilberto Freyre foi a de que o Congresso, tendo aceito a subvenção de 1:500$ do governo do estado, tinha, de uma maneira ou de outra, influências políticas. Acrescentemos que a Comissão Executiva do Congresso conseguiu, além desse dinheiro, hospedagem oficial para congressistas vindos de outros pontos do país: Camargo Guarnieri, Jorge Amado e Frutuoso Viana. Reginaldo Guimarães assinou o memorial por nós enviado, não ao governador, mas à Assembleia estadual. Nestor Duarte, líder da oposição, foi quem conseguiu que nos fosse facilitado o auxílio pedido, sem que tivesse havido qualquer confabulação anterior. Nós não éramos, nem somos ainda hoje, *políticos* no sentido que Gilberto Freyre dava à palavra. Nem o Congresso tratou de tão interessante assunto.

Muito antes de fixada a data do Congresso, eu obtive a adesão de Manuel Hipólito Reis, pai de santo jeje, e, por intermédio dele, a de Anselmo, que ajudou o Congresso do Recife e na ocasião estava de passagem pela Bahia. Ambos morreram, infelizmente, antes que o Congresso pudesse reunir-se. Martiniano do Bonfim, companheiro de Nina Rodrigues, consentiu em presidir a sessão inaugural. Aninha, a mais ilustre das mães de santo da Bahia, Bernardino e Falefá escreveram memórias para debate. Maria Bada, velha sabedora dos mistérios das seitas africanas, a saudosa ceguinha Maria do Calabetão, o babalaô Felisberto Sowzer (Benzinho), o estivador Expresso prestaram inestimáveis serviços à Comissão Executiva. Os candomblés de Procópio, Engenho Velho, Aninha, Gantois, Bate-Folha receberam, com festas deslumbrantes, os congressistas, que para lá se transportaram em ônibus contratados por nós. Joãozinho da Gomeia levou as negras bonitas do seu candomblé para uma exibição de samba no Clube de Regatas Itapajipe, que Antônio Matos nos cedera. E ali mesmo, durante toda uma manhã, o melhor grupo de capoeiras da Bahia – chefiado por Samuel Querido de Deus e integrado pelo campeão Aberrê e por Bugaia, Onça Preta, Barbosa, Zepelim, Juvenal, Polu e Ricardo – exibiu todas as variedades da célebre luta dos negros de Angola*.

Este "colorido único" teve, pelo menos, uma vantagem: acabou com o espantalho que ainda eram, para as classes chamadas superiores da Bahia, os candomblés. Muita gente graúda, que se inscrevera como congressista, ficou sabendo que os negros não comiam gente nem praticavam indecências durante as cerimônias religiosas. A publicidade do Congresso, nos jornais e pelo rádio, contribuiu para criar um ambiente de maior tolerância em torno dessas caluniadas religiões do homem de cor.

Quando das declarações ao *Diário de Pernambuco*, já estava em nossas mãos a contribuição de Melville Herskovits, que Gilberto Freyre julgava duvidoso conseguirmos. Tínhamos, já, o apoio de Percy Martin, de Robert Park, de Fernando Ortiz, de Maria Archer, do International Committee on African Affairs e da All Africa Convention. Mais tarde, em carta para Arthur Ramos, Rüdiger Bilden deu o seu apoio ao Congresso. Donald Pierson, então na Bahia, apresentou duas teses sobre problemas de raça e até presidiu uma das sessões ordinárias do Congresso.

Já eram importantes, na ocasião, as adesões recebidas do Brasil. O Departamento de Cultura da Prefeitura de São Paulo, que Mário de Andrade dirigia, mandou à Bahia o compositor Camargo Guarnieri, que recolheu notações musicais muito significativas. De Alagoas chegaram-nos duas comunicações, uma de Manuel Diegues Júnior, sobre as danças do Nordeste, e outra de Alfredo Brandão, sobre os negros de Palmares. Do Rio de Janeiro, Renato Mendonça, Robalinho Cavalcanti, Jacques-Raimundo enviaram trabalhos. João Calazans fez um relato das insurreições de escravos no Espírito Santo. Dante de Laytano e Dario de Bittencourt garantiram a representação do Rio Grande do Sul. De todos os pontos do Brasil chegavam-nos os mais entusiásticos aplausos.

No tocante à Bahia, o Congresso foi um acontecimento intelectual dos mais importantes, nos últimos trinta anos. Áydano de Couto Ferraz escreveu sobre os malês e Reginaldo Guimarães estudou a mitologia dos negros bantos. João Mendonça fez observações sobre o criminoso negro, que estudou na qualidade de médico da Penitenciária do Estado. O comissário João Varela esclareceu os mistérios do culto a Cosme e Damião. A professora Amanda Nascimento procurou mostrar as causas da atual deseducação do negro. Martiniano do Bonfim explicou a lenda dos doze Ministros de Xangô e traduziu um ensaio de Ladipô Sôlankê sobre o deus dos negros iorubás. Estácio de Lima, diretor do Instituto Nina Rodrigues, organizou ali um pequeno museu afro-brasileiro, que os congressistas visitaram à tarde do último dia. As sessões do Congresso se realizaram no salão de leitura do Instituto Histórico, que Teodoro Sampaio, o grande indianista negro da Bahia, abrira às reuniões. O pintor José Guimarães acompanhou as excursões aos candomblés, fazendo desenhos inspirados em temas africanos.

O Congresso prestou a homenagem que devia a Nina Rodrigues – inexplicavelmente negligenciada pelo Congresso do Recife – proclamando-o o pioneiro incontestável dos estudos sobre o negro do Brasil.

Os congressistas aprovaram uma resolução sobre a liberdade das religiões africanas e outra encarregando a Comissão Executiva de criar um organismo que congregasse, democraticamente, os chefes de seita da cidade e do estado. Para demonstrar a importância popular do Congresso, a Comissão Executiva, quatro meses depois de encerrados os trabalhos, recebeu o mais amável dos convites, partido do velho candomblé do Alaketo, chefiado por mãe Dionísia, para lá comparecer oficialmente, pois, na ocasião do Congresso, a casa do candomblé estava sofrendo reparos e era impossível nos receber. A 3 de agosto de 1937, fundava-se a União das Seitas Afro--Brasileiras da Bahia, Saem, agora, a lume, os anais do Congresso – *O Negro no Brasil* (1940) – reunindo grande parte dos trabalhos apresentados à consideração dos congressistas.

Teve, assim, o Congresso da Bahia uma dupla fisionomia: foi um certame popular, ao mesmo tempo que foi um certame científico. Homens de ciência e homens do povo se encontraram ombro a ombro, discutindo as mesmas questões que, se interessavam a uns pelo lado teórico, a outros interessavam pelo lado prático, por constituir parte da sua vida.

E isto lhe deu, mesmo, "um colorido único".

(1940)

OS ESTUDOS BRASILEIROS DO NEGRO

Tão mal andavam os estudos brasileiros acerca do negro que, ultimamente, estavam chegando ao mais completo abandono, talvez devido à falsa suposição de que já não seria possível dizer do negro coisa alguma de novo ou de útil. Este era, aliás, o resultado lógico do rumo que, desde o começo, tomaram esses estudos entre nós.

Duas atitudes fundamentais presidiram, até agora, a atividade científica neste setor. Veio de Sílvio Romero, em 1888, já às vésperas da República, a desesperada e ansiosa advertência de que o negro era, não apenas uma besta de carga, mas "um objeto de ciência". Somente um erudito lhe deu ouvidos – o grande Nina. Foi tão poderoso o impulso inicial de Sílvio Romero que os estudos do negro se endereçaram mesmo, de acordo com as suas palavras, a buscar a África nas cozinhas brasileiras – a buscar as sobrevivências africanas. Não se procurou ver o negro na sua realidade *presente* nem os mecanismos com os quais assumia os estilos de vida da nossa gente, mas o *africano*, um elemento estranho, com ideias, aparência e hábitos estranhos. O interesse pelo negro, assim, teve por motivo os aspectos ornamentais, pitorescos, anedóticos, da sua atividade. Este foi o vício principal da obra de Nina Rodrigues, que, desde o seu primeiro livro, esperava dar uma contribuição "au vaste problème de l'influence sociale exercée par les races noires au Brésil". Não foi outro o defeito da obra de Arthur Ramos, aliás amenizado pelas observações da crítica e pelas exigências do tempo. E isto ele mesmo o admitiu, ao escrever que os pesquisadores brasileiros do negro tiveram em vista "principalmente o estudo dos africanismos aqui sobreviventes, para a tentativa de compreensão da personalidade cultural do homem negro no Brasil". A busca da África redundou em algo mais pernicioso e prejudicial, a longo prazo, para estes estudos. Como era de esperar, partindo da premissa de que o negro era um estrangeiro, os nossos estudiosos foram encontrá-lo, de preferência, naquelas das suas manifestações de vida mais caracteristicamente africanas, e com especialidade nas suas religiões – um dos alvos da análise científica proposta por Sílvio Romero. Se o campo de estudo, através deste artifício, se tornava diminuto, a especialização e o aprofundamento da exegese o reduziram mais ainda, a ponto de qualquer estudo novo ter, inevitavelmente, para o leitor, um acentuado sabor de repetição. Estas duas atitudes – a de considerar o negro um estrangeiro e a preferência pelas suas religiões – desgraçaram os estudos do negro.

Nina Rodrigues foi levado a interessar-se pelo negro em virtude dos seus estudos acerca das "imunidades mórbidas" das etnias brasileiras e das "suas aplicações médico-legais às variações étnicas da imputabilidade e da responsabilidade penal". Deste modo, inaugurava-se a era da medicina legal – a tendência a considerar o negro como um doente ou como um débil mental – a da psiquiatria. Foi por este caminho que Arthur Ramos se iniciou nos problemas do negro e, para avaliar a importância que lhe deu, basta ler o capítulo que dedicou à possessão. Por sua vez, no Recife, alguns especialistas, reunidos em torno de Ulisses Pernambucano, levaram mais longe esta tendência secundária, pesquisando vários aspectos da vida do negro, inclusive os xangôs locais, no quadro da assistência a psicopatas. Tão óbvio é o erro desta abordagem do problema que me dispenso de comentá-lo.

Só agora tentamos uma reviravolta – encarar o negro como um ser vivo, atuante, *brasileiro*, em todos os aspectos do seu comportamento na sociedade. Ou seja, não apenas o legado da África, mas a contribuição que o negro deu no passado e está dando no presente à conformação da nacionalidade, do ponto de vista dos variados processos que o levaram à nacionalização, à aceitação dos valores sociais que identificam o nosso povo. E aqui, onde a etnologia falhou, por haver isolado o negro à feição dos microbiologistas, temos agora, talvez, a ajuda da sociologia, a partir da intervenção da Unesco neste campo semiabandonado de estudos.

*

Bem entendido, não pretendo exagerar os méritos da investigação patrocinada pela Unesco. Em primeiro lugar, o fim visado, interessante do ponto de vista mundial, seria de importância mais do que discutível em plano nacional – se não estivéssemos, no momento, na situação que tentei esboçar, embalados pela falsa suposição de que tudo já estava feito em relação ao negro. Por exemplo, há alguns anos (1942), Donald Pierson tentou uma pesquisa semelhante – e o seu livro (*Brancos e pretos na Bahia*), que talvez tenha algum interesse para os americanos, não impressionou ninguém. E, em segundo lugar, a pesquisa da Unesco não resolve a questão fundamental que deveria ter norteado todos os nossos trabalhos desde o começo – os processos gerais e particulares, passados e presentes, de adaptação do negro ao tipo de civilização que se desenvolveu no Brasil.

Duas circunstâncias benéficas marcam a pesquisa da Unesco. Uma delas foi comissionar o estudo do problema do contato racial, com especial referência no negro, a cientistas que de modo algum haviam mostrado interesse, anteriormente, neste campo. Também eu, Roger Bastide e René Ribeiro participamos da pesquisa – eu em qualquer coisa como 1% do trabalho na Guanabara. Etnólogos como Florestan Fernandes, perito em problemas de organização social dos amigos habitantes do país, ou como Tales de Azevedo, que tem estudado a evolução das populações nacionais sem esta preocupação de cor, foram envolvidos pela pesquisa. Um sociólogo do porte de L. A. Costa Pinto, que já havia tomado posição de destaque ante o problema das relações de raças, constitui uma aquisição positiva. Outro benefício foi a atualização da pesquisa, e secundariamente a sua repartição por três centros urbanos do nosso país. Além do valor documental, que seria desnecessário acentuar, a necessidade do trabalho pôs os cientistas em contato com o mais vasto material humano já reunido em estudos acerca do negro e, por esse meio, em contato com os seus problemas. Em suma, formou novos quadros – e os seus nomes estão hoje ligados à série não muito numerosa de pesquisadores do negro.

Nem sempre concordarei com os métodos nem com os instrumentos de análise empregados, e certamente considero sem maior relevância os resultados obtidos. Talvez somente L. A. Costa Pinto tenha examinado, em toda a sua multifacetada dinâmica, as condições gerais e especiais em que se desenvolve a existência do negro. Das partes da pesquisa correspondentes a São Paulo (*Relações raciais entre negros e brancos em São Paulo*) e à Bahia (*Les élites de couleur dans une ville brésilienne*), ressente-se, a primeira, da acentuada disposição a encarar o assunto do ponto de vista meramente individual, de reação contra situações sociais não muito bem caracterizadas, e a segunda se refere somente aos aspectos formais do preconceito, sem descer à análise dos fatos na sua essencialidade. Alguns jovens pesquisadores americanos, sob a direção de Charles Wagley (*Race and class in rural Brazil*), também deram o seu *palpite* nesta questão – sem nada acrescentar ao conhecimento do negro brasileiro.

Embora acadêmica, e até certo ponto ociosa, do ponto de vista nacional, a pesquisa trouxe benefícios. Tanto por ampliar o quadro dos pesquisadores do negro como por situar na atualidade o seu campo de interesse, numa investigação que nenhuma instituição nacional se abalançaria a financiar – a Unesco talvez tenha modificado de alguma sorte as perspectivas de estudo científico dos problemas do negro.

*

Pouca coisa está feita – e menos ainda feita a contento.

Os estudos do negro se têm restringido às religiões e, parcialmente, ao folclore e à culinária. Lateralmente, alguns trabalhos de história foram publicados. Esta orientação geral vem, sem dúvida, de Nina Rodrigues, mas também deve alguma coisa a Manuel Querino. Com Arthur Ramos operou-se uma mudança de interesse – a *cultura* era a coqueluche dos antropólogos – mas não de orientação.

Cabe a Nina Rodrigues o haver iniciado o estudo científico do negro brasileiro. Pouco depois da advertência de Sílvio Romero, aparecia o seu *Animismo fetichista* (1896) e, quando a morte o surpreendeu, deixara pronta, embora infelizmente só se encontrasse parte dela, uma obra monumental a que deu o ambicioso título de *Os africanos no Brasil*. Este livro, que teria tido enorme repercussão científica na sua época, mesmo que publicado fragmentariamente como agora, ficou fora de circulação até 1932, quando Homero Pires o fez editar. Os poucos que, entre 1906 e 1932, respectivamente data da sua morte e da publicação de *Os africanos no Brasil*, se ocuparam com o negro – como o padre Étienne Brasil, João do Rio e, por incumbência do Instituto Histórico, Afonso Cláudio e Braz do Amaral – realizaram os seus trabalhos independentemente, ora cometendo erros já elucidados por Nina, ora estabelecendo confusões que não teriam mais razão de ser, depois de lido o seu livro. Com *Os africanos no Brasil*, Nina declaradamente pretendia estabelecer um dos "preliminares" do problema.

Os estudos do negro, embora sem este caráter científico, deviam prosseguir com o negro baiano Manuel Querino, cuja intenção era exalçar o papel do colono africano na formação nacional. Há duas observações interessantes a fazer. Logo às primeiras linhas do seu livro sobre *A raça africana e os seus costumes na Bahia* (1916) está uma advertência de frei Camilo de Monserrate, semelhante à de Sílvio Romero; e, sem ter ideia da direção em que se orientavam os estudos científicos, Manuel Querino explorou os mesmos caminhos trilhados por Nina – as religiões, o folclore, a história – e lhes acrescentou apenas o da culinária de inspiração africana.

Logo cedo – ainda na fase da psiquiatria e da medicina legal – viu Arthur Ramos que a abordagem de Nina, baseada nas teorias pseudocientíficas de Lombroso e Ferri, não passava de um erro, um erro do tempo, porém, por outro lado, não teve serenidade bastante para entender que a psicanálise, de que tanto se valeria, era um erro do mesmo grau, e com o mesmo caráter pseudocientífico. Foi esta teoria, uma diversão da psiquiatria moderna, o instrumento com que tentou interpretar as religiões e o folclore de negro brasileiro. Provavelmente, já na segunda tentativa, deve ter sentido as deficiências desta análise, pois daí em diante vemo-lo abandoná-la progressivamente até divorciar-se dela completamente na *Introdução à antropologia brasileira*. Felizmente, com a psicanálise, Arthur Ramos abandonou alguma coisa mais – e as suas últimas obras são o começo de uma nova era de prestígio nos estudos do negro. Já não lhe interessavam somente aqueles aspectos mais singulares do negro no Brasil. Tentou avaliar a bagagem cultural do negro ao chegar ao nosso país e, por esse meio, em comparação com o que dela resta, fazer o balanço da sua influência nos costumes nacionais. Não pôde, entretanto, compreender como, desse contato de culturas, resultara afinal a situação em que se encontra o país do ponto de vista da sua civilização – ou seja, o processo de integração do negro à sociedade nacional. Para usar a sua própria expressão, não soube o que fazer com "a personalidade cultural" do negro, que os seus estudos deveriam compreender.

Não se afastaram, em geral, desta ordem de ideias os trabalhos de Nunes Pereira e de Otávio Eduardo no Maranhão, de René Ribeiro e de Gonçalves Fernandes em Pernambuco, de Carlos Galvão Krebs no Rio Grande do Sul e de Abelardo Duarte em Alagoas. Eu mesmo não pude fugir à correnteza nos primeiros tempos, mas creio ter destruído o esoterismo dos estudos do negro com o meu *Can-*

domblés da Bahia, escrito com a intenção declarada de servir à compreensão e à fraternidade entre os brasileiros.

Os cientistas estrangeiros que se voltaram para o negro acharam-se perfeitamente em casa, em relação à orientação que governava estes estudos. Embora Ruth Landes não tivesse podido publicar a memória científica que as suas pesquisas o permitiram fazer, e tivesse de usar o material recolhido para compor um livro de impressões de viagem, o seu *The City of Women* pode enquadrar-se bem na lista de estudos da "escola baiana" de invenção de Arthur Ramos, como os seus notáveis artigos acerca dos orixás e do homossexualismo nos candomblés. Não se pode dizer outra coisa dos trabalhos de Herskovits, tanto os referentes à Bahia como os que dizem respeito a Porto Alegre. Se quisermos acrescentar à lista o nome do cineasta Clouzot, veremos que o seu depoimento sensacionalista, sem a chancela da verificação científica, em nada se afasta do rumo geral que seguiam os estudos brasileiros do negro. E, afinal, esteve recentemente na Bahia o italiano Carlo Castaldi, a fim de estudar os candomblés de caboclo da ilha de ltaparica do ponto de vista psicanalítico.

*

No entanto, a despeito de tantos livros e artigos, muita indagação fundamental ficou sem resposta.

Por exemplo, como e por que os deuses de Oió sobrepujaram aqui os deuses nacionais do povo de Iorubá e, mais ainda, apagaram a memória dos vários deuses tribais dos demais povos africanos chegados com o tráfico? Até que ponto os sistemas de parentesco das tribos nativas da África são responsáveis pela permanência dessas religiões? Como explicar a necessidade de deuses "indígenas" nas religiões do negro brasileiro? A macumba carioca ainda não teve um pesquisador à altura da sua importância. Somente os espíritas se interessaram por este problema. Nenhuma das religiões do negro, porém, terá tanta sedução para o etnólogo, em face das questões que sugere. Como vieram as religiões do negro a fundir-se na macumba? Quais os vários fatores que lhe deram a sua atual fisionomia e em virtude de que circunstâncias consegue a macumba estender a sua influência a todas as camadas sociais?

A situação piora quando passamos das religiões para o folclore. Arthur Ramos tentou sistematizar o folclore do negro, que Sílvio Romero, Nina Rodrigues, Manuel Querino e Silva Campos já haviam parcialmente explorado. Não teve êxito, porém. Para muitas das manifestações folclóricas do negro precisou dar interpretações forçadas, que não convencem, e a muitas outras nem sequer se refere. Um exemplo curioso. Um conterrâneo seu, o folclorista Théo Brandão, publicou um ensaio muito original, segundo o qual o auto dos cabocolinhos alagoanos seria, não de inspiração indígena, como se supunha até agora, mas negra. Se estivesse mais habilitado em folclore, Arthur Ramos certamente não teria desprezado este exemplo de "sobrevivência", de "influência" e de "aculturação" do negro! E o folclore do negro continua à espera do seu intérprete.

Quanto à culinária, Sodré Viana e Darwin Brandão se limitaram a repetir o velho Manuel Querino, embora com certa dose de pesquisa pessoal. Ou seja, uma simples enumeração de receitas de doces e quitutes. Como surgiram estas comidas? A que circunstâncias devem elas o seu aparecimento? Que função desempenham na sociedade atual?

Estas, e muitas outras questões, não foram respondidas.

*

Temos de reconhecer que nem toda a culpa cabe aos etnólogos.

O estudo científico dos problemas do homem brasileiro está na infância. Lutamos ainda com enormes lacunas no conhecimento do nosso país e, se às vezes a bibliografia é vasta, nem sempre se reveste dos necessários requisitos para ser considerada fidedigna e útil. Estamos às cegas em muitos problemas e, em quase todos, o estudo científico precisa começar pelo reexame do material disponível – a partir da exatidão dos dados primários.

Nina Rodrigues não se fazia ilusões, neste particular. Eis como via os óbices que teria de encontrar:

> Problema de sua natureza complexo em extremo, ainda virgem, aqui de contribuições elucidativas, dificílimo de observação num país governado sem estatísticas, demandando investigações em domínios das mais variadas competências, é indubitável que nos achamos ainda muito longe de poder sobre ele emitir juízos definitivos, suficientemente fundamentados.

Poderemos, atualmente, dizer outra coisa?

*

Não temos o auxílio da história nem das ciências afins.

A literatura de interesse social dos tempos da monarquia se importou apenas com o problema do escravo, e não do negro. À exceção de alguns viajantes estrangeiros, que não tinham por que fechar os olhos à realidade, os escritos do tempo discutem os males do tráfico ou da abolição, quase sem qualquer referência útil ao negro como ser humano, como membro de uma tribo, como parte da sociedade. Não se expunham os assuntos para conhecimento do público, pois o objetivo desses inumeráveis folhetos era a discussão das ideias básicas em que assentava a escravidão. O mais conhecido dos trabalhos dedicados à escravidão, o grande livro de Perdigão Malheiro, não traz qualquer ajuda à recomposição da vida do negro – e não passa de uma discussão geral das várias medidas legais tentadas para minorar os sofrimentos do escravo. O livro consagrado por Joaquim Nabuco ao abolicionismo não foge a esta regra. Embora discuta casos concretos, e muitas vezes com dados importantes para um estudo ulterior, nota-se que Nabuco argumentava com fatos conhecidos de todo mundo para deles tirar o ensinamento que desejava. Discutia-se em tese – e, naturalmente, o escravo não era o nagô ou o angolense, mas tão somente o escravo. Depois do Treze de Maio, houve como que o desejo de apagar a memória da escravidão. Lá está no hino

> Nós nem cremos que escravos outrora
> tenha havido em tão nobre país...

e é normal encontrar, nos escritos dos pensadores, trechos como este, do velho baiano J. F. da Silva Lima (1906):

> Abstenho-me de mencionar aqui os bárbaros castigos do *tronco*, na cidade, e do *carro* e *vira-mundo*, nos engenhos e fazendas, com que eram cruelmente punidos os escravos, poupando a mim o desgosto de referir, e ao leitor moderno a repugnância de conhecer os horrores da escravidão, que tão profundamente aviltou o trabalho, corrompeu os costumes e a moral nas famílias, até a própria linguagem, deixando na nossa história uma nódoa negra, que jamais apagarão a esponja do tempo e a reabilitação social no presente século e nos que se lhe seguirem. Afastemos da nossa vista este quadro sombrio de iniquidade, de misérias, e de crimes de lesa-humanidade.

Uma escusa muito cômoda, ultimamente, tem sido a destruição dos documentos do tráfico, nos primeiros dias da República. Em verdade, porém, há todo um manancial de documentos que necessita de interpretação histórica – documentos que, estudados na sua relação com os acontecimentos gerais de cada localidade ou região, poderiam trazer boa contribuição ao entendimento dos problemas do negro. E, de qualquer maneira, os documentos incinerados pelos ardores abolicionistas referem-se apenas ao tráfico. Nina Rodrigues, responsável pela vulgarização da portaria de Rui Barbosa, mostrou, com o seu próprio exemplo, no caso das insurreições malês, quanto se pode fazer sem esses papéis oficiais. Em torno de Palmares correram as mais variadas lendas até que Ernesto Ennes (1938) publicasse o material existente no Arquivo Histórico Colonial de Lisboa. Somente o velho Alfredo Brandão se deu ao trabalho de pesquisar pessoalmente o assunto – o que lhe deu a possibilidade de vislumbrar a verdade sobre o quilombo (1934). O escritor baiano Walfrido Morais dedicou dois ensaios à posição do negro em relação ao fisco, nos tempos da escravidão, valendo-se da vasta documentação a que teve acesso como funcionário do Imposto de Renda estadual. Por coincidência, ao Congresso do Negro Brasileiro (1950) foram apresentadas duas pequenas monografias que tratavam do mesmo tema – escravidão e abolição – em âmbito municipal, uma excelente, de Oracy Nogueira, referente a Itapetininga (São Paulo), e outra de Luís Pinto, que dizia respeito a Areia (Paraíba). Não preciso lembrar aqui as excelentes contribuições à história que são *O negro no planalto*, de Ciro de Pádua, e *O negro na Bahia*, de Luís Viana Filho. Estes exemplos mostram quanto se poderia fazer, neste campo, no sentido de reconstituir as várias etapas vencidas pelo negro em contato com a sociedade brasileira.

Já que não dispomos de monografias, de modestos estudos regionais, falta-nos segurança para realizar análises em plano nacional. E estas análises estão atrasadas em cerca de cinquenta anos. Muitos problemas históricos estão ainda por elucidar. Como se processou, por exemplo, a passagem do negro, de escravo a cidadão? Quais as etapas dessa transformação? Em que medida estava o negro preparado para a liberdade? Qual a importância da contribuição do escravo para liquidar com a escravidão?

Sem a ajuda da história, o etnólogo está desarmado e, para suprir esta falta, não tem outro remédio senão improvisar-se, de algum modo, em historiador – uma circunstância que não honra a história nem acrescenta qualquer mérito à etnologia.

*

Das línguas faladas pelas várias tribos aqui chegadas não há estudos dignos de menção especial. A sugestão direta de Sílvio Romero não mereceu, no referente às línguas africanas, a mesma atenção dispensada às religiões do negro.

O capítulo dedicado ao problema por Nina Rodrigues, embora escrito apenas como um levantamento da situação, continua sendo o melhor. É deficiente o ensaio de Renato Mendonça, que só considera a língua dos bantos, e não sei mesmo que adjetivo mereça o de Jacques-Raimundo. São ambos falhos, parciais, inconsistentes, direi mesmo pueris. Fora disto há apenas alguns vocabulários – um de Rodolfo Garcia, que de nagô só tem o título, outro de Dante de Laytano, referente ao Rio Grande do Sul, e um meu, para a linguagem especial dos candomblés da Bahia.

Tudo isto é muito pouco – mesmo contando os capítulos dedicados por linguistas e filólogos à influência do negro na língua portuguesa.

Não houve, até agora, quem se dispusesse a uma pesquisa de maior vulto. Por exemplo, de que maneira essas línguas africanas ajudaram no processo de aceitação da língua portuguesa? O nagô, o jeje e o quimbundo, nas variantes de Angola e do Congo, são ainda línguas de uso corrente na Bahia; o nagô e o jeje estão vivos nos xangôs de Pernambuco e no tambor do Maranhão; são inúmeros os apelativos e os topônimos quimbundos em todo o país. Mas quem se abalançou a estudar estas línguas na sua importância social, nas suas relações com a língua portuguesa, na contribuição que devem ter dado para a formação dos caracteres distintivos do nosso povo?

Somente uma pesquisa – a de Aires da Mata Machado Filho de referência a *O negro e o garimpo em Minas Gerais* – pode ser apontada como tendo pelo menos aflorado muitos destes aspectos mais particulares das línguas africanas.

O enriquecimento que essas línguas trouxeram ao português falado no Brasil está a exigir maior (e melhor) dose de interesse dos especialistas.

*

Menos ainda do que em etnologia fizemos no campo da antropologia física.

Nina Rodrigues deu o primeiro passo – o estudo dos índices osteométricos dos membros para a identificação de negros (1904) – e, depois de trinta anos de *dolce far niente*, alguns trabalhos vieram à luz, por ocasião do Congresso Afro-Brasileiro do Recife. Dentre esses se destacam as verificações de Bastos de Ávila de referência ao índice de Lapicque – uma investigação conscienciosa e segura. Dos outros direi apenas que Leonídio Ribeiro, Waldemar Berardinelli e Isaac Brown se juntaram para estudar o tipo biológico de negros e mulatos em 338 indivíduos; Ulisses Pernambucano, Arnaldo di Lascio, Jarbas Pernambucano e Almir Guimarães mediram 1 306 componentes da população do Recife; e Geraldo de Andrade fez uma "nota" antropológica sobre 30 mulatos de Pernambuco. J. Robalinho Cavalcanti estudou a longevidade e o recém-nascido, respectivamente no Hospital de Psicopatas da Guanabara e na Maternidade do Recife, e Abelardo Duarte procurou estabelecer os grupos sanguíneos do negro.

Não preciso dizer que isto é pouco, é mesmo nada, em comparação com o que devia e podia ser feito no setor de antropologia física.

Os últimos trabalhos neste campo são o de Maria Júlia Pourchet acerca da criança de cor na Bahia (1939) – um total de 115 fichas – e a recente investigação do Instituto de Pesquisas Educacionais quanto ao desenvolvimento físico do escolar na Guanabara, compreendendo indivíduos de ambos os sexos mestiços, pretos e brancos (1 800 fichas para cada grupo) de 7 a 15 anos de idade, com ênfase sobre média, amplitude de variação e desvio-padrão ("Boletim" do IPE, n.º 1, 1953).

*

Não se vejam, nestas considerações, o mesquinho desejo de diminuir o esforço alheio nem, menos ainda, o de ofender ninguém.

Muitos dos trabalhos mencionados, se considerados individualmente, são dignos de leitura e honram a ciência brasileira. E todos eles, cada qual na sua esfera, e na medida em que representam pesquisa e observação pessoais, serão uma boa ajuda ao entendimento de problemas particulares do negro, seja qual for a orientação que tomem os estudos correspondentes.

Encaro-os aqui numa perspectiva mais geral, a fim de aquilatar de que maneira têm servido à ciência – à ciência como forma superior de conhecimento da realidade e, portanto, de influir sobre ela – e às necessidades fundamentais do nosso país. Desse ponto de vista, temos de convir em que estes estudos não puderam escapar à sobrecarga emocional que qualquer das questões do negro naturalmente traz e, em consequência, em vez de contribuir para a boa solução dos problemas do nosso povo, estimularam ideias e sentimentos acientíficos e anticientíficos que redundaram na produção de conflitos fictícios e indesejáveis.

Ao pouco rendimento que têm dado os estudos do negro junta-se mais esta tristeza – a do mal que da sua orientação geral adveio ao país, quando traduzida em termos populares.

*

O pouco que temos feito, e especialmente da maneira por que o fizemos, teve um reflexo desastroso na opinião pública.

Neste ponto, cabe falar dos Congressos Afro-Brasileiros, que inauguraram a estação de espetáculos do negro. O primeiro deles, no Recife (1934), chegou mesmo a reunir-se no Teatro Santa Isabel. Embora esses Congressos tivessem recolhido boa soma de trabalhos originais – muitos deles simples depoimentos, sem consistência científica, mas também alguns de primeira qualidade – muito mal fizeram à inteligência do problema do negro. Várias organizações surgiram, por essa época, com o qualificativo de *afro-brasileiras*, orientando as suas atividades de acordo com o que se supunha, na concepção popular, que fosse o ponto de vista científico. Destas, destacarei, dada a sua importância e permanência, a Orquestra Afro-Brasileira e o Teatro Experimental do Negro. Parece incrível que os estudos do negro, tentados, na melhor das hipóteses, com o objetivo de lhe fazer justiça, fossem repercutir com um tom de exaltação que a sua precariedade não justificava. Mas foi o que aconteceu. O negro, que por essas alturas do século já era um velho cidadão brasileiro, identificado com as vicissitudes da nossa gente, se fez mais ainda, para os estudiosos e para os elementos negros de elite, um estrangeiro.

Os males dessa fase afro-brasileira talvez se tenham revelado melhor alguns anos mais tarde, em 1950, quando da realização do Congresso do Negro Brasileiro, na Guanabara [hoje município do Rio de Janeiro]. A experiência das Frentes Negras, exploradas pelos políticos profissionais, já era uma advertência. Com o Congresso, um avultado grupo de pequeno-burgueses e burgueses intelectualizados de cor tentou dar voz a manifestações racistas, de supremacia emocional do negro, a fim de adornar o problema de acordo com a inspiração, a fórmula e a solução norte-americanas. Que outra coisa se poderia esperar de quase vinte anos de saudosismo, de busca da África, de "personalidade cultural" do negro, de porque-me-ufano da contribuição do escravo?

Lembremos que Nina Rodrigues não tinha tais intenções. Escreveu ele, já em 1890, que "tout nous porte à condamner la parité que l'on cherche à établir entre nous et les peuples des États-Unis" e, mais tarde, em *Os africanos no Brasil*, estabeleceu a seguinte fórmula do problema nacional do negro: "futuro e valor social do mestiço ário-africano no Brasil". Eram "múltiplas", na sua opinião, as feições do problema – a do passado (história), a do presente (negros crioulos, mestiços e brancos) e a do futuro (mestiços e brancos crioulos). E, finalmente, sabemos que partia de um ponto de vista, sem dúvida, errado – "o critério científico da inferioridade da raça negra" –, que de modo algum pode ser responsabilizado pela noção da superioridade do negro, e não da igualdade fundamental das raças humanas, disseminada entre a pequena burguesia de cor através da leitura superficial dos trabalhos posteriores.

Esta americanização forçada do problema – que felizmente atinge apenas um segmento insignificante da população de cor – bastaria por si só para convencer os nossos cientistas da necessidade de reorientar os estudos do negro.

*

Enfim, precisamos recomeçar. E, para recomeçar no bom caminho, urge que abandonemos, conscientemente, as premissas de que partiram os estudos anteriores e reajustemos a nossa posição – ou seja, que nos beneficiemos com as lições da experiência. A fase afro-brasileira, que na prática se estende pelo menos até 1950, está definitivamente encerrada.

Para muita coisa servirão, sem dúvida, os dados colhidos nas investigações anteriores. Sem elas, sem aproveitar delas o que têm de positivo, que não é pouco, não poderemos passar adiante – e encarar o negro como um brasileiro de pele preta, que por sinal vai rapidamente perdendo essa característica da cor. Com efeito, o negro, por força de circunstâncias históricas, jamais esteve isolado do resto da população – nem mesmo quando se refugiou nos quilombos ou se lançou à insurreição armada. Como estudá-lo, portanto, senão com *uma* das parcelas do povo, como *um* dos elementos do quadro social, como *um* dos pormenores da paisagem? A valorização inconsiderada do negro, a que assistimos nestes últimos vinte anos, não levou em conta a reciprocidade de influências. Se certas formas culturais africanas permaneceram, outras desapareceram por completo. Se o negro, com a sua presença, alterou certos traços do branco e do indígena, sabemos que estes, por sua vez, transformaram toda a vida material e espiritual do negro, que hoje representa apenas 11% da população (1950), utiliza a língua portuguesa e na prática esqueceu as suas antigas vinculações tribais para interessar-se pelos problemas nacionais como um brasileiro de quatro costados. Tudo isso significa que devemos analisar o particular sem perder de vista o geral, sem prescindir do geral, tendo sempre presente a velha constatação científica de que a modificação na parte implica modificação no todo, como qualquer modificação no todo importa em modificações em todas as suas partes.

O interesse com que nos devemos lançar à pesquisa não deve cifrar-se, mecanicamente, à descoberta de sobrevivências nem à verificação sumária da influência do negro, mas captar os processos *atuais*, de cada época e de cada região, por meio dos quais certos traços se conservaram em relativo estado de pureza, outros pereceram e ainda outros, dotados de maiores atrativos, encontraram o caminho para a sua aceitação social. A busca desses processos, que foram muitos e variados, deve ter uma finalidade duplamente útil – reconstituir as etapas vencidas pelo negro como parte da sociedade brasileira e retirar deles o ensinamento que contenham para a solução dos problemas nacionais. E, para falar com franqueza, não estou muito certo de que a antropologia, tão cheia de si por haver descoberto o ovo de Colombo da cultura humana, possa cumprir a contento esta simples tarefa*.

A reorientação destes estudos significa, para os pesquisadores, a liquidação do esoterismo que os tem cercado e, consequentemente, o encerramento definitivo do espetáculo do negro. E, para que esta reorientação redunde na melhor qualidade dos estudos, tornam-se necessárias melhor capacitação científica e maior dose de pesquisa, condições que valorizam e dão permanência a trabalhos desta natureza, e maior probidade na apresentação dos resultados da observação – a sua exata localização no tempo e no espaço e a resistência mais decidida às generalizações, sem dúvida fáceis, que têm viciado o pensamento brasileiro nestes últimos anos.

Talvez assim possamos reunir uma bibliografia mais vasta e sobretudo mais fidedigna dos muitos aspectos da realidade brasileira de que o negro tem sido parte.

*

Felizmente para nós, a experiência de vinte anos de erros flori numa perspectiva de trabalho pacífico, agradável e fecundo em que os cultores das ciências sociais – que secretamente, e talvez sem a clara consciência disso, desejavam – poderão tomar parte a fim de enriquecer o conhecimento do homem e da sociedade nacionais.

Não devemos deixar passar esta oportunidade excepcional.

(1953)

As Encruzilhadas de Exu

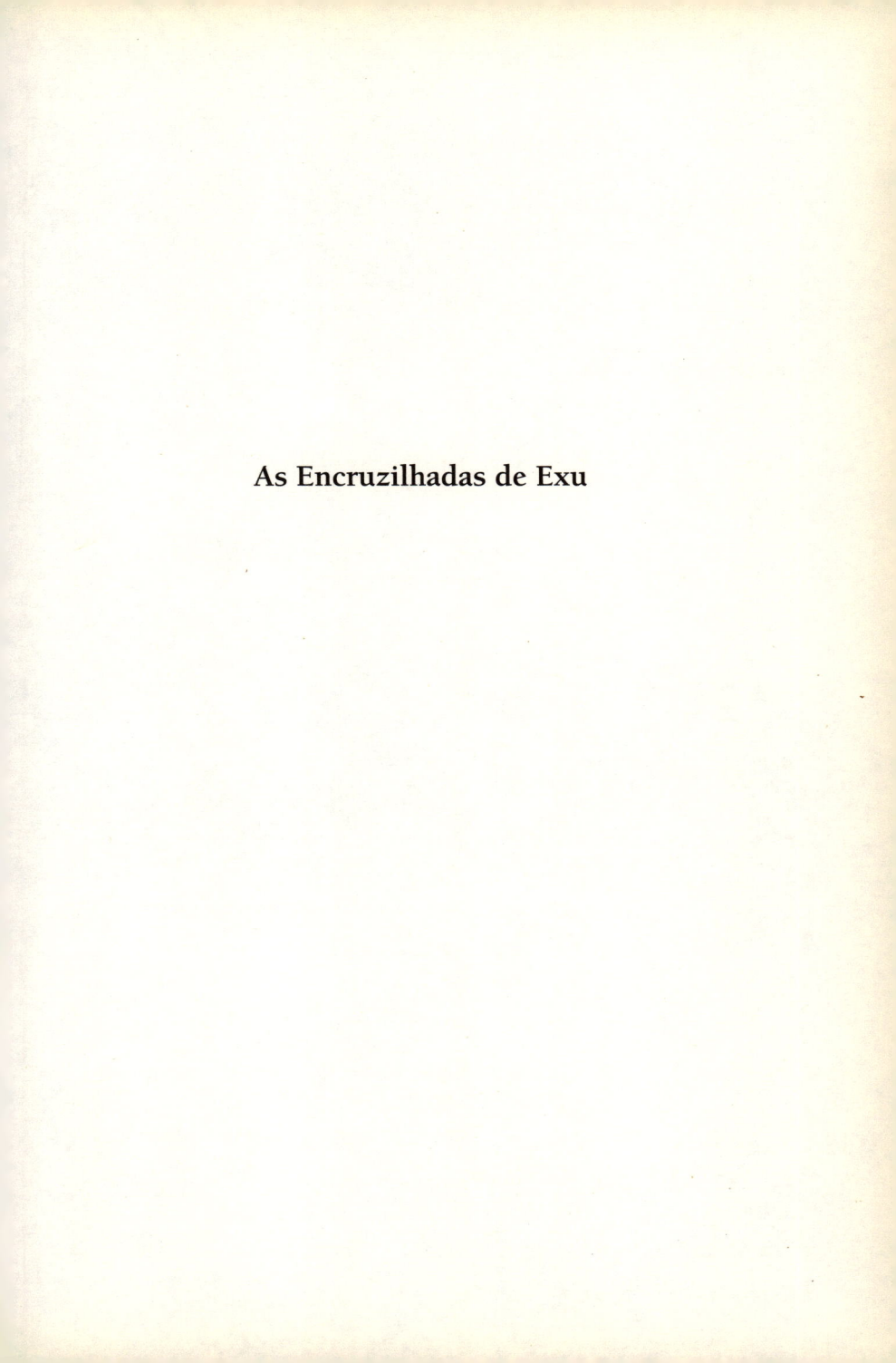

OS CULTOS DE ORIGEM AFRICANA NO BRASIL

Há mais de sessenta anos, com base em suas observações na Bahia, inferiu Nina Rodrigues a unidade dos cultos de origem africana, tendo por modelo a religião dos nagôs. Investigando as causas "pouco estudadas, mas por vezes facilmente presumíveis", que determinaram a predominância de uma ou de outra das religiões africanas nos vários pontos do Novo Mundo, apontava "a precedência na aquisição de riquezas ou da liberdade" por parte dos nagôs na Bahia, para concluir: "Uma vez organizado o culto, facilmente se compreende que, de preferência ao culto católico de que nada ou pouco podiam compreender, houvessem os negros de outras nações e procedências adotado como sua essa religião africana, que estava mais ao alcance da sua inteligência rudimentar e mais de acordo com o seu modo de sentir". Entretanto, as palavras iniciais do primeiro capítulo da sua obra pioneira continham uma cautela: "Não era lícito esperar que os negros pudessem ter na América grande uniformidade nas suas crenças religiosas".

Quando os seus trabalhos chegaram novamente às mãos dos estudiosos, entre 1932 e 1935, logo se levantou contra Nina Rodrigues a acusação de exclusivismo nagô, de menosprezo das religiões trazidas por outras tribos africanas. As pesquisas empreendidas, sob o influxo da sua obra, em pontos que não a Bahia, revelaram elementos religiosos de marca diferente, aparentemente sem explicação plausível dentro do seu esquema, que pareciam confirmar a reserva que se lhe fazia. Com efeito, *candomblé*, *macumba*, *xangô*, *batuque*, *pará*, *babaçuê*, *tambor*, não seriam designações de cultos diferentes, distintos uns dos outros? À meia-noite, numa cerimônia de macumba carioca ou paulista, todos os crentes são possuídos por Exu – uma prática que constitui um verdadeiro absurdo para os fregueses dos candomblés da Bahia. O tocador de atabaque de qualquer ponto de país ficará surpreendido e atrapalhado ao encontrar esse instrumento montado sobre um cavalete, horizontalmente, com um couro de cada lado, no Maranhão. Que o pessoal das macumbas do Rio de Janeiro se apresente uniformizado, e não com vestimentas características de cada divindade, não pode ser entendido por quem frequente os candomblés da Bahia, os xangôs do Recife ou os batuques de Porto Alegre. E, vendo dançar o babaçuê do Pará com lenços (*espadas*) e cigarros de tauari, os crentes de outros estados certamente franzirão o sobrolho. Se tais coisas normalmente acontecem, não será porque esses cultos são diversos entre si?

    Muitas dessemelhanças formais, que tendem a multiplicar-se com o tempo, mascaram, realmente, a unidade fundamental dos cultos de origem africana. Nina Rodrigues não pôde estabelecer e demonstrar tal unidade, mas as pesquisas que inspirou, abarcando quase todas as manifestações religiosas do negro no Brasil, já nos dão a oportunidade de fazê-lo. Levando em conta que esses cultos, naturalmente de modo desigual em cada lugar, estão sofrendo um acentuado processo de nacionalização desde a cessação do tráfico em 1850, poderemos determinar aquilo que os distingue como de origem africana e tentar uma sistematização dos tipos em que podemos dividi-los, dentro da unidade sem uniformidade tão justamente inferida por Nina Rodrigues.

O MODELO DE CULTO

Sabemos que todas as tribos africanas que nos forneceram escravos tinham as suas religiões particulares. Ainda em começos do século XIX, o conde dos Arcos achava prudente manter as diferenças tribais entre os negros, permitindo os seus *batuques*, porque "proibir o único ato de desunião entre os negros vem a ser o mesmo que promover o governo, indiretamente, a união entre eles" – embora tais diferenças já se estivessem apagando "com a desgraça comum". Se todas essas religiões se resolveram numa unidade de culto, reconhecível, ao menos pelas suas características essenciais, em todo o Brasil, que circunstâncias favoreceram a fusão das várias crenças?

O tráfico de escravos, tanto externo como interno, pode dar-nos a desejada resposta. O externo se dirigiu, sucessivamente, para três áreas africanas – a Guiné, Angola e a Costa da Mina, com as circunstâncias que indicaremos em cada caso. O interno se produziu em todos os sentidos, em épocas determinadas do povoamento e da colonização do Brasil. Uma e outra das facetas do tráfico se combinaram para, sobre o denominador comum da escravidão, anular as peculiaridades nacionais das tribos africanas.

Os primeiros escravos que aportaram ao Brasil vinham da região da Guiné Portuguesa, então uma zona imprecisa que se estendia para o norte, até o Senegal, e para o sul, até a Serra Leoa – a Costa da Malagueta. As *peças de Guiné*, chegadas à área dos canaviais, principalmente Bahia e Pernambuco, eram na maioria fulas e mandingas, tribos alcançadas pela expansão africana do Islam, mas não inteiramente islamizadas. Quando Portugal iniciou a conquista e colonização da Amazônia, embora já dispusesse de novo centro fornecedor de escravos (Angola), trouxe para o extremo norte negros de Guiné – o pequeno número permitido pela consolidação do domínio francês e inglês ao norte e ao sul da sua colônia africana.

Angola foi, desde os primeiros anos do século XVII, a grande praça de escravos do Brasil. Mal se haviam estabelecido no litoral angolense, porém, os portugueses foram dali desalojados pelos holandeses, que, pela força das armas, ocuparam também outros entrepostos comerciais lusitanos das vizinhanças, as ilhas de São Tomé e Príncipe e o Forte da Mina, carreando escravos para a Nova Holanda. Uma expedição partida do Rio de Janeiro, sob o comando de Salvador de Sá, recuperou Angola. A colônia estendia-se mais para o norte do que atualmente, até a embocadura do rio Congo, mas o estabelecimento português na foz do grande rio foi progressivamente reduzido, constituindo, agora, o enclave de Cabinda. De Angola e do Congo vieram para o Brasil negros de língua banto, conhecidos por nomes geográficos e tribais, caçanjes, banguelas, rebolos, *cambindas*, muxicongos, utilizados nas culturas da cana-de-açúcar e do tabaco, em toda a faixa litorânea. Da região de Moçambique, outrora chamada a Contracosta, chegaram ao Brasil poucos negros: não somente o seu comércio de escravos se dirigia para o Oriente, como os escravos dali trazidos, embora a viagem fosse mais custosa, não alcançavam boa cotação nos mercados brasileiros. Pequenos contingentes de macuas e anjicos se misturaram, assim, à população escrava no século XVIII.

A Costa da Mina – a linha setentrional do golfo da Guiné – foi visitada pelos tumbeiros durante todo o século XVIII, e ainda depois, em busca de negros para os trabalhos da mineração: negros do litoral, nagôs, jejes, fantis e axântis (*minas*), gás e negros do interior do Sudão islamizado, hauçás, canúris, tapas, gurunxe, e novamente fulas e mandingas. Desembarcados na Bahia, que detinha o monopólio do comércio de escravos com a Costa da Mina, esses negros eram transferidos, pelo interior, para as catas de ouro e de diamantes de Minas Gerais.

O desenvolvimento econômico e político do Brasil impôs modificações substanciais à primitiva localização de escravos no território nacional. A guerra contra os holandeses, os quilombos e as insurreições do elemento servil e a revolução da Independência provocaram enorme dispersão de negros, mas foram as sucessivas mudanças de interesse econômico – do açúcar para o ouro, do ouro para o café – que realmente transformaram o país num cadinho de tipos físicos e de culturas da África: a mineração absorveu, indistintamente, todo braço escravo ocioso nas antigas plantações de açúcar do litoral; muitos negros da Costa da Mina, quando a corrida do ouro arrefeceu, ficaram na Bahia, outros foram vendidos para Pernambuco e para o Maranhão; a maioria dos escravos antes empregados nas minas serviu às culturas do café e do algodão ou aos novos empreendimentos pecuários no sul; as cidades reuniram elementos de todas as tribos, quer agregados à famulagem do senhor, quer alugados a particulares, quer trabalhando por conta própria, quer engajados em explorações de tipo industrial. Às levas de negros chegados da África ajuntavam-se, em toda parte, cada vez em proporção maior, negros *crioulos*, nascidos e criados no Brasil.

Assim, o tráfico dispôs o campo para o intercâmbio linguístico, sexual e religioso entre escravos e ex-escravos. O retoque final foi a concentração de negros nagôs na Bahia, em fins do século XVIII, quando os mineradores, desinteressados das minas, já não precisavam dos negros procedentes da Costa da Mina nem se dispunham a pagar os altos preços que os traficantes por eles pediam. A religião dos nagôs, com as suas divindades "já quase internacionais", como diria Nina Rodrigues, havia dado o padrão para todas as religiões dos povos vizinhos, com a ajuda das divindades "apenas nacionais" dos jejes – isto é, todos os negros procedentes do litoral do golfo da Guiné professavam religiões semelhantes à dos nagôs. Como reflexo do estado social que haviam atingido na África e do conceito que deles se fazia no Brasil, os nagôs da Bahia logo se constituíram numa espécie de elite e não tiveram dificuldade em impor à massa escrava, já preparada para recebê-la, a sua religião, com que esta podia manter fidelidade à terra de origem, reinterpretando à sua maneira a religião católica oficial.

A presença de bom número de jejes entre os escravos da Bahia serviu a esse propósito. E, quanto aos negros muçulmanos (*malês*), que poderiam ser os êmulos dos nagôs, afastavam de si a escravaria, dado o seu extremado sectarismo, como iriam atrair sobre si, mais tarde, as iras de toda a sociedade.

O modelo nagô foi aceito em toda parte, "uma vez organizado o culto".

Irradiação

O foco de irradiação do modelo foi a Bahia, com focos menores em Pernambuco e no Maranhão, nesta ordem.

Em todos esses pontos a agricultura estava a cargo do negro de Angola, enquanto os serviços domésticos e urbanos absorviam os negros da Costa da Mina. Os nagôs, com marcada preponderância sobre os jejes, assumiram a liderança religiosa na Bahia e em Pernambuco; e, em igualdade de condições com os jejes, no Maranhão.

De Pernambuco o modelo se difundiu por todo o Nordeste Oriental, enquanto o Maranhão, outrora cabeça do estado do Maranhão e Grão-Pará, assegurava o seu triunfo entre a pequena população negra da Amazônia. Quanto ao centro-sul, foi alcançado pela Bahia através da zona da mineração. Tendo chegado tarde às catas, quando os interesses da região já se orientavam para outras explorações econômicas, o modelo não pôde impor-se com o mesmo vigor com que o fizera no norte: teve de aceitar, em Minas Gerais, no estado do Rio de Janeiro e, posteriormente, em São Paulo, onde a massa escrava das cidades era em maioria angolense, as formas de expressão semirreligiosa correntes, havia mais de cem anos, na região.

Já em pleno século XIX deu a Bahia o modelo aos cultos surgidos, mais tardiamente do que os outros, no Rio Grande do Sul.

Um fenômeno de cidade

Se assinalarmos no mapa a localização desses cultos, veremos que todos eles funcionam no quadro urbano ou, no máximo, suburbano, com uma ou outra exceção no quadro rural. Do ponto de vista do número, a preferência se dirige para as capitais de estados, vindo em seguida as cidades que servem de centro a zonas econômicas de relativa importância no âmbito estadual.

Podemos exemplificar com a Bahia: para mais de uma centena de candomblés da capital, haverá talvez duas dezenas deles na zona da cana-de-açúcar e do fumo do Recôncavo e na zona do cacau, em torno de Ilhéus.

O culto organizado não podia, sob a escravidão, florescer no quadro rural – ou seja, a fazenda ou a cata. Para mantê-lo, o negro precisava de dinheiro e de liberdade, que só viria a ter nos centros urbanos. Ora, o modelo nagô se sobrepôs às diferenças tribais em matéria religiosa exatamente quando a massa escrava, acompanhando o fazendeiro e o minerador, se adensava nas cidades, ocupando-se em misteres diversos daqueles para os quais chegara ao Brasil.

Com efeito, na primeira metade do século XVIII, o negro urbano, já com dinheiro, mas ainda sem liberdade, funda, sob a orientação dos seus senhores, as Irmandades do Rosário e de São Benedito; na segunda metade do século, quando começa a viver independentemente do senhor, as suas religiões tribais se fusionam numa unidade de culto.

O novo culto viveu, precariamente, sujeito aos azares da repressão policial, até a Independência e as agitações consequentes, feito e desfeito várias vezes. A fundação do candomblé do Engenho Velho, na Bahia, provavelmente em 1830, marca o início de uma nova fase na existência do culto organizado de origem africana.

Designações

Teremos de atribuir à escravidão, talvez com justiça, o não haver um nome genérico, africano, para designar todos os cultos.

O candomblé da Bahia, sem dúvida o de maior esplendor de todo o Brasil, que ainda agora serve de espelho a todos os outros cultos, tem uma designação com que não concordam os seus adeptos, embora não tenham uma palavra melhor para substituí-la. Uma das danças outrora correntes entre os escravos, nas fazendas de café, era o *candombe*. Este era o nome dado a certo tipo de atabaque. Os negros deportados do Brasil para Buenos Aires, como nos informa Bernardo Kordon, assim chamavam "al tamboril africano" e às danças executadas para regalo do tirano Rosas. O *e* (aberto) do final da palavra, que parece angolense, talvez seja o *e* (fechado) que comumente se acrescenta às sílabas finais da frase nas línguas sudanesas, modificado pela prosódia baiana, que o prefere (*sapé*, *Tieté*, *roléta*). Como decifrar, porém, o enigma que constitui a inclusão do *l* ou do *r*, para formar os grupos consonantais *bl* ou *br*, que as línguas sudanesas e bantos desconhecem? Podemos conjecturar, com segurança, que *candomblé* tenha sido imposto, de fora, ainda que não possamos imaginar como, aos cultos da Bahia.

Do mesmo modo, *macumba*. Uma observação de Renato Almeida em Areias, São Paulo, talvez ajude a entender o seu exato sentido. Antes de dançar, os jongueiros executam movimentos especiais pedindo a bênção dos *cumbas* velhos, palavra que significa jongueiro experimentado, de acordo com esta explicação de um preto centenário: "Cumba é jongueiro ruim, que tem parte com o demônio, que faz feitiçaria, que faz macumba, reunião de cumbas". O jongo, dança semirreligiosa, precedeu, no centro-sul, o modelo nagô. Como o vocábulo é sem dúvida angolense, a sua sílaba inicial talvez corresponda à partícula *ba* ou *ma* que, nas línguas do grupo banto, se antepõe aos substantivos para a formação do plural, com provável assimilação do adjetivo feminino *má*. Nem todos os crentes se satisfazem com esta designação tradicional – e os cultos mais modernos, tocados de espiritismo, já se intitulam de *Umbanda*, em contraste com *Quimbanda*, ou seja, macumba. Esta seria a magia *negra*, a Umbanda a magia *branca*.

Os cultos são chamados *batuque* na Amazônia e no Rio Grande do Sul. Por extensão, como sabemos, *batuque* se aplica a toda e qualquer função à base de atabaques. Exclusivamente de referência ao culto, há na Bahia a forma *batucajé*. De qualquer modo, trata-se de palavra profana. Herskovits e, posteriormente, Roger Bastide registraram *pará* no Rio Grande do Sul, esclarecendo que os cultos de Porto Alegre são chamados *pará* pelos crentes e *batuque* por estranhos. A palavra *pará* parece tupi, e não africana – a menos que se verifique a hipótese, pouco provável, de ser uma deturpação de Bará, nome por que é conhecido entre os negros gaúchos o mensageiro Exu. Em qualquer dos dois casos, de que maneira este vocábulo teria passado a designar os cultos do extremo sul?

A palavra *tambor* (Maranhão) talvez não necessite de maiores explicações. Em *babaçuê* (Amazônia), há apenas, como contribuição do negro, o *e* (fechado) final. Os cultos do Nordeste fizeram de Xangô, famoso rei de Oió que se transformou em divindade, um substantivo comum, corrente em Pernambuco, Alagoas e outros estados.

Salientemos que até mesmo nessas designações se reflete a assimilação desses cultos pela sociedade brasileira, o que os torna – podemos dizê-lo com absoluta certeza – *nacionais*, de existência somente possível no Brasil, e não mais africanos.

Monoteísmo

Para entender a unidade dos cultos de origem africana, devemos proceder ao abandono de certas noções errôneas, mas correntes, a eles referentes, a fim de poder levantar as suas características comuns.

Supunha-se, outrora, que os cultos negros fossem politeístas – e sob esse pretexto a repressão policial parecia justificada. Sabemos agora que neles sempre se admitiu a existência de um ser que os nagôs chamavam Olorum (palavra que significa Senhor ou Dono do Céu) e que os negros de língua banto chamavam Zâmbi ou Zâmbi-ampungo (que veio a dar, no Brasil, Zaniapombo). Todas as qualidades dos deuses das religiões universais, como o cristianismo e o maometismo, são atribuídas à suprema divindade, que não tem altares, nem culto organizado, nem se pode representar materialmente. Tendo criado o céu e a terra, porém, Olorum ou Zaniapombo jamais voltou a intervir nas coisas da Criação.

O filho desse deus, Oxalá, teria gerado a humanidade.

Todas as demais divindades situam-se em posição nitidamente inferior, como delegados, ministros, agentes do deus supremo, e são chamadas, aqui, *orixás* ou *voduns*, vocábulos nagô e jeje, respectivamente, *encantados*, *caboclos*, *santos*, *guias* ou *anjos da guarda*.

São elas naturais tanto da África como do Brasil. As africanas são principalmente nagôs, com um reduzido complemento jeje. À exceção de Oxalá, que, como filho do deus supremo, facilmente se identificou com Jesus Cristo, as divindades nagôs e jejes perderam, no Brasil, o seu escalonamento hierárquico: divindades menores, como Oxóssi, têm aqui a mesma importância de Ogum, que deu ao homem os instrumentos com que vencer a natureza, e Iansã e Oxum, esposas de Xangô, se igualam com esta divindade dos raios e das tempestades. Embora se diga, na África, que as divindades nagôs são no todo 401, somente um punhado delas se fixou no Brasil. E, entre estas, há divindades, senão secundárias, pelo menos cultuadas apenas na antiga capital política dos nagôs, Oió, e não na sua cidade santa, Ifé. As divindades jejes robusteceram as suas correspondentes nagôs (Fá-Ifá, Gun-Ogum, Loco-Iroco, etc.) e as complementaram, com a *boa* Dã e os *voduns* Zomadone e Averekete. Quanto às naturais do Brasil, talhadas à maneira nagô, são divindades caboclas e negras, decorrência imediata das campanhas nacionais pela Independência e pela abolição: as caboclas são idealizações à moda romântica, indianista, dos antigos habitantes do país, Pena Verde, Tupinambá, Sete Serras, e as negras figuram velhos escravos, santificados pelo sofrimento, Pai Joaquim, o Velho Lourenço, Maria Conga.

Muitas dessas divindades assumem nomes e identificações diversos, dependendo do lugar, da orientação do culto, da popularidade deste ou daquele santo católico ou da existência de tradições semelhantes. Oxóssi pode chamar-se Dono, Rei ou Sultão das Matas, como pode ser São Jorge na Bahia ou São Sebastião no Rio de Janeiro; Oçãe, a dona das folhas, pode apresentar-se como a caipora; Xangô pode ser saudado como Sobô, como Zaze ou como Badé; Loco como Tempo, ou Catendê; Nanã Burucu como Boroco; Exu como Bará, como Leba (Legba) ou como Aluvaiá... Além disso, há divindades paralelas, como Loco, que mora na gameleira branca, o Juremeiro, que mora na jurema – sem contar que Loco, não dispondo de gameleira no Maranhão, não hesitou em mudar-se para a cajazeira.

O deus único, sem função na vida cotidiana dos crentes, poucas vezes merece deles uma referência, sequer, ao contrário dos seus agentes, que são mencionados e invocados a toda hora, com e sem motivo.

Se não se pode dizer que esses cultos são politeístas, também não se pode levantar contra eles a acusação de idolatria.

As divindades naturais da África não têm representação antropomórfica ou zoomórfica: as figuras esculpidas em barro ou madeira (oxês) que muitas vezes se encontram nesses cultos não representam diretamente as divindades, mas seres humanos por elas possuídos, e somente por esta circunstância merecem a distraída reverência dos crentes. O que verdadeiramente as representa são a sua *morada* favorita – pedras, conchas, pedaços de ferro, frutos e árvores – ou, secundariamente, as suas insígnias. A única representação direta das divindades se dá quando os crentes, por elas possuídos, lhes servem de instrumento.

Talvez possamos apontar uma exceção em Exu. Várias figuras de barro, de massa, de madeira e de ferro parecem representá-lo diretamente. Exu, porém, não é propriamente uma divindade, mas o seu mensageiro, e, como protetor de aldeias, de casas de culto e de residência, na África, era natural que acabasse tendo uma representação mais direta do que os demais seres celestes.

A representação indireta das divindades parece geral no Brasil, fora das macumbas cariocas e paulistas. Mesmo nos cultos já muito distanciados das tradições africanas, como os candomblés de caboclo da Bahia, as divindades se representam pela sua *morada* permanente ou eventual. Entretanto, no Rio de Janeiro e em São Paulo, embora ainda se respeite o costume no referente às divindades naturais da África, há esculturas, quadros e desenhos representando diretamente as divindades caboclas e negras (escravos) nascidas no Brasil.

Características

Tal como se encontram atualmente no Brasil esses cultos, podemos apontar quatro características que lhes são comuns – uma delas principal, as outras dela decorrentes, mas todas importantes para identificá-los como de origem africana.

a) *A possessão pela divindade*
Diversamente do que acontece nos demais cultos e religiões existentes no Brasil, a divindade se apossa do crente, nos cultos negros, servindo-se dele como instrumento para a sua comunicação com os mortais.

A possessão também se dá no espiritismo e na pajelança, mas em condições diferentes: no espiritismo são os mortos, e não as divindades, que se incorporam nos crentes; na pajelança, embora sejam as divindades dos rios e das florestas que se apresentam, somente o pajé, e não os crentes em geral, é possuído por elas. Assim, não é o fenômeno da possessão, por si mesmo, que caracteriza os cultos de origem africana, mas a circunstância de ser a *divindade* o agente da possessão.

Esta é a característica principal desses cultos.

b) *O caráter pessoal da divindade*

A possessão pela divindade, que torna inconfundíveis os cultos de origem africana, se exerce não sobre todos os crentes, mas sobre alguns eleitos: especialmente do sexo feminino.

Acredita-se, em todo o Brasil, que cada pessoa tem, velando por si, uma divindade protetora. O privilégio de servir de instrumento (*cavalo*) à divindade está reservado a alguns, que precisam iniciar-se (*assentar o santo*) para recebê-la. Os demais devem submeter-se, entretanto, a determinadas cerimônias para poder servi-la de outra forma.

A iniciação prepara o crente como devoto e como altar para a divindade protetora, que tem caráter *pessoal* – isto é, embora seja Ogum ou Omolu, é o Ogum ou o Omolu particular do crente, e, em alguns lugares, tem mesmo um nome próprio, por ela mesma declarado ao final do processo de iniciação. Daí dizer-se "o Ogum de Maria", "o Xangô de Josefa" ou "a Iansã de Rosa", necessariamente distintos do Ogum, do Xangô ou da Iansã de outras pessoas. Deste modo, cada *cavalo* está preparado para receber apenas a sua divindade protetora, e nenhuma outra, de acordo com o modelo nagô, ou as suas divindades protetoras, em certos cultos.

Já vem acontecendo, na Bahia, no Recife, no Maranhão, em Porto Alegre, que a mesma pessoa receba em si um certo número de divindades – duas ou três – mas nas macumbas cariocas e paulistas e no batuque da Amazônia os crentes podem receber, sucessivamente, várias divindades e, nas primeiras, a possessão por Exu, à meia-noite, atinge ao mesmo tempo todos eles.

A dedicação a uma única divindade já não é geral, mas esta mantém o seu caráter *pessoal* em todos os cultos – a Iemanjá de uma pessoa não pode manifestar-se em outra, mesmo que a protetora seja também Iemanjá –, o que qualifica e reforça a característica principal, da possessão pela divindade.

c) *O oráculo e o mensageiro*

Mais do que as outras divindades, são inseparáveis a todos os cultos dois personagens – Orumilá, que se revela no oráculo Ifá, e Exu, mensageiro celeste, que, segundo Christine Garnier, representa "a força, a inteligência e a virilidade".

A associação de ambos já era reconhecida, desde tempos imemoriais, na África. Tal como os imaginam os nagôs e os jejes, são seres intermediários entre as divindades e os homens. Orumilá, entretanto, por trazer aos homens a palavra das divindades, situa-se em posição superior a Exu, que transmite às divindades os desejos dos homens.

Certamente por não terem vindo para o Brasil elementos da sua ordem sacerdotal, o oráculo, tão elaborado entre as tribos do litoral do golfo da Guiné, aqui chegou na "mais modesta" das suas formas: a interpretação de oito ou dezesseis búzios, dispostos em rosário ou soltos, atirados pelo adivinho (Ifá).

Esta forma de adivinhar, noticiada por João do Rio no Rio de Janeiro e estudada na Bahia por Roger Bastide e Pierre Verger, se corrompeu com facilidade: a consulta às divindades, outrora feita por um sacerdote especial, passou a fazer parte das atribuições dos chefes de culto, tanto por constituir uma boa fonte de renda como pelo prestígio social que dela advém. Traços culturais europeus, do espiritismo e do ocultismo, modificaram o padrão original de consulta às divindades, à medida que os cultos foram atraindo negros de outras tribos e nacionais, pobres e ricos, de todas as cores. Muitas vezes sem a mais ligeira lembrança de Ifá, a consulta pode realizar-se diante de um copo d'água ou de uma vela acesa, com o adivinho possuído por uma divindade qualquer, não interpretando a linguagem sagrada dos búzios, de que já não se serve, mas *vendo* o futuro do consulente.

Sucedem à consulta as práticas mágicas – e então a antiga e poderosa associação Orumilá-Exu se revela integralmente.

Exu, que tem sido equiparado ao diabo cristão por observadores apressados, serve de correio entre os homens e as divindades, como elemento indispensável de ligação entre uns e outras. Todos os momentos iniciais de qualquer cerimônia, individual ou coletiva, pública ou privada, lhe são dedicados para que possa transmitir às divindades os desejos, bons ou maus, daqueles que a celebram. A homenagem obrigatória a Exu (*despacho* ou *ebó*) pode tomar as mais diversas formas, quando individual ou privada – desde um grande cesto contendo bode, galinha preta e outros animais sacrificados, bonecas de pano, às vezes picadas de alfinetes (lembrança do *envoutement* ocidental), farofa de azeite de dendê, garrafas de cachaça, tiras de pano vermelho e moedas, como na Bahia, até apenas uma vela acesa, uma garrafa de cachaça e alguns charutos, como no Rio de Janeiro. Em todo o Brasil, entretanto, o *despacho* de Exu deve ser depositado numa encruzilhada, domínio incontestado do mensageiro celeste.

Além de proteger casas e aldeias, na África, como o faz, no Brasil, no referente às casas de culto, Exu preside à fecundidade, sendo as danças em sua homenagem uma representação do ato sexual. Embora mantenha, em todo o país, o caráter fálico que o distingue no golfo da Guiné, somente as macumbas cariocas e paulistas preservaram as suas danças, amenizando-as, tornando menos ostensiva a marca do sexo.

O mensageiro se multiplica, em todos os cultos, em vários Exus, com nomes e funções os mais diversos. Muitas vezes associam-no a Ogum e a Oxóssi, como seu camarada inseparável; no Rio de Janeiro, além de apresentar-se com a sua múltipla personalidade, os crentes o fundiram a outra divindade, Omolu, criando o Exu Caveira, com o encargo de proteger os cemitérios, especialmente o de Irajá – concepção semelhante à de Baron Cimetière do Haiti. Os velhos números mágicos 3 e 7 cortejam e envolvem Exu no Brasil.

O oráculo e o mensageiro ajudam a caracterizar os cultos de origem africana. Se a consulta às divindades nem sempre se faz sob a invocação de Ifá, a sua associação ao *despacho* de Exu dar-nos-á a confirmação de que se trata de uma das facetas mais importantes do modelo nagô.

Em suma, estas características, comuns a todos eles – a possessão pela divindade, o caráter *pessoal* desta, a consulta ao adivinho e o *despacho* de Exu –, demonstram que esses cultos constituem realmente uma unidade, que assume *formas* diversas em cada lugar.

Áreas e tipos

Em parte alguma os cultos se apresentam com a uniformidade suficiente para uma identificação de tipos absolutos. Entretanto, tomando por base determinados aspectos peculiares, e utilizando o artifício de dividir o país naquelas áreas em que estes se registram, podemos chegar a uma identificação relativa, que concorra para entender a unidade na variedade.

A faixa litorânea compreendida entre a Bahia e o Maranhão (A-1) e, apesar da descontinuidade geográfica, o Rio Grande do Sul (A-2) constituiriam a primeira dessas áreas (A), a mais importante do ponto de vista da permanência das concepções religiosas jeje-nagôs.

Subdividindo a zona A-1, teremos três subáreas – a do *candomblé* (Leste Setentrional), a do *xangô* (Nordeste Oriental) e a do *tambor* (Nordeste Ocidental). Os *batuques* ou *parás* do Rio Grande do Sul são representativos da zona A-2, que completa a área A, como uma reprodução, adaptada às condições gaúchas, do *candomblé* da Bahia.

Nesta grande área podem-se registrar, além das características nacionais dos cultos de origem africana, inúmeros outros elementos de identificação já inteiramente esquecidos ou abandonados nas demais áreas, como o ritual funerário (*axexê*) e a sociedade secreta dos eguns (Bahia), as esposas *sacerdotais* do adivinho (Recife) e, em toda a sua inteireza, a personalidade de Exu, sob o nome de Bará (Porto Alegre).

Como todos os cultos têm a mesma designação genérica em cada subárea, digamos, para evitar confusão, que aqui nos referimos àqueles poucos em que a teogonia e a liturgia são realmente jeje-nagôs, quase sem diferenças apreciáveis em confronto com a religião de que descendem.

Estes cultos deram o padrão local para os demais. Na Bahia, por exemplo, há menos de duas dezenas deles, mas os outros, mais numerosos, que se proclamam oriundos de tradições diversas – Angola, Congo, caboclo –, na realidade são, estruturalmente, produtos secundários daqueles, simples repetição e diluição das divindades, do processo de iniciação, das cerimônias e, em suma, de todo o complexo religioso jeje-nagô, com ligeiras modificações de pormenor. A mesma coisa acontece com os xangôs do Recife, que serviram de padrão para os cultos de todo o Nordeste Oriental: embora cada vez mais distantes das tradições jeje-nagôs, esses cultos se estruturam à moda pernambucana. No Maranhão, porém, dada a existência prestigiosa de duas antigas casas de culto, a Casa das Minas (jeje) e a Casa de Nagô, os cultos de São Luís se orientam para a imitação, ora de uma, ora de outra dessas Casas*.

Uma segunda área (B) seria a região compreendida pela Guanabara [hoje município do Rio de Janeiro], estado do Rio de Janeiro, São Paulo e, possivelmente, Minas Gerais: a área da *macumba*.

Tendo chegado ao Rio de Janeiro, centro da área, mais ou menos por ocasião da sua elevação a capital do país, o modelo experimentou um passageiro esplendor, que, como parecem demonstrá-lo as reportagens de João do Rio, se apagou totalmente em começos deste século. Debilitara-se com as concessões feitas às tradições culturais de Angola, de onde procedia a maior parte dos negros da região – a aceitação das suas danças semirreligiosas, o jongo e o caxambu, e do seu culto dos mortos, este último uma ponte para a aceitação posterior do espiritismo kardecista; com a adesão de brasileiros de todos os quadrantes da Federação e de todas as camadas sociais; com o beneplácito dado a concepções e práticas do espiritismo e do ocultismo; e com a complacência demonstrada em relação a novas divindades caboclas e negras. Embora alguns cultos da Bahia se tenham transferido para o Rio de Janeiro, reforçando o contingente original, em nenhuma outra área os cultos de origem africana se apresentam em tão adiantado estágio de nacionalização.

Na área B distinguem-se dois tipos de culto – a *macumba* propriamente dita, com a possessão pela divindade induzida pelos atabaques, na forma em que se verifica em todo o país, e a *Umbanda*, penetrada de espiritismo, com o transe religioso a obedecer, preferentemente, mas sem exclusividade, a outros modelos. A distinção entre ambos os tipos segue, aparentemente, a linha de classe – a *macumba* satisfaz as necessidades religiosas dos pobres, a *Umbanda* as dos ricos.

Muito densos na região metropolitana da Guanabara, que inclui todos os municípios fluminenses, capixabas, mineiros e paulistas que dela dependem, os cultos se rarefazem à medida que se aproximam de São Paulo e de Belo Horizonte.

Uma terceira e última área (C) seria a Amazônia – ou, melhor, as cidades de Belém e Manaus e um ou outro burgo mais populoso e antigo. Aqui se produziu um fenômeno semelhante ao indicado no centro-sul: sem um prestigioso grupo jeje-nagô para apoiá-lo, e tendo encontrado viva e atuante uma tradição local, o modelo de culto teve de adaptar-se às condições do ambiente.

A conquista da Amazônia, iniciada no século XVII, resultou da necessidade de assegurar uma nova fonte de especiarias a Portugal, que as estava perdendo no Oriente. O braço direito dos portugueses, nessa tarefa, ao contrário do que acontecia então com o açúcar e iria acontecer com as minas e o café, não foi o negro, mas o índio, descido pacificamente das suas aldeias para compor as expedições em busca das *drogas do sertão*. Assim, os estilos de vida do silvícola se impuseram aos conquistadores, em toda a região, e ao pequeno número de negros chegados, mais tarde, para a lavoura de mantimentos e para os afazeres urbanos, de menos sedução e importância do que as incursões pela floresta.

Vindo do Maranhão, porto de entrada dos escravos destinados ao grande vale, trazido tanto por estes como pelo grande número de migrantes maranhenses que lá se estabeleceram, o modelo teve de curvar-se ante uma forma de expressão religiosa grandemente difundida na Amazônia – a pajelança. Com esta coloração local, há dois tipos de culto na área C, o *batuque* e o *babaçuê*, que correspondem às variedades transmitidas à Amazônia, respectivamente, por elementos egressos da Casa de Nagô e da Casa das Minas de São Luís.

Aqui encontramos, além dos cigarros de tauari e das *espadas*, figuras de pajelança, como os *mestres* Carlos, Marajó e Paroá, a palmeira Jarina transformada em divindade alegre e estouvada e os *voduns* e *orixás* trazidos do Maranhão.

Podemos arrematar dizendo que a presença de cultos de origem africana em todas essas áreas, na forma em que os encontramos, acompanha as linhas de dispersão (tráfico interno) de escravos até a abolição, embora os movimentos posteriores, e especialmente os atuais, da população brasileira já estejam, paulatinamente, ampliando, complicando e transformando este esquema.

Os cultos da área A resultaram do contato simples e direto entre as concepções religiosas jeje-nagôs, quando estas sobrepujaram as das outras tribos, e o catolicismo popular. Os cultos das áreas B e C exigem uma explicação menos singela, por se terem originado de um *segundo* contato do modelo de culto vigente na área A, ora com formas semirreligiosas angolenses (área B), ora com a pajelança amazônica, resultado, por sua vez, de contato anterior entre práticas mágicas dos nativos e o catolicismo popular (área C).

Subtipos

Estes são os tipos-padrão nas diversas áreas em que, por necessidade de estudo, dividimos o Brasil, mas ao lado deles, às vezes a pequena distância, na mesma cidade e no mesmo bairro, floresce um grande número de subtipos.

A formação de subtipos, todo dia mais numerosos, se deve, por um lado, à aceitação do modelo de culto (na forma em que exista no local ou na região) por grupos cada vez mais distantes das tradições que o plasmaram e, por outro, à falta de uma autoridade eclesiástica comum, capaz de manter vivas essas tradições. Tanto brancos como negros, ricos e pobres, letrados e analfabetos, são assistentes, participantes, chefes de culto – negros já sem lembrança das suas antigas relações tribais com a África, que aprenderam o que sabem de negros igualmente destribalizados, devotos de cultos já acomodados às condições *brasileiras* locais, e brancos que aderem a candomblés, xangôs e macumbas pelas mais diversas razões. Por motivos óbvios, não vingaram aqui as ordens sacerdotais – e cada culto se dirige por si, independentemente, sem dever obediência a nenhum outro, de modo que o aprendizado da teogonia e da liturgia se faz dentro dele, para servi-lo, ao sabor das conveniências e dos conhecimentos do seu chefe, e não em comum, para todos.

Isto se reflete, principalmente, na liturgia, porta aberta à infiltração de acréscimos, substituições e modificações no modelo original. Assim, a iniciação pode prolongar-se por um ano ou por algumas semanas como pode deixar de verificar-se de todo (candomblés de caboclo, Bahia) ou a inicianda *se desenvolve* ao mesmo tempo que participa, com as mais antigas, das cerimônias religiosas (macumba); a vestimenta pode ser sacerdotal (o crente, possuído pela divindade, se paramenta com as vestes sagradas desta, como na Bahia) ou sem qualquer destas coisas (Belém e Manaus); a língua ritual pode ser nagô, jeje, angolense, português ou o que os crentes chamam guarani... A dualidade de ritos (*queto* e *ijexá*) nos cultos mais próximos das tradições nagôs constituiu um precedente logo seguido por negros de tribos diferentes para a criação de novas modalidades rituais.

A dança pode servir de exemplo.

O caráter hierático da dança ritual dos nagôs se modificou, no Brasil, primeiro, pela sua aceitação por elementos angolenses e congueses, na Bahia; em segundo lugar, pela imitação do que se supunha fosse a dança ritual dos tupis – a cabeça baixa, o corpo curvado para a frente, grande e contínua flexão de joelhos, movimentos principais para fora do círculo – em homenagem às novas divindades caboclas, na Bahia e na Amazônia; e, finalmente, nas macumbas, pela tradição anterior de danças semirreligiosas, sem estruturação associativa que lhes permitisse fixar um padrão a que se subordinasse a iniciativa pessoal. Somente na área A a dança ritual permanece hierática, e não um abandono desordenado do corpo, ao menos naqueles cultos que apontamos como tipos-padrão de cada subárea – com maneiras estabelecidas, diversas e especiais para cada divindade, na Bahia e em Porto Alegre, ou tendendo para uma única maneira, comum a todas elas, mas ainda hierática e digna, no Recife e no Maranhão. Até mesmo o círculo em que se desenvolve a dança de acordo com o modelo nagô pode ser substituído, como acontece nas macumbas, pela carga em fileira cerrada, a seis, oito ou dez de fundo, em direção aos atabaques.

O único elemento comum da liturgia é o atabaque, acompanhamento preferencial para as cerimônias religiosas. O atabaque está presente em todos os cultos, seja percutido com varetas, seja com as mãos, de pé, montado em cavaletes, entre as pernas ou cavalgado pelo tocador, quer sozinho, quer em conjunto com outros instrumentos tradicionais, cabaças, agogôs, ou ajudado por palmas. Entretanto, em virtude de restrições policiais, do clamor da imprensa contra o ruído que produz e da adesão ao cerimonial espírita, as macumbas cariocas e paulistas, especialmente as que se localizam mais perto do centro urbano, vão aos poucos substituindo o atabaque pelo tambor e pela caixa, quando não o suprimem de vez em benefício das palmas. Em muitos pontos já se perdeu, também, o costume nagô de *consagrar* os atabaques.

O canto, a música e a dança estavam intimamente ligados entre si, no modelo de culto. Já vimos que a dança, a não ser na Bahia e em Porto Alegre, deixou de obedecer ao padrão imposto pela ocasião e, portanto, pelo canto. Em toda parte continua-se o hábito de cantar e dançar três vezes para cada divindade que se deseje saudar, mas tende a desaparecer uma característica essencialmente africana do canto litúrgico – a sua autonomia melódica em relação à música produzida pelos instrumentos de percussão. Embora parcialmente perdida, a letra dos hinos sagrados, pelo menos dos tipos-padrão da área A, tem uma sequência ordenada e lógica, de louvação, de narrativa, de invocação, mas, nas áreas B e C, o canto quase se reduz a uma exclamação, quando não é um amontoado de palavras sem sentido ou a simples utilização de quadras populares sem conexão aparente com a divindade ou com a cerimônia.

Os subtipos, tanto os antigos como os recentes – os que agora estão surgindo ao redor de Fortaleza e de Curitiba, por exemplo – são pontos intermediários da acelerada fusão das crenças africanas no Brasil.

Folclorização

Estas crenças já se estão encaminhando parcialmente para o seu destino lógico – o folclore.

Festas outrora celebradas no recesso dos cultos, como as de Iemanjá e dos gêmeos, conquistaram a Bahia, como as cerimônias propiciatórias do Ano-Novo tornaram para si as praias cariocas. Ao antigo cortejo dos reis do Congo aderiram os cultos da Bahia e do Recife, criando os folguedos que agora conhecemos como *afoxés* e *maracatus*. Os antigos cucumbis, predecessores dos atuais cabocolinhos e caiapós, a capoeira, o caxambu e o jongo tomaram corpo sob o estímulo das crenças trazidas da África.

As formas lúdicas, estendendo a novos setores da população as crenças e práticas básicas dos cultos de origem africana, se contribuem para a desagregação deles como unidades religiosas relativamente compactas, também reforçam, tornando-os mais compreensíveis e aceitáveis, a predisposição geral que ajuda a sua manutenção e multiplicação na região dada.

Este tem sido o papel desempenhado, por exemplo, pelo *maculelê*, um jogo de bastões da Bahia, em relação aos candomblés de caboclo do Recôncavo.

Permanência

Talvez as desigualdades regionais de desenvolvimento econômico do Brasil possam explicar a distância relativa a que, em cada área, estão os cultos de origem africana em relação com o modelo original.

O Nordeste, entregue à sua sorte, subalimentado, talado pela seca e pela agricultura rotineira, sem modificações apreciáveis na sua estrutura econômica desde os tempos de Duarte Coelho, constitui uma região ideal para a permanência desses cultos. O acréscimo da Bahia (Leste Setentrional) ao Nordeste, para formar a zona A-1, apenas agrava as tintas do quadro, pois a Bahia, a não ser com a exploração do cacau, importante somente a partir de fins do século passado, ficou praticamente à margem do progresso nacional desde que deixou de ser a capital do país, em 1763. As condições demográficas do Nordeste e da Bahia concorrem, igualmente, para conservar a fidelidade às tradições jeje-nagôs, pois na zona A-1 se concentram mais de dez milhões de pretos e pardos, mais da metade dos recenseados no Brasil em 1950.

A área B comanda o progresso – e isto provavelmente basta para justificar a distância, que cada dia se encomprida mais, entre a macumba e o modelo de culto; enquanto a economia extrativa da Amazônia, que não mudou de caráter nem de métodos desde a penetração portuguesa, e a sua população rarefeita ajudam a entender a aceitação, com a frouxidão que têm na área C, dos cultos trazidos do Maranhão.

O ÚLTIMO REDUTO

Tinha razão Nina Rodrigues ao considerar uma ilusão a catequese: a sociedade brasileira não conseguiu *desafricanizar* o negro, no referente às suas crenças religiosas, enquanto teve foros oficiais a religião católica, como o fez no referente à língua, à vestimenta, aos costumes em geral.

Embora as línguas nativas da África permaneçam, em alguns pontos, como língua ritual, não há dúvida de que a língua portuguesa se impôs sobre todas elas. Dos trajes africanos, resta apenas o da *baiana*, que na sua forma final é mais brasileiro do que natural da Costa. Os pratos e iguarias que consideramos *africanos* – o vatapá e o caruru da Bahia e o arroz de cuxá do Maranhão, por exemplo – estão circunscritos a algumas cidades, onde constituem mais um regalo do que um costume alimentar cotidiano. Todos os folguedos do negro são ainda reconhecíveis como tais, dada a presença inconfundível de traços africanos, mas já admitem muitos elementos que os tornam privativos do Brasil. Quanto aos costumes, o negro, destribalizado pela "desgraça comum" da escravidão, não teve outra alternativa senão aceitar os da sociedade nacional.

Exatamente quando o negro estava a ponto de aceitar o catolicismo, em virtude da demolição das suas crenças religiosas particulares, o modelo nagô atraiu todas as suas atenções.

SUBCULTURA

Estes cultos, seja qual for o modo em que se apresentem, são um mundo, todo um estilo de comportamento, uma *subcultura*, que pode ser vencida somente através de alterações profundas e substanciais das condições objetivas e subjetivas arcaicas de que são certamente o reflexo.

(1959)

OS CABOCLOS DE ARUANDA*

Entre os personagens que frequentam as macumbas cariocas, os caboclos são dos mais numerosos. Portadores de qualidades como altivez, generosidade, fortaleza de ânimo, bondade e sabedoria, à sua fala misturam-se termos e expressões que se acreditam tupis e guaranis; quando devidamente paramentados, têm cabelos pretos corredios e ostentam um traje a que não faltam enfeites de penas, cocares, tacapes, arcos e flechas; a sua dança, arrebatada e impetuosa, parece animar as gravuras deixadas pelos primeiros visitantes da costa brasileira. Senhores dos segredos de ervas e raízes, são estimados pelos seus poderes mágicos de cura e pelas suas proezas com fogo, pólvora, brasa e cacos de vidro. Estão sempre dispostos a fazer *caridade*, a *trabalhar* pela felicidade alheia, vêm *saravá*, chegam *para todo mal levar*, animam as festas ordenando *repinica no gongá* e falam em *cruzar* e *encruzar*, como os santos católicos, os negros escravos e os orixás nagôs que comparecem nas macumbas.

Quem são esses caboclos?

À primeira vista, são uma representação ideal do índio brasileiro. Entretanto, desde 1952, estudando os cabocolinhos de Alagoas, o folclorista Théo Brandão pôde estabelecer, com a bibliografia à mão, que no continente africano "os negros usavam enfeites de pena" e "já se costumavam eles pintar de ocre ou tinta encarnada, como faziam os nossos índios, ou seus imitadores", considerando possível que os autos negros resultassem de imitação, mas também que os desfiles de personagens à indígena "neles [os negros] fosse despertar o gosto por indumentos e enfeites já usados em terras de África...". Ora, o desfile, e não os desfiles, a que se refere Théo Brandão, era o dos "meninos índios" que, em 1760, acompanhavam, de arco e flecha, os cucumbis, em Santo Amaro, Bahia, por ocasião do casamento de Maria, a Louca. Os cucumbis – como se pode ver pelas descrições de Melo Morais Filho e de Manuel Querino – eram representações negras. Assim, os "meninos índios" seriam, certamente, negrinhos vestidos, não à americana, mas à africana. Ponhamos, porém, uma reserva – nem todos os africanos chegados ao Brasil tinham o hábito dos enfeites de penas, e entre estes estão os da Costa da Mina, que, membros de uma sociedade mais estável, já em plena fase da agricultura, punham máscaras e vestimentas cerimoniais nos dias de festa. Valiam-se de penas e em geral de enfeites tomados aos animais os negros caçadores e coletores das colônias portuguesas do sudoeste – Angola e Congo (Cabinda). Por exemplo, em Iaca, muito para o interior de Angola, em região ainda não atingida pelo homem branco, os exploradores Capelo e Ivens, homenageados com a dança do *bambaré*, assim descreveram (1881) os seus participantes: os homens, "de penas e chifres na cabeça, em volta dos tornozelos uns feixes de capim"; as mulheres, "com as trunfas presas ao alto, retintas de vermelho, e uma espécie de meio saiote de palha". Que essa decoração individual de angolenses e congueses tenha assumido caráter definitivamente indígena, americano, se explica por circunstâncias peculiares à vida social e à história brasileira.

Dois movimentos, um político-social, outro literário, são responsáveis pela nacionalização desses hábitos, que, anteriormente a eles, já haviam incorporado à paisagem cultural cabocolinhos, cucumbis e caiapós. Os caboclos, tal como os conhecemos agora, são, por um lado, a prova mais tangível da repercussão da revolução da Independência (que tanto prestigiou o aborígine, o *caboclo*) na mentalidade popular; e, por outro lado, denunciam a vigorosa aceitação popular da literatura indianista, e especialmente dos romances de Alencar. Com a cessação do tráfico, as tradições tribais, pelo caminho largo das identidades de hábitos de negros e índios nas suas terras de origem, se fundiram, não às tradições verdadeiramente indígenas, mas às tradições supostamente indígenas na sua transfiguração independente ou indianista correntes na sociedade nacional.

A chegada dos caboclos à macumba carioca parece um fenômeno deste século. Para estudá-los, teremos de dividi-los em duas categorias – arbitrariamente, porque, como veremos, os crentes estão cobertos de razão ao desconhecer quaisquer distinções entre os caboclos. Exceto, talvez, na declaração evasiva de que

>fundamento de Umbanda
>tem mironga
>e tem dendê

que nos ajudará na tentativa de desvendar-lhes a identidade. Uns têm *mironga* (segredo ou mistério) – e a estes se pode aplicar a designação genérica de "índios de romance", expressão feliz devida a Théo Brandão. Outros têm dendê – e nada mais são do que negros sob a roupagem do índio convencional. Dos primeiros, alguns saem diretamente das páginas do *Guarani*, da *Iracema* e do *Ubirajara*, e às vezes cantam fragmentos de versos de Gonçalves Dias, enquanto outros vêm de escritos variados em torno de costumes indígenas, ou, mais exatamente, tupis. Os segundos se dizem naturais de Aruanda, a região mágica em que se transformou a capital de Angola.

*

Faremos a identificação dos caboclos, indiretamente, através dos seus respectivos cânticos religiosos – *pontos* ou *curimbas* (*cuimba*, ensina Cannecatim) – recolhidos por Lourenço Braga, Benedito

Ramos da Silva, Oliveira Magno, Byron Torres de Freitas e Tancredo da Silva Pinto nos cultos de origem africana do Rio de Janeiro.

Os *pontos* de macumba são, a bem dizer, uma exclamação.

Em alguns deles, o personagem apenas se identifica pelo nome; em outros, declara as suas intenções ou proclama as suas qualidades, entre as quais, habitualmente, a de *vencer demanda* ou a de levar *para as ondas do mar sagrado* os males que afligem os crentes. Muitas vezes o ponto não passa de um conjunto de palavras, quer pretensamente africanas, quer pretensamente tupis ou guaranis, sem conexão aparente nem seguimento lógico. Quadras populares ora são parte, ora toda a apresentação do personagem, como esta, que serve aos Aimorés:

> A água com a areia
> não pode demandá
> A água vai-s'embora,
> a areia fica no lugá

Solo e coro se confundem, em regra, nos *pontos*.

Os cânticos não têm estabilidade, são apenas um *momento* do ritual (e do processo de nacionalização da macumba), podendo muito bem suceder que os *pontos* em que baseamos esta análise já tenham sido substituídos, no todo ou em parte, na preferência dos crentes.

*

Os caboclos não se situam, ao menos teoricamente, no mesmo pé de igualdade de outros personagens da macumba, como os orixás africanos e os santos católicos. São *guias*, recebem ordens dos demais, e comandam *falanges*, subdivisões das *legiões*, que por sua vez são subdivisões das sete *linhas* de Umbanda. Aquisição relativamente recente, tão mal assimilados se encontram que falam indiferentemente no singular ou no plural, quer sejam uma tribo, quer sejam um único indivíduo, e se referem a si mesmos ora na primeira, ora na terceira pessoa. Embora, para todos os fins práticos, se cristalizem num único ser, os caboclos podem surgir como tribos, grupos de tribos e figuras isoladas.

Aimorés, Arapãs (?), Caetés, Tabajaras e Tamoios são as tribos encontradas nos *pontos*. A presença dos Aimorés prende-se umbilicalmente ao *Guarani*, terceira parte – até mesmo na vagueza da sua caracterização. O episódio do bispo Sardinha servirá de passe aos Caetés, que soltam um brado de guerra: "Juruatã!" Incluídos no limitado conhecimento de Alencar sobre os aborígines brasileiros, Tabajaras, com um *taba* muito sugestivo no início do vocábulo, está entre os nomes mais conhecidos e mais repetidos de tribos – embora *tabajara*, segundo Varnhagen, signifique apenas o índio aldeado. Estes tabajaras se apresentam como um só, "Jurundibaíba de Catenguá". Os Tamoios tiveram o Rio de Janeiro como teatro das suas façanhas e há, para lhes lembrar o nome, uma conhecida estação de rádio – o que não impede que Grajaúna, que os simboliza, comunique: "Eu venho lá de Aruanda".

Dos grupos de tribos assinalemos os Astecas, os Caraíbas, os Guaranis, os Goitacases, os Peles-Vermelhas e os Tapuias. Afirmam os Astecas que "nosso povo é valente, / tomba mas não cai", um sinal de excelência de muitos dos personagens da macumba. Os Peles-Vermelhas talvez decorram de confusão do recolhedor (Lourenço Braga), pois no seu *ponto* dizem: "Nós somos caboclos / da Praia Vermelha". Os Goitacases dominavam a região do baixo Paraíba, de onde procedem muitos dos crentes. Estes valorosos guerreiros são "Arangatu" (não sabemos se nome próprio ou não) "do povo de Umbanda". Na literatura de segunda e de terceira mão, *tapuia*, termo com que os tupis do litoral designavam os aborígines do interior, seus inimigos, passou a constituir o nome, ora de uma tribo, ora de um grupo de tribos. De onde vêm esses Tapuias? Eles respondem no singular: "Curindiba chegô de Aruanda / Curindiba é guerreiro de Umbanda". Os Caraíbas não se dizem tão categoricamente vindos da África, mas "salvam" Aruanda e avisam, também no singular: "Eu venho pra trabalhar / no terreiro de Umbanda".

Os caboclos, inúmeros, formam, por ordem alfabética, o seguinte rol: Águia Branca, Araranguá, Arariboia, Araúna, Arirajara, Arranca-Toco, Arruda, Cachoeira, Cajá, Cobra Coral, da Pedra Branca, da Pedra Preta, das Sete Encruzilhadas, das Sete Estrelas, do Sol e da Lua (Jacuri?), do Vento (será o mesmo Ventania?), Gabiroba, Girassol, Guará, Jaguarê, Javari, Lírio, Nazaré, Pena Branca, Peri, Samacutara, Saracutinga, Serra Negra, Serra Verde (ou Mata Virgem), Sete Flechas, Tartaruga do Pará, Treme-Terra, Tupaíba, Tupi, Tupinambá, Ubirajara, Urubatão, Urucutango e Viramundo, garantindo a representação do sexo feminino Jurema e as Caboclas do Mar.

*

Entre os "índios de romance" ocupam lugar de honra personagens de José de Alencar, exatamente os personagens centrais dos seus romances mais conhecidos – Peri, Iracema, Ubirajara.

Logo ao chegar, Peri avista uma jangada em águas fluviais: "Era Peri e Ceci / salvando as tribos / dos Guarani"; Iracema comanda as Caboclas do Mar, que são, além dela mesma, Jandira (mulher de Ubirajara no romance de Alencar), Jurema e Jupira: "Sou a Cabocla Iracema, / sou a Sereia do Mar"; Ubirajara, de peito de aço, carrega espada e tem por enfeite (para rimar) um penacho de arara, mas cumpre estranha missão neste mundo: "corta a língua de faladô".

O caboclo Araúna (o mesmo que *graúna*) lembra uma frase de *Iracema*: "… os cabelos mais negros que a asa da graúna…". Jaguarê, antigo nome do Ubirajara de Alencar, tem personalidade distinta, um negro paramentado de índio, enquanto Javari (nome geográfico), pai de Itaquê no romance, mantém o seu cocar de penas. Outros caboclos, embora não nomeados por Alencar, se gabam de parentesco com os seus personagens. Tupaíba, por exemplo, diz: "Sou filho de Aimoré / Lá na tribo Guarani / meu irmão chama Peri". Araranguá, outro nome geográfico, também se diz irmão de Peri ("Ele é filho de Araré") – Ararê era o pai de Peri – e Araúna será tio de Araranguá, pois se diz irmão de Araré (Ararê).

O sabiá de Gonçalves Dias tem quem o lembre nas macumbas. Cajá, por exemplo – uma anacardiácea que pertence a uma tribo desconhecida ("Eu sou da tribo do Cajá") – estranha a mata, "onde pia a cobra, / onde canta o sabiá", enquanto, em outro *ponto*, que se diz "traçado com jurema", o sabiá canta na África: "Cipó caboclo, onde é que você mora? / Eu moro na Aruanda, na raiz do aruá / onde tem cobra coral / e onde canta o sabiá." Este cipó, famoso pelas suas virtudes exorcísticas, constitui um dos atributos, repressivos e curativos, dos caboclos.

Fora da grande figura de Alencar, a existência de vários caboclos prende-se à ficção indianista em geral e à literatura de interesse indígena (especifiquemos, novamente, tupi). Ainda aqui, porém, Alencar tem a sua parte. A utilização inconsiderada de nomes de sabor indígena – Majé, Ipê, Tapir, Caraúba, Guaribu, Jutorib, Jaçanã, Pirajá, Boitatá... – como antropônimos, nos seus romances, serviu de modelo para a identificação de novos caboclos.

Os caboclos habitam florestas, serranias, cabeceiras de rios, cachoeiras, regiões virgens do contato dos brancos, e são familiares das cobras e dos animais selvagens. Arariboia, figura histórica, não fez mais do que atravessar a baía de Guanabara, o caboclo Lírio veio de Itaguaí, enquanto Tartaruga do Pará indica, vagamente, um dos rios paraenses, "que se cruza com o mar", como a terra da sua procedência. Saracutinga se diverte ("Bebe água no coité, / atira flecha para o ar"), Urubutão ou Urubatão exercita a sua força física ("Rebenta correntes de ferro e de aço, / estoura cadeias de bronze") e Serra Verde ou Mata Virgem traz consigo nada menos de oito companheiros – Japuí, Bacuí, Acurê, Jamundá, Tangari, Jacuí, Bacurê e Jacutá...

Tupi e Jurema têm relações particulares na macumba. A palavra *tupi*, como se sabe, é um artifício erudito: nenhum índio jamais se chamou nem se disse tupi. Quanto a *jurema*, designa o fruto da jurema, indispensável no preparo de certa beberagem alcoólica com o mesmo nome, que se distribui à farta nos catimbós do Nordeste e nos candomblés de caboclo da Bahia. Tão importante é a jurema nos catimbós que os *mestres* mais poderosos moram, ao que se acredita, no Juremal, cidade mítica e paradisíaca – a cidade de Juremá que por vezes surge nos *pontos* de macumba. Abandonada pela mãe "com sete meses de nascida", Jurema – invocada, ora sozinha, ora como uma das Caboclas do Mar – tem laços filiais ("Foi Tupi quem me criou") com Tupi, ex-chefe de tribo ("Eu fui morubixaba").

Os caboclos Cachoeira, Cobra Coral, Pedra Preta, Girassol, Pena Branca e Serra Negra têm nomes quaisquer, sugeridos pelos hábitos que a literatura indianista atribui aos habitantes da selva, enquanto Arranca-Toco e Treme-Terra – nomes populares, mas de modo algum exclusivos dos caboclos da macumba – são títulos indicativos da força mágica que os crentes veem nos caboclos.

*

Se estes caboclos denunciam uma aceitação imperfeita – tanto por falta de informação como por falta de realidade do modelo indianista – do que se imagina que fossem os antigos povoadores do nosso território, que dizer dos outros, dos que podemos reconhecer como personagens negros sob os enfeites de penas?

Pedra Branca ("Filho de Umbanda ele é"), Águia Branca ("que vem de Aruanda"), Gabiroba ("vem chegando de Aruanda") e Jaguarê, que traz o nome antigo do Ubirajara de Alencar ("Nas horas de Deus baixou / na Aruanda, aruê"), confirmam as palavras de Urucutango, que se anuncia deste modo:

> São todos os caboclos de Aruanda
> que vieram salvar filhos de fé

Outros são ainda mais explícitos. Arruda confessa: "Fui buscar o meu *gongá* / que eu deixei em Aruanda"; Samacutara (Benedito Ramos da Silva dá o seu ponto como do Caboclo Guiné, o que, certamente, nos ajuda) qualifica-se de "mironga de Umbanda" e vive à procura de "folhas verdes, folhas de Guiné", como outro caboclo, Nazaré, que adotou por nome um topônimo hebraico; Sete Flechas ("todas sete de Guiné") declara que: "Lá na *minha* Aruanda / eu vou trabalhá" e, realmente, "Ele vai firmar seu *ponto* / ... / e vai firmar é lá na Angola"; Arirajara usa o jargão da macumba com extrema facilidade e desenvoltura: "Eu já achei a *pemba* / pra cruzar a guia"; Tupinambá, um dos apelidos de caboclo mais comuns em *pássaros*, cabocolinhos, caiapós, pajelanças e cultos de origem africana, dá-se como "filho de Umbanda"; o Caboclo do Sol e da Lua, embora nascido de concepções ocultistas, não tem palavras senão para louvar a África: "Povo de Umbanda / manda mas não vai / Povo de Umbanda / manda mas não cai"; tanto Sete Flechas como Guará têm nos seus pontos o estribilho "Bumba na Calunga", que João do Rio registrou como sendo cantado por "macumbas ou cambindas" (cabindas) do seguinte modo:

    Bumba, bumba, ó calunga
    Tanto quebra cadeira como quebra sofá
    Bumba, bumba, ó calunga

Se Sete Estrelas sugere o negro, Sete Encruzilhadas (os domínios de Exu) confirma-o plenamente. E os caboclos do Vento e Viramundo disputam com Xangô, com quem muito se parecem, o comando de raios, trovões e tempestades.

*

Um preto velho experiente e sabido, o Tio Gregório – um dos muitos *cacarucai* divinizados pela macumba – sentencia:

Todo povo que é de pemba
vem de Angola

Se tomarmos Angola – que tem verdadeiramente esse sentido nas macumbas cariocas – como palavra representativa da África, teremos de dar razão ao negro escravo. Os caboclos de Aruanda devem muitos dos seus nomes e das suas virtudes ao indianismo, contraparte, nas letras, da revolução da Independência, mas a sua concepção data de muito antes de Alencar, como parte de uma tendência mais geral que, orientando-se para a valorização de padrões culturais africanos, resultou em novos modos e maneiras de integração do negro à nacionalidade brasileira.

(1960)

– O trabalho de Théo Brandão, *O auto dos cabocolinhos*, foi publicado na *Revista* do Instituto Histórico de Alagoas, de que o autor distribuiu uma separata (Maceió, 1952).

– Os *pontos* que serviram à análise constam dos seguintes trabalhos: Lourenço Braga, *Umbanda (magia branca) e Quimbanda (magia negra)*, Rio de Janeiro, 1951; Benedito Ramos da Silva, *Ritual de Umbanda*, Rio de Janeiro, 1951; Byron Torres de Freitas e Tancredo da Silva Pinto, *As mirongas de Umbanda*, Rio de Janeiro, s.d. (1954?); e Oliveira Magno, *Práticas de Umbanda*, Rio de Janeiro, s.d.

TEMPO

O Deus Tempo, cultuado nos candomblés de Angola e do Congo, na Bahia, não é outro senão o deus Loco dos jejes. Os negros de Angola também o chamam de Catendê,

>   Catendê ngana Zâmbi,

e, sem dúvida, o estão transformando numa divindade distinta. Parece que, como Tempo, o deus dos jejes incorpora vários espíritos inferiores que, na crença dos bantos, habitam as árvores.

O *iroco*, árvore sagrada em toda a Costa dos Escravos, e na terra dos jejes considerada como deus, Loco, "o deus das árvores" (Herskovits), é a *Chlorophora excelsa* na África e dispõe de altares públicos em Abomey e Porto Novo, no Daomé (Parrinder). Na Bahia, entretanto, é a gameleira branca, "a grande gameleira das folhas largas", talvez a *Ficus religiosa*, "árvore abundante neste estado" (Nina Rodrigues). No Maranhão, onde a influência jeje se faz sentir poderosamente na Casa das Minas, Loco se representa pela cajazeira (Nunes Pereira).

Para nagôs e jejes, na Bahia, a gameleira seria Francisco de Assis. Catendê ou Tempo, entretanto, se identifica com São Sebastião, se bem que Manuel Lupércio, velho entendido, afirme que Tempo corresponde ao Senhor dos Navegantes, objeto de grande procissão marítima no Ano-Bom, e Catendê a Santo Expedito... A ligação do deus à hagiologia católica não está ainda muito clara, seja na forma jeje-nagô, seja na forma Angola-Congo.

Como característica comum, a árvore – tanto a gameleira como a cajazeira – é sagrada e intocável. Entre os jejes, na África, Loco sempre indica a morada de um deus, um ponto que o deus gostaria de ver transformado em altar – e nisso reside o seu caráter sagrado. No Brasil, porém, a árvore é o próprio deus. E, nos dois continentes, constitui o melhor lugar para depositar oferendas aos deuses.

Nina Rodrigues escreveu, em fins do século passado: "A árvore pode ser um verdadeiro fetiche animado ou ao contrário representar apenas a moradia ou o altar de um santo". E, em verdade, a gameleira, enfeitada de panos brancos e vermelhos, ou seja, *preparada* como altar, vira tabu. Ferida, sangrará... Nina Rodrigues deu como famosas as gameleiras do Politeama, do Campo da Pólvora e do Garcia, na cidade do Salvador. Um respeito supersticioso as cercava. Evitava-se passar por elas a desoras... Foi ao pé de uma gameleira, no lugar chamado Gomeia, na Bahia, que a negra Pascoalina se transformou em Dã, a serpente dos jejes.

Somente nagôs e jejes se entregavam a este culto na Bahia, ao tempo de Nina Rodrigues. O nome nagô da árvore, *iroco*, se alterou no intervalo para *roco*, com *r* brando, mas afinal predominou a forma jeje, de modo que atualmente a gameleira, para os crentes e para os leigos, é simplesmente "pé de Loco". Os negros de Angola e do Congo, que não conheciam Loco, incorporaram-no aos seus candomblés – derivação muito recente dos candomblés jeje-nagôs, como tentei provar – sob os nomes de Catendê e Tempo. E já os candomblés de caboclo, último rebento dos candomblés tradicionais, o transformaram no *encantado* Juremeiro, que habita o pé da jurema (*accacia jurema*).

Loco era o orixá pessoal de Firmina, uma das "velhas" da Casa das Minas (Nunes Pereira). Na Bahia, é raro que alguém seja *cavalo* de Loco, orixá considerado difícil de *fazer*, mas, se por acaso surge nas festas públicas dos candomblés, dança de joelhos, coberto de palhas da Costa. Nunca soube de alguém possuído por Tempo, mas há *cavalos* de Catendê – e estes se vestem cerimonialmente de branco, com um gorro de que pende um véu bordado que lhes oculta a face.

Como Tempo, o deus Loco está mudando de fisionomia, às vezes como diferenças atmosféricas,

>Vira o Tempo!
>Olh'o Tempo virô!

outras vezes como tempo-hora,

>Olh'o Tempo zará!
>Tempo zaratempô!
>Tempo não me dá lugá
>para eu descansá...

A fim de animar as cantigas para Tempo há a interjeição Zaratempô!

No Maranhão, Loco, irmão de Badé (Xangô), não fuma (Nunes Pereira); na Bahia, como diz um dos seus cânticos, "mora na ladeira"...

(1952)

VODUM

A religião dos jejes não teve, no Brasil, a importância da nagô, elevada à categoria de padrão e modelo de todos os candomblés de influência negra. Os cultos nagô e jeje são tão semelhantes, na África, que se torna difícil traçar a fronteira física entre um e outro. Aqui, devido à maior concentração de escravos nagôs, houve predominância das práticas de iorubá, cabendo aos jejes uma função auxiliar. Desde fins do século passado, Nina Rodrigues já se referia às religiões do negro baiano como "jeje-nagôs". Arthur Ramos, reconhecendo em toda parte as linhas mestras dos cultos desses dois povos, estendeu o qualificativo a todo o país. Na verdade, não houve entre nós um culto jeje independente, nem se pôde criar aqui, como aconteceu no Haiti, um culto *vodum*.

Contudo, e a despeito dessa preponderância dos nagôs, não seria exato afirmar que o culto jeje desapareceu completamente sob a avassaladora influência de iorubá. Em Belém do Pará, em São Luís do Maranhão, na Bahia e no Rio de Janeiro, ainda é possível encontrar traços bem nítidos das concepções dos jejes. No Maranhão e na Bahia, há mesmo candomblés exclusivamente dedicados a esse culto.

Os deuses jejes são chamados *voduns*, termo que corresponde ao nagô *orixá*, mas *vodum*, neste sentido de deus, parece que só se emprega na Casa das Minas (São Luís do Maranhão) e nos três candomblés jejes que se conhecem na Bahia. Os costumes ligados aos *voduns* permaneceram, embora não sem certas modificações. Pelo que informa Herskovits, há no Daomé o hábito de antepor ao nome do *vodum* o monossílabo respeitoso *To*, que identifica o ancestral deificado. Esse hábito se conserva no Maranhão e no Pará, tendo-se adulterado a palavra, em São Luís, para *Toi* (pai) e, em Belém, indiferentemente, para *Toia* ou *Toiá*. Individualmente, também, os *voduns* sofreram alterações, às vezes de nome, às vezes de personalidade, com a viagem transatlântica*.

Sogbô, deus do trovão no Daomé (Herskovits) e na Bahia (Sobô), no Maranhão cede o lugar a Badé (Nunes Pereira), figurando como Sobô uma deusa velha, que seria a mãe do Xangô do povo jeje. Badé teria também uma irmã, Abê, considerada "senhora" ou "dona" do mar. Na Bahia, Sobô tem as mesmas cores simbólicas de Xangô – vermelho e branco – mas em São Luís veste azul. Nanã Burucu (Nana Buluku), que em toda parte, e especialmente na Bahia, surge como o mais velho dos *voduns*, a deusa-mãe de tudo o que existe, parece corresponder, em Belém, à Iansã nagô, pelo menos nos cantos do *babaçuê* registrados pela Missão de Pesquisas Folclóricas (1938) da Municipalidade de São Paulo – uma modalidade de culto que Oneyda Alvarenga comparou, com justeza, aos candomblés de caboclo. Loco, à falta da gameleira no Norte, se liga à cajazeira, que assume o mesmo caráter de árvore sagrada. Outros *voduns* mais encontradiços são Zamadan, Zemadom, Zé Madome (Pará) ou Zomadone (Maranhão); Doçu; Lissá (Lisa, contraparte masculina de Mawu, no Daomé – o nome jeje para Oxalá); Averequê (Belém) ou Averequete (São Luís)... Deste último, que frequenta os cantos do *babaçuê*, onde é saudado como

>A joriti
>pomba vuadô

– e talvez o "a" seja a exclamação "ah" – Nina Rodrigues ainda pôde notar a presença na Bahia, qualificando-o, em companhia de outro *vodum*, Nati, como "divindade marinha" dos jejes, sob o nome de *Avrikiti*. Muitos destes *voduns*, e mais Legba (Exu), mensageiro dos deuses, e Gu (Ogum), protetor das artes mecânicas, foram assinalados nos candomblés baianos de Emiliana, Manuel Menez e Falefá. O nome de Loco suplantou na Bahia o seu correspondente nagô, Iroco – até mesmo como designação popular da gameleira branca, "pé de Loco" –, e o deus, ultimamente, se apresenta já sob novas formas, Catendê (Angola) e Tempo (caboclo), em outros candomblés. O arco-íris entre os jeje-baianos tem o nome de Obessem, e vale a pena notar a semelhança que há entre o culto que lhe prestam na fonte de São Bartolomeu, nas vizinhanças da cidade do Salvador, e o de Saut d'Eau, no Haiti. Embora o arco-íris seja cultuado ali como o Oxumarê dos nagôs, que também tem a forma de serpente, deve-se lembrar que, no Daomé, o arco-íris, Aido Hwedo, é uma Dã fêmea, que no rabo carrega relâmpagos. Os peregrinos baianos contam que, no alto da pedra de onde cai a água milagrosa de São Bartolomeu, costuma aparecer uma cobra, quando o sol, rompendo a folhagem espessa, ali desenha o Arco da Velha...

A cobra, Dã, "o princípio de mobilidade" (Herskovits), parece merecer culto apenas na Bahia. A lâmina de ferro, de 50 cm, terminada em cabeça e rabo de serpente, que Nina Rodrigues viu no terreiro de Livaldina – a mãe de santo desconhecia a sua significação e origem – talvez não tenha ligação direta com o culto de Dã. A cobra, Dã, está presente em todas as práticas dos candomblés jejes na cidade do Salvador. Aliás, na concepção nacional do Daomé, todo *vodum* tem a sua Dã especial. Uma cobra tinha lugar de honra entre os altares num *xangô* de Maceió. E, nas macumbas cariocas, vez por outra surge uma cobra em posição de destaque nas cerimônias, traindo, embora esmaecida, a influência dos jejes.

O chefe do culto se chama *voduno* na Bahia, seja qual for o seu sexo – exatamente como no Daomé –, mas no Maranhão tem os nomes de *nochê*, mãe (Nina Rodrigues escreveu *nocê*), e *tochê*, pai. As iniciadas são *vodúnsi* na África e na Bahia (no Haiti, *hounsi*) e, no Maranhão, *noviches*. Os chefes da Casa das Minas se referem às suas subordinadas como *vichê*, filhas.

Uma cerimônia ritual, o *panã*, que se realiza na Bahia e que pode ser equiparada à quitanda das iaôs, semelha, nos pontos essenciais, a "declaração de guerra", uma das últimas festas simbólicas do processo de iniciação no Daomé, tal como a descreve Herskovits: "armadas de longos cipós, e com absoluta liberdade de fazer o que bem entenderem, as iniciandas espancam os que se aproximam das frutas, doces e guloseimas que expõem – declaradamente para que o público os roube". Exceto neste aspecto especial, porém, a cerimônia não se distingue mais da correspondente nagô.

O hábito haitiano do *vevers* encontra símile no *ponto riscado*, tão conhecido nas macumbas cariocas. Louis Maximilien explica que o chefe, no Haiti, faz desenhos especiais ao pé da coluna central da casa de culto, utilizando farinha de trigo ou de milho (farinha de Guiné), cinza, gengibre ou café em pó... Possivelmente, há neste costume influência dos silvícolas americanos, não sendo justo atribuí-lo apenas aos jejes. Interessante, porém, que brasileiros e haitianos, por este ou aquele caminho, tenham chegado ao mesmo lugar!

A concepção de *cavalo* do deus e o hábito de a divindade comunicar aos circunstantes o recado que deseja mandar à pessoa que lhe serve de instrumento na ocasião – "Diga ao meu cavalo..." – talvez tenham vindo dos jejes. Zora Neale Hurston nos dá a fórmula mágica, corrente no francês crioulo do Haiti: *Parlay cheval ou...* O fenômeno da possessão, com todas as crenças que implica, tem as mesmas características entre nagôs e jejes. Parece que, neste particular, concorrem, quem sabe em que condições, os dois povos.

Em suma, os jejes não desapareceram, nem se pode dizer que tenha sido completamente nula a sua contribuição às religiões populares brasileiras. Pelo contrário, não somente demonstraram boa dose de resistência à absorção pelos nagôs, como deixaram rastros vivos, na exata proporção do pequeno número de escravos jejes chegados ao país.

(1952)

OXÓSSI, O DEUS DA CAÇA

Ora, aconteceu que um dia Odé se deleitava com Oxum, quando lhe deu na gana ir caçar. Era o dia da tomada de axé de Ifá e a mulher lhe disse que não fosse procurar caça no dia do sacrifício do grande orixá. Mas Odé não se importou e foi. Andou, andou, andou. Nada de encontrar caça. À tarde, porém, Odé encontrou uma cobra enorme, enrolada, ao sol. A cobra cantou para ele uma canção. A cobra lhe dizia que não era pássaro de pena para Odé matar. Era Oxumarê. Mas ele não se importou. Matou a cobra, cortou-a em pedacinhos e botou-a no embornal. Morta, a cobra continuava cantando sempre. Quando ele chegou em casa, a mulher, Oxum, nem quis tocar na cobra. Meteu os filhos debaixo do braço e fugiu com eles para a casa do compadre, dizendo que só voltaria quando Odé tivesse acabado de comer a caça estranha, que continuava a cantar. Odé não se importou nem nada. Tratou, moqueou e comeu a cobra. E a bicha cantando. Depois de comer, Odé se sentou. A cobra cantava dentro da barriga. Ele se arrependeu do que tinha feito. Arrependeu-se – e dormiu. Ao amanhecer, Oxum voltou. Bateu à porta, bateu, bateu. Nada. Então, Oxum arrombou a porta. Não encontrou nenhum vestígio da cobra: nem no moquém, nem na frigideira. Só encontrou o rastro dela no chão. Odé estava espichado num canto, morto. Oxum, como louca, foi chamar Ifá, pedindo-lhe a sua proteção. Ifá atendeu ao pedido. Veio, considerou longamente Odé e, afinal, levou-o para casa. Lá, Odé desapareceu. Desapareceu – e só veio reaparecer sete anos depois, mas como orixá, e até com outro nome. Ele, que se chamava Odé, passou a chamar-se Oxóssi, o deus da caça.

(1938)

NASCIMENTO DO ARCO-ÍRIS

Sobô (Sogbô), o mesmo Xangô dos negros iorubás, enciumado por causa de Oxum, se bateu em duelo com Soboadã, o Oxumarê dos nagôs.

Soboadã, menos destro, morreu, mas Ifá e Nanã, compadecidos dele, o ressuscitaram.

Desde então, Oxumarê se fez "rei dos astros" e foi morar no céu. Ainda mora lá...

(1938)

SÃO JORGE

São Jorge ocupa lugar muito especial na imaginação popular, que fascina e exalta.

Foi assim desde os primeiros dias do Brasil. Uma das capitanias, a dos Ilhéus, viveu sob a sua invocação; teve o seu nome o mais poderoso dos quatro baluartes que defendiam a jovem Cidade do Salvador; muitas das unidades militares da colônia, da tropa de linha como das ordenanças, o escolheram por patrono... Os seus títulos eram vigor físico, bravura e generosidade – uma vida ativa. Entre os santos, nas procissões de outrora, em cidades como Vila Rica e Rio de Janeiro, era o único que não desfilava em andor, vinha montado num cavalo branco semelhante ao corcel com que subjugou e dominou o dragão. Em pouco tempo, em bom número de cidades, o soldado profissional do século IV disputou, com vantagem, a preferência do povo.

O véu de lenda que o envolve se tornou mais espesso à medida que o negro escravo aderia ao catolicismo. Foi relativamente fácil encontrar nele semelhanças superficiais com Ogum, um deus africano que teria dado ao homem, através da metalurgia, o domínio da natureza, ou com Oxóssi (Bahia), patrono da caça, subordinado a Ogum*. O negro o fez sentar praça na cavalaria (e às vezes o destacou de ronda), lhe deu patentes de capitão e general ou o nomeou Ministro da Guerra, com carta branca para vencer batalhas e demandas. E chegou a recrutá-lo para combater ao lado dos brasileiros no Paraguai, levando-o a prestar o seu juramento à bandeira nacional em pleno campo de batalha, em Humaitá.

Esta contribuição do negro à lenda de São Jorge, inevitável nas condições em que se desenvolveu no Brasil a escravidão, estendeu às camadas populares a sua devoção. Antes, o santo era apenas cultuado como patrono das artes da guerra. O negro, sem plano e sem medida, o aproximou do povo e o transfigurou em símbolo das virtudes cavalheirescas – o coração limpo, o braço pronto a empunhar a lança para o bom combate – que se festejam a 23 de abril.

As cantigas de São Jorge reunidas neste LP documentam vários estágios dessa aproximação, que de modo algum está terminada. São cantigas simples do povo, nem sempre muito coerentes, mas repassadas de unção, com melodias que exprimem respeito e carinho pelo santo, tanto na sua figuração católica como na afro-brasileira. Se a imagem do santo guerreiro – "que mora na Lua, que manda no mar" – não é muito ortodoxa, o sentimento que a anima significa um apreciável esforço de incorporar à vida cotidiana os altos e nobres sentimentos que o povo distingue em São Jorge, soldado a serviço da felicidade humana.

(1958)

IEMANJÁ E A MÃE-D'ÁGUA

Escritores, pintores, músicos e elementos populares em geral têm contribuído poderosamente, por um lado, para dar o nome de Iemanjá à mãe-d'água brasileira e, por outro, para tornar as festas em seu louvor uma simples reprodução das festas da sereia europeia. Bem entendido, Iemanjá é uma deusa nagô e de modo algum uma concepção de *todas* as tribos negras chegadas ao Brasil. Sabemos que ao povo nagô se pode atribuir grande parte da nossa mítica popular, nos mais variados graus de fidelidade com o original. Parece extraordinário, porém, que as diferenças fundamentais que facilmente podemos encontrar entre Iemanjá e a sereia fossem postas de lado tão sumariamente, até cair no dualismo apontado – nome africano, festas europeias. Como já o indicou Joaquim Ribeiro, há, neste caso, "uma interseção de vários cultos" das águas, como o da Iara dos índios. Não devemos esquecer que os nagôs não rendem culto público, fora de portas, a Iemanjá e, certamente, não deixaram essa tradição. Pelo contrário, nos candomblés baianos, que são, como tentei provar, resultado das concepções religiosas dos nagôs, até mesmo o "assento" de Iemanjá se encontra, obrigatoriamente, no interior da casa. Parece que, como em tantos outros casos, a mítica nagô, passando a outros grupos de cultura, brancos e negros, se deturpou consideravelmente, de maneira a ficar apenas o nome de Iemanjá cobrindo concepções, festas e costumes que são caracteristicamente estranhos à África – e em especial ao povo nagô.

*

Talvez seja antiga esta confusão.
Nina Rodrigues, em 1897, notava que "em geral a concepção de Iemanjá confunde-se com o mito da sereia de que se torna uma simples variante" e mais tarde, em *Os africanos no Brasil*, afirmava que "o mito de Iemanjá se confunde com o da mãe-d'água e o da sereia sob cuja forma e efígie a representam". Isto acontece hoje em todos os candomblés, em que a figura de Iemanjá muitas vezes é a de uma mulher branca, a pentear os seus longos cabelos, mas já acontecia também em 1899, por sinal que no famoso candomblé do Gantois da Bahia, onde Nina Rodrigues pôde encontrar "duas sereias de gesso barato, mandadas vir do Rio de Janeiro", representando Iemanjá e outra divindade das águas, Oxum. Por sua vez, Manuel Querino lembra a festa que, na terceira dominga de dezembro, a gente dos candomblés realizava diante do forte de São Bartolomeu, na Cidade do Salvador, sob a direção do Tio Ataé, enchendo-se uma grande talha de barro, que se atirava ao mar, com "pentes, frascos de pomada, frascos de cheiro, côvados de fazenda" presenteados por centenas de africanos.
Isto não impede que em outros candomblés, mais respeitadores da tradição nagô, como os do Engenho Velho e Flaviana, Iemanjá se represente corretamente por pedras d'água (*itás*) ou por esculturas de pessoas possuídas pela orixá (*oxés*).
Parece que a notícia mais antiga de presente para Iemanjá é a que nos deixou Manuel Querino: "Um pequeno saveiro de papelão, armado de velas e outros utensílios de náutica, era lançado ao mar, conduzindo como dádiva à mãe-d'água figuras ou bonecas de pano, milho cozido, inhame com azeite de dendê, uma caneta e pena e pequenos frascos de perfumaria". Todos os que já acompa-

nharam um *presente* para a mãe-d'água notarão a diferença entre este tipo de oferenda e o modelo atual.

Iemanjá, no país dos nagôs, é a deusa do rio Ogum e, por extensão, dos rios, fontes e lagos nacionais. O seu domínio não chega até o mar, onde manda Olorum. Nina Rodrigues recolheu na Bahia uma peça esculpida, um cofre de Iemanjá, que representa uma cena de pesca do crocodilo, que é animal de rio, e o coronel Ellis, na lenda do nascimento dos orixás, conta que, após o incesto, dos seios desmesuradamente intumescidos de Iemanjá brotaram dois rios que adiante se reuniram e formaram uma lagoa. Entre os lugares especiais em que, na Bahia, se cultua Iemanjá, estão três lagoas – o Dique e as lagoas de Vovó e do Abaeté.

Ruth Landes escreveu que Iemanjá é "uma nova edição da *mammy* americana". Com efeito, entre os nagôs, a deusa é sempre esposa e mãe. A lenda do coronel Ellis – que Nina Rodrigues considerava "relativamente recente", por não ser corrente entre os negros da Bahia nem de outros pontos do Brasil – a apresenta como mulher de Aganju, seu irmão, e mãe de Orungã, que a violenta, nascendo daí muitos dos orixás, como Xangô, Oxum, Oxóssi, Ogum, etc., presentes nas religiões do negro brasileiro. Ellis decompõe o nome da deusa em *ieiê*, mãe, e *ejá*, peixe, ou seja, "mãe de peixe". Ruth Landes lhe dá a posição de "esposa mais jovem e mais amada" de Oxalá – mais jovem em comparação com Nanã, já senil. E Nina Rodrigues, estudando uma peça de escultura africana da Bahia – um trono ou banco para o sacerdote possuído por Iemanjá – observou: "No largo movimento das mãos abertas a fim de conter e levantar os volumosos e túrgidos seios da orixá que, para oferecê--los, está de joelhos, o artista expressou com felicidade a concepção da uberdade, de fundo ctoniano ou material, que se atribui a Iemanjá..."

*

Em que se parece esta Iemanjá com a figura fascinante, voluptuosa, encantadora, que ligamos à sereia do folclore europeu?

Se a sereia mora no fundo do mar, Iemanjá habita rios, fontes e lagos. Esta é mãe e esposa, e na lenda do coronel Ellis dá nascimento a muitos filhos, que são os orixás mais conhecidos, em contraposição com a eterna juventude e disponibilidade da sereia, mais fácil de imaginar como uma estranha amante submarina do que como esposa. Maternal, Iemanjá simboliza a fecundidade, a reprodução da espécie, a natureza em todo o seu esplendor, enquanto a sereia é a mulher fatal, que com o seu amor traz a morte. E, para completar o quadro das diferenças, Iemanjá vem ao encontro dos homens, nos candomblés, ao passo que a sereia tem de ser requestada, e solicitada com presentes, nos seus vastos domínios marítimos.

O rabo de peixe, os olhos verdes, os cabelos compridos, as canções irresistíveis de amor, toda a concepção europeia da sereia, estão em desacordo com Iemanjá. Sob este nome, nas festas públicas, não se cultua uma deusa africana, da *nação* nagô. Cultua-se uma divindade *brasileira* das águas, fruto do sincretismo das concepções nagô, ameríndia e europeia dos deuses aquáticos. E, na verdade, a influência maior é a da Loreley dos brancos, que nada mais perdeu do que o nome.

(1950)

UMBANDA

Ainda ao tempo das reportagens de João do Rio, os cultos de origem africana do Rio de Janeiro chamavam-se, coletivamente, *candomblés*, como na Bahia, reconhecendo-se, contudo, duas seções principais – os orixás e os *alufás*, ou seja, os cultos nagôs e os cultos muçulmanos (*malês*) trazidos pelos escravos. Mais tarde, o termo genérico passou a ser *macumba*, substituído, recentemente, por *Umbanda*.

Meio século após a publicação de *As religiões no Rio*, estão inteiramente perdidas as tradições malês e em geral os cultos, abertos a todas as influências, se dividem em *terreiros* (cultos nagôs) e *tendas* (cultos nagôs tocados pelo espiritismo).

O catolicismo, o espiritismo e o ocultismo tentaram ganhar para si os cultos populares e, em consequência, há inúmeros folhetos, muito lidos, que veiculam as mais diversas explicações para os fenômenos da Umbanda, relacionando-os, ora aos aborígines brasileiros, ora à magia do Oriente, ora aos druidas de Kardec. Mais ou menos aceitas essas explicações, senão pela massa de crentes, os *filhos de fé*, ao menos pelos responsáveis pelas casas de culto, alguns elementos formais, ainda não suficientemente sedimentados, estão penetrando na teogonia e na liturgia: o arcanjo Miguel comanda todos os personagens celestes, de acordo com a posição que se imagina que desfrute no catolicismo, como chefe dos anjos; a esses personagens o espiritismo atribui fluidos de cores diferentes, num verdadeiro desperdício de imaginação, enquanto ao ocultismo se deve, certamente, a tentativa de sistematização deles em grupos sucessivos de sete... A pressão exercida sobre a Umbanda por esses novos modos de conceber o mundo não conseguiu, porém, comprometer gravemente um núcleo original de crenças e de práticas que tem preservado a sua integridade.

As divindades da Umbanda – que os folhetos dividem em sete linhas, sete legiões e sete ou doze falanges, estas ainda divisíveis em falanges menores – podem ser repartidas objetivamente em três grupos fundamentais, tendo à sua volta, flutuantes e instáveis, outros seres ainda não muito bem caracterizados:

1) Os orixás nagôs, conhecidos em todos os cultos de origem africana no Brasil, são o cerne da Umbanda.

2) Fusão de concepções particulares angolenses e conguesas com a concepção ideal do aborígine brasileiro, vulgarizada pela revolução da Independência, os caboclos formam um grupo de grande homogeneidade entre os personagens venerados em *terreiros* e *tendas*.

3) Os velhos escravos sabidos nas coisas da África encontram o seu lugar na Umbanda entre os *cacarucai*, os "pretos velhos" componentes da chamada Linha das Almas, que, como diz um dos folhetos (Byron Torres de Freiras e Tancredo da Silva Pinto, *Doutrina e ritual de umbanda*, 1951), "não cumpriram toda a sua missão na Terra". Maria Conga, Pai Joaquim e o Velho Lourenço são os mais conhecidos entre eles. Talvez sejam a contribuição particular dos "cambindas" (cabindas) de João do Rio ao *flos sanctorum* popular.

Destes três grupos, os dois últimos se constituíram neste século. Estão ainda em processo de aceitação anjos e santos católicos, "povos", personagens mitológicos e fantásticos e figuras de todo tipo, que "vieram de Aruanda" e conhecem "a lei de Umbanda", que muito provavelmente se unirão aos integrantes de outros grupos, com quem porventura se venham a parecer, ou – já que o período de expansão das concepções da Umbanda parece estar encerrado – se apagarão da memória coletiva,

Afora esta multiplicação de divindades, o modelo nagô dos cultos de origem africana permanece vivo nos *terreiros* cariocas. O chefe de culto, *ganga, tata, babalaxé, babalaô*, conforme o rito a que obedece, tem para ajudá-lo a *mãe-pequena* (*jabonã*), que o substitui, e o sacrificador de animais (*axogum*). Os iniciados (*cambonos*) e as iniciadas (*sambas*) – nas *tendas*, respectivamente *mediuns* e *médias* – dançam em roda (*gira*) diante do altar (*gongá*) e, com o transe místico, recebem as *entidades*, os *encantados* e os *guias* celestes. Entre os *cambonos* distinguem-se o *cambono de ebó*, que deve saber todas as artimanhas e todas as encruzilhadas de Exu, e o *cambono colofé*, acólito geral das cerimônias públicas e privadas. As mulheres que não têm o privilégio do transe são servidoras das divindades (*cotas*), enquanto os homens na mesma situação são ogãs – *colofé*, de *estado* (ou seja, do altar), de atabaque e de *terreiro*, este último hierarquicamente superior aos demais. O processo de iniciação não tem a mesma duração nem a mesma complexidade de que se reveste em outros lugares, mas exige a permanência do iniciando no *terreiro*, as lavagens de cabeça (*bori*) e de contas e boa quantidade dos frutos africanos obi e orobô, a aprendizagem de cânticos rituais (*pontos*) e de maneiras de propiciar o favor das divindades ou de acalmar a sua ira. As cerimônias fúnebres obedecem ao padrão do *axexê*. Sem grande diferença do que acontece em outros pontos do país, a distribuição dos dias da semana entre as divindades contempla exclusivamente os orixás nagôs. A identificação destes com os santos católicos se faz como em toda parte, mas Ogum tem símile em São Jorge e a Oxóssi festeja-se como São Sebastião, padroeiro da cidade. Em substância, o *despacho* de Exu, com que começam as cerimônias públicas, continua a fazer-se como o faziam os nagôs... Assim, apesar de complicado, às vezes, por práticas estranhas, espíritas e ocultistas, o modelo tradicional dos cultos de origem africana resiste.

Sob outros aspectos, porém, a Umbanda foge ao modelo.

O espiritismo ofereceu, com o copo d'água, em que se refletem os fluidos, uma alternativa que, dada a sua simplicidade, pôs em perigo os búzios divinatórios dos nagôs. Leem-se páginas de Allan Kardec nas *tendas*, estabelece-se comunicação com os mortos, os *guias* e os *irmãos do espaço* se dispõem a fazer *caridade*, os *perturbados* são alijados por meio de *passes* e *concentrações*. O contato com o ocultismo, em grande voga ainda por volta de 1930, comunicou à Umbanda os defumadores, os banhos de descarga, os "trabalhos" para os mais diversos fins (por exemplo, para "desamarrar" a sorte), reviveu signos e encantações, exorcismos e flagelações, e complicou as oferendas a Exu, seja mandando abrir as garrafas de cachaça e as caixas de fósforos, seja discriminando quais os *despachos* a depositar em encruzilhadas machas (em cruz) e em encruzilhadas fêmeas (em T), com exclusão daquelas em que passem trilhos de bonde, porque "a influência do ferro ou aço neutraliza o efeito" (Oliveira Magno, *Práticas de umbanda*, 1951).

Fora destas contribuições estranhas, a Umbanda apresenta algumas dessemelhanças próprias em relação aos outros cultos. A importância que nela tem Exu parece uma reminiscência, ainda que vaga, das danças representativas do ato sexual que se executavam, em sua homenagem, na África, mas que não chegaram ao Brasil ou, pelo menos, não foram registradas aqui. Não somente há uma grande variedade de Exus, alguns de existência apenas no Rio de Janeiro, Exu Lalu, Exu Tranca-Rua e Exu Caveira, um deles "sem rabo", e por isso podendo sentar-se, Exu das Almas, como qualquer pessoa pode servir-lhes de *cavalo*, uma prática desconhecida em outros pontos. À meia-noite, nas festas públicas, canta-se para Exu – e normalmente todos os presentes são possuídos, os homens pelo mensageiro dos orixás, as mulheres pela sua companheira Pombajira. Em vez de vestimentas especiais para cada *encantado*, os caboclos exclusive, os participantes das festas costumam uniformizar-se – blusa de cetim brilhante, geralmente branca, saias ou calças de cor. Os cânticos rituais (*pontos*) são reforçados por sinais pintados no chão com *pemba*, giz (*pembe*, em Angola), de modo que se podem distinguir os *pontos cantados* ou *curimbas* (*cuimba*, segundo Cannecatim) e os *pontos riscados*. E, há alguns anos, sem justificativa conhecida nas tradições populares, *tendas* e *terreiros* realizam cerimônias propiciatórias do Ano Novo, publicamente, nas praias cariocas e fluminenses.

Com o Exu Caveira, que preside cerimônias sem paralelo no cemitério de Irajá, e os *pontos riscados*, a Umbanda, curiosamente, se aproxima dos cultos negros do Haiti.

Segundo Heli Chatelain (*Folk-tales of Angola*, 1894), a palavra *umbanda* tem diversas acepções correlatas na África:

"1) A faculdade, ciência, arte, profissão, negócio a) de curar com medicina natural (remédios) ou sobrenatural (encantos); b) de adivinhar o desconhecido pela consulta à sombra dos mortos ou dos gênios e demônios, espíritos que não são humanos nem divinos; c) de induzir esses espíritos humanos e não humanos a influenciar os homens e a natureza para o bem ou para o mal. 2) As forças em operação na cura, na adivinhação e no influenciar espíritos. 3) Os objetos (encantos) que, supõe-se, estabelecem e determinam a conexão entre os espíritos e o mundo físico". Englobadamente, como vimos, esta tríplice definição calha bem à Umbanda carioca.

O vocábulo *macumba* está sendo progressivamente rejeitado. Não obstante *Umbanda*, como diz Chatelain, derivar-se de *Ki-mbanda*, por meio do prefixo *u*, no Rio de Janeiro Umbanda seria magia branca e Quimbanda a magia negra – e a esta última ligar-se-ia à macumba. Outros veem impropriedade no termo, que designaria, não os cultos, mas um instrumento musical, descrito (Lourenço Braga, *Umbanda e Quimbanda*, 1951) como "vara de ipê ou de bambu, cheia de dentes, com laços de fita em uma das pontas, na qual um indivíduo, com duas varinhas finas e resistentes, faz o atrito sobre os dentes, tendo uma das pontas da vara encostada na barriga e outra encostada na parede". Confirmando a existência desse estranho instrumento, há um *ponto* de Calunga das Matas:

> Ô Caçanje, cadê Calunga?
> Tá lá nas matas
> tocando macumba

Por se localizar na antiga capital da República, a Umbanda sofreu o impacto das mais variadas e poderosas influências, favoráveis e desfavoráveis. Perseguida, e muitas vezes expulsa do Rio de Janeiro, não teve outro recurso senão colocar-se à sombra do catolicismo popular, do espiritismo e do ocultismo para escapar à destruição. Tudo indica, porém, que essa fase de provação passou – e que o tipo de culto que representa, em vez de sucumbir, sobreviveu, não se anulando ante os aliados eventuais e os inimigos de outrora, mas talhando, rigorosamente à sua maneira, crenças e práticas, divindades e cerimônias. Com a instalação da democracia no Brasil, a Umbanda está refazendo as suas forças ao longo do caminho que leva a Aruanda.

(1960)

O CULTO NAGÔ NA ÁFRICA E NA BAHIA

Todos os pesquisadores das religiões do negro têm-se mostrado surpreendidos com a pureza do culto nagô na Bahia, com a fidelidade com que são mantidos e respeitados os padrões culturais do povo de Iorubá*.

Entre todos os povos negros chegados ao Brasil, talvez com a simples exceção dos malês, os nagôs eram, sem dúvida, os portadores de uma religião mais elaborada, mais coerente, mais estabilizada. A sua concentração na cidade do Salvador, em grandes números, durante a primeira metade do século passado, deu-lhes a possibilidade de conservar, quase intactas, as suas tradições religiosas. Dessas tradições decorrem os candomblés, atualmente já em franco processo de nacionalização, de adaptação à sociedade brasileira – uma ameaça, por isso mesmo, à pureza africana do culto.

Pelo simples fato das condições em que se desenvolveram o tráfico e a escravidão, o culto nagô sofreu mutilações e modificações essenciais na Bahia. Por exemplo, as ordens sacerdotais, poderosas e florescentes no país de Iorubá, são desconhecidas aqui. Certos deuses, de menor importância na África, passaram a figurar na primeira linha, como Oxóssi. Outros, como Iemanjá, como os gêmeos Ibêji, foram tão completamente deformados pelas sugestões do novo ambiente que já se torna difícil restituir-lhes a primitiva estatura. E, quanto às sociedades nagôs, sabemos que chegou a existir, por pouco tempo, a dos *gueledês*, em que sobressaía Maria Júlia, mãe do Engenho Velho, mas os *egunguns* ou *eguns* jamais atingiram a importância social que desfrutam na África e se reduzem atualmente a uma casa de culto na Amoreira (Itaparica).

Era realmente difícil que os nagôs, trazidos para novo *habitat*, reduzidos à escravidão, forçados a aceitar língua e costumes completamente diversos, pudessem manter em toda a pureza as suas tradições religiosas, que somente no capítulo dos deuses conta, como se diz na África, com nada menos que 401. Entretanto, apesar das mutilações e modificações aqui sofridas, há extraordinária semelhança, e muitas vezes identidade, entre o que sobreviveu do culto nagô na Bahia e o culto em vigor na Nigéria. Como é natural – já que, aparentemente, não havia altos sacerdotes entre os nagôs aqui chegados com o tráfico –, o campo destas semelhanças e identidades abrange mais a mítica e a teologia do que a liturgia. Tal é o resultado a que se chega com a leitura do livro de Geoffrey Parrinder, professor da Universidade de Ibadan, no país dos nagôs, traduzido em francês como *La Religion en Afrique Occidentale* (Payot, 1950), que utilizaremos aqui para comparação.

*

Os nagôs reconhecem um deus supremo, Olorum, o dono do céu. "Não orixá, um deus; Olorum está acima dos outros deuses... Nunca é chamado orixá." Este deus não tem sacerdotes nem templos.

A concepção desse deus possivelmente resulta da influência maometana. Os deuses superiores dos povos vizinhos – Mawu dos jejes, Oniamê dos axantis – têm plural, e os seus nomes são sinônimos de deus, enquanto Olorum é único e, por outro lado, não tem contraparte feminina. Parrinder observa que nem mesmo na antiga semana dos nagôs se menciona Olorum – os seus quatro dias eram dedicados aos "deuses mais poderosos", Ifá, Ogum, Xangô e Óbatalá, este último o Oxalá dos baianos. Só ocasionalmente se invoca o nome de Olorum, pedindo-se de preferência a ajuda de algum dos seus delegados ou orixás.

Não é outra a experiência brasileira.

*

Ifá e Exu, entre os nagôs, são, como na Bahia, o oráculo e o mensageiro dos deuses. "Ifá é um ser intermediário, um porta-voz dos deuses ... Exu igualmente apresenta esse caráter. Ifá lhe é associado, mas em grau mais alto e de origem mais nobre."

O adivinho é chamado *babalaô*, ou pai dos mistérios, ou ainda vidente – vocábulo correspondente ao *babalaô* baiano. A forma de consulta "mais modesta" é o *opelê*, utilizado para os casos de menor importância. As nozes de que se serve o adivinho provêm da palmeira de folhas juntas denominada *opelé-ifá*. Como sabemos, os baianos retiveram apenas essa forma "mais modesta" de adivinhação, valendo-se do *opelê* ou rosário de Ifá. Os mitos africanos, também correntes na Bahia, dizem que foi Exu quem primeiro comunicou a Ifá este sistema de adivinhação.

Parrinder nota que o sistema Ifá, certamente muito antigo, era, antes da chegada dos europeus, a única forma de escrita ou notação conhecida na África Ocidental, sendo de provável origem maometana. O oráculo Ifá é consultado na Nigéria, no Daomé, no Togo e no litoral da Costa do Ouro.

Quanto a Exu, "demoníaco, mas não diabólico", Parrinder escreve que não tem a mesma posição que outros deuses – não tem sacerdotes nem centros de aprendizado. Exu não é um orixá para os baianos, mas um criado deles. "Na realidade, associam-no a todas as divindades, como intermediário entre elas e os homens." Em toda oferenda aos deuses, parte se dedica, em primeiro lugar, a Exu.

Este "mensageiro divino" tem por animal sagrado o cão. Parrinder o figura, aliás, como "um cão selvagem" que, colocado à entrada das casas e das aldeias, afasta todos os males que possam sobrevir.

"É como protetor, e não por causa do seu caráter perigoso, que se encontra Exu, não no interior das casas, mas à porta, de rosto voltado para o exterior." Não é outro o caráter do Exu doméstico, o *compadre* dos *nossos* candomblés, que pessoalmente comparei a um cão de guarda. A casinha de Exu na Bahia, de altura reduzida, obedece ao mesmo tipo das existentes na África.

A representação material de Exu não difere, na África e na Bahia. "Frequentemente tem, *grosso modo*, a forma humana, por exemplo com chifres, sem que jamais se esqueça um falo proeminente..."

*

Obatalá, filho de Olorum e pai da humanidade, não é outro senão Oxalá, que nos candomblés baianos se identifica com o Senhor do Bonfim.

Obá é a palavra nagô correspondente a *rei* e "*alá* designa uma vestimenta branca: os fiéis deste deus se vestem de branco e comem carnes brancas", exatamente como acontece na Bahia.

Parrinder acrescenta: "Obatalá é também chamado Orixalá, grande deus (*orixanlá*)... Em Dassa, constata-se entre os Shá-Yorubá que Orixalá se tornou Oxá... Os Benins chamam este deus Ossá." Deste modo, a nova designação brasileira do orixá, como Oxalá de preferência a Obatalá, já vinha preparada da África.

*

Vejamos agora Xangô, o deus do raio, com as divindades que lhe são associadas.

Xangô teria sido, como quarto rei da dinastia de iorubá, o fundador de Oió, capital de um reino que se estendia do Benim ao Daomé. As lendas correntes na África, também registradas na Bahia, dizem que descobriu como fazer cair o raio, mas, por infelicidade, a faísca elétrica atingiu exatamente o seu palácio, matando-lhe mulheres e filhos, e Xangô, perturbado, se enforcou numa árvore, o *ayan*, de cuja madeira se fazem, ainda agora, os machados que representam o orixá. Xangô está de tal maneira identificado com o raio (chamam-no Jakutá, o atirador de pedras) que, entre os nagôs, o trovão tem honras de rei e é saudado com a exclamação *ka wô ô, ka biyê si*, que se traduz como "Que V. M. seja bem-vinda!" ou "Viva o rei!". Sabemos que esta exclamação (às vezes acrescida de um *lé* eufônico) é corrente na Bahia; embora sirva para saudar Xangô, à sua chegada, o seu exato significado se perdeu. Os nagôs às vezes levantam, fora de casa, altares especiais a Xangô – uma forquilha de três pontas, com uma acha oca ou um recipiente com pedras polidas – a que chamam *igi ará*, árvore do trovão. São estas mesmas as coisas que se encontram nos "assentos" baianos de Xangô. Parrinder nota que Xangô e Ará são sinônimos. Não virá daqui o Airá, o Xangô "velho" da Bahia, a quem se levantam "assentos" ao ar livre?

Xangô tem três mulheres – Oiá, deusa do Níger, a mesma Iansã baiana, Oxum e Obá, que dão nome a dois outros rios do país dos nagôs.

O arco-íris, Oxumarê, criado de Xangô na Bahia, tem por mensageiro a boa, mas às vezes se representa como um camaleão. Nos candomblés baianos Oxumarê aparece como serpente – e é nessa forma que se mostra aos seus fiéis, durante a romaria de 24 de agosto, na fonte de São Bartolomeu, perto de Pirajá.

*

Dos quatro orixás "mais poderosos" resta falar de Ogum, de grande popularidade na África. "Protege os ferreiros... Como fabricante de utensílios de ferro, Ogum naturalmente era também o deus da guerra e da caça." Há aqui alguma diferença do que ocorre na Bahia. Não me enganei ao ver nele "o patrono das artes manuais". Basta olhar a sua insígnia predileta, a sua *ferramenta*, um feixe de instrumentos de lavoura, para ver que só secundariamente Ogum pode ser considerado o deus da guerra. A diferença principal está em que Ogum, entre os nagôs, protege a caça, atribuição de Oxóssi na Bahia. "São-lhe oferecidos sacrifícios antes de qualquer expedição de caça, em particular se se deseja capturar elefantes. De volta, se a caça foi boa, deposita-se ao pé da árvore de Ogum a mandíbula inferior dos animais abatidos... Há a persuasão de que Ogum protege os caçadores e os torna invisíveis, quando atacados."

Oxóssi é uma divindade secundária na África e só raramente vem citada em livros sobre o país de iorubá.

*

Os deuses menores, que vale a pena lembrar aqui, são Iemanjá, Iroco ou Loco e Ibêji, os gêmeos.

Na África, Iemanjá é a deusa do rio Ogum, que banha Abeokutá, e não tem jurisdição sobre o mar, "propriedade" de Olorum. Tentei provar, em outra oportunidade, que essa deusa não pôde escapar às influências europeias da mãe-d'água ou sereia e sofreu um curioso processo de desfiguração, que lhe está roubando o seu verdadeiro caráter de deusa da água, mas não do mar.

"O *iroco*, ou carvalho africano (*Chlorophora excelsa*), é uma espécie vegetal sagrada em toda a costa, no Daomé é mesmo um deus, Loco." Na África e na Bahia, a árvore é sagrada e intocável, mas na Bahia é a gameleira branca, como no Maranhão é a cajazeira. O "pé de Loco" sempre indica a morada de um deus e constitui um bom lugar para deixar oferendas aos orixás. Parrinder escreve praticamente a mesma coisa para a África: "Se um broto, um rebento de *iroco*, surge em alguma parte, numa aldeia ou numa estrada, reconhece-se nisto um sinal que indica, com segurança, que o deus deseja ver o seu culto estabelecer-se naquele ponto... Acredita-se que um *iroco* não vingará se for plantado de propósito". Note-se que Iroco é universalmente conhecido como Loco na Bahia e que, como entre os jejes, é um deus, que até dança como tal nos candomblés nagôs, embora seja reconhecidamente difícil de *fazer*.

O culto prestado aos gêmeos na Bahia, embora já aceite influências católicas bem pronunciadas, mantém-se em grande parte africano, com a corda de Beje, o caruru dos meninos, etc. Não se conservou, porém, o costume, descrito por Parrinder, de a mulher, ao tornar-se mãe de gêmeos, convocar outras mães no mesmo caso e lhes dar como presente "dois pequenos potes de barro ligados um ao outro por uma asa" –, um objeto que "caracteriza o culto" na África. Aqui, até o vocábulo nagô sofreu alterações, de Ibêji para Ibeje, ultimamente reduzido para Beje.

*

A sociedade *egungum* ou *egum* na África está relacionada com os mortos e com os ancestrais e, por isso mesmo, as suas intervenções na vida social ocorrem durante os ritos funerários e o plantio. A palavra significa "osso" ou "esqueleto". Outrora, os *egunguns* predominavam apenas em Oió, capital de Iorubá, mas recentemente esta sociedade está muito difundida no país. Os *egunguns* "aparecem em pleno dia, envolvidos da cabeça aos pés em vestimentas", e durante sete dias circulam pelas aldeias, representando peças de teatro.

Ora, na Bahia nada disto sobreviveu. Não há festas africanas propiciatórias do plantio e, quanto aos funerais (*axexê*), sabemos que neles não intervêm os *egunguns*. Existe apenas a casa dos *eguns*, localizada na povoação da Amoreira, Itaparica, com cerimônias mais de culto dos antepassados do que propriamente de sociedade secreta tal como existe na África, vinculada estreitamente à vida civil.

Parrinder informa que o chefe supremo dos *egunguns* é o Alagbá, acrescentando que toda aldeia nagô possui o seu alagbá particular. Notemos que o chefe da casa dos *eguns* da Amoreira se dava o título de Alibá.

*

Pouca coisa há a dizer, no tocante à liturgia.

O dia de dar o nome, ou *oruncó*, na Bahia, não se parece com o da África, pois, entre os nagôs, é o sacerdote quem anuncia, em meio a cânticos e danças, o nome sacerdotal dos novos iniciados – e não estes. Vejamos, porém, a cerimônia seguinte, que muito pouco difere da *compra* das iaôs, tão comum nos candomblés da Bahia. "Uma semana mais tarde, os devotos [ou seja, os novos iniciados] são comprados pelos seus parentes. Reunidos em grupos diante do sacerdote, este os aponta às suas famílias, dizendo que são prisioneiros, e os oferece à escolha. Cada família finge procurar um prisioneiro que lhe convenha, mas afinal escolhe mesmo o parente..." Entre os baianos, esta cerimônia semelha um leilão e não se fala em prisioneiros, mas em escravos. Depois da *compra*, tal como sucede na Bahia, "durante alguns dias os devotos percorrem as ruas, cantando e pedindo esmolas".

E, finalmente, vejamos a disposição dos bens do morto, dez dias após o falecimento: "Destrói-se o horóscopo Ifá e o Exu do defunto ... O Exu é despedaçado e as nozes Ifá, com a cabaça, são atiradas num curso d'água ou abandonadas numa encruzilhada, não sem que se lhes ajuntem os amuletos e encantamentos do morto". Esta é pelo menos a regra, na Bahia, para mães e pais de santo e pessoas de destaque nos candomblés.

*

Estas são as semelhanças e identidades mais notáveis entre o culto nagô na África e na Bahia, como as revelam as investigações de Parrinder.

Exceto nos casos de Ogum e Iemanjá, o primeiro destronado como deus da caça, a segunda confundida com a sereia europeia – vemos que as diferenças não são essenciais e que, ao contrário, o culto, em ambos os lados do Atlântico, se parece muito. Houve aqui, em geral, uma adaptação necessária do culto nagô ao novo ambiente social, mas essa adaptação não foi bastante para destruir as concepções fundamentais dos negros de Iorubá chegados à Bahia.

(1951)

– O livro de Parrinder, *West African Religion*, está em segunda edição, revista e aumentada (Londres, The Epworth Press, 1961).

Uma Franquia Democrática

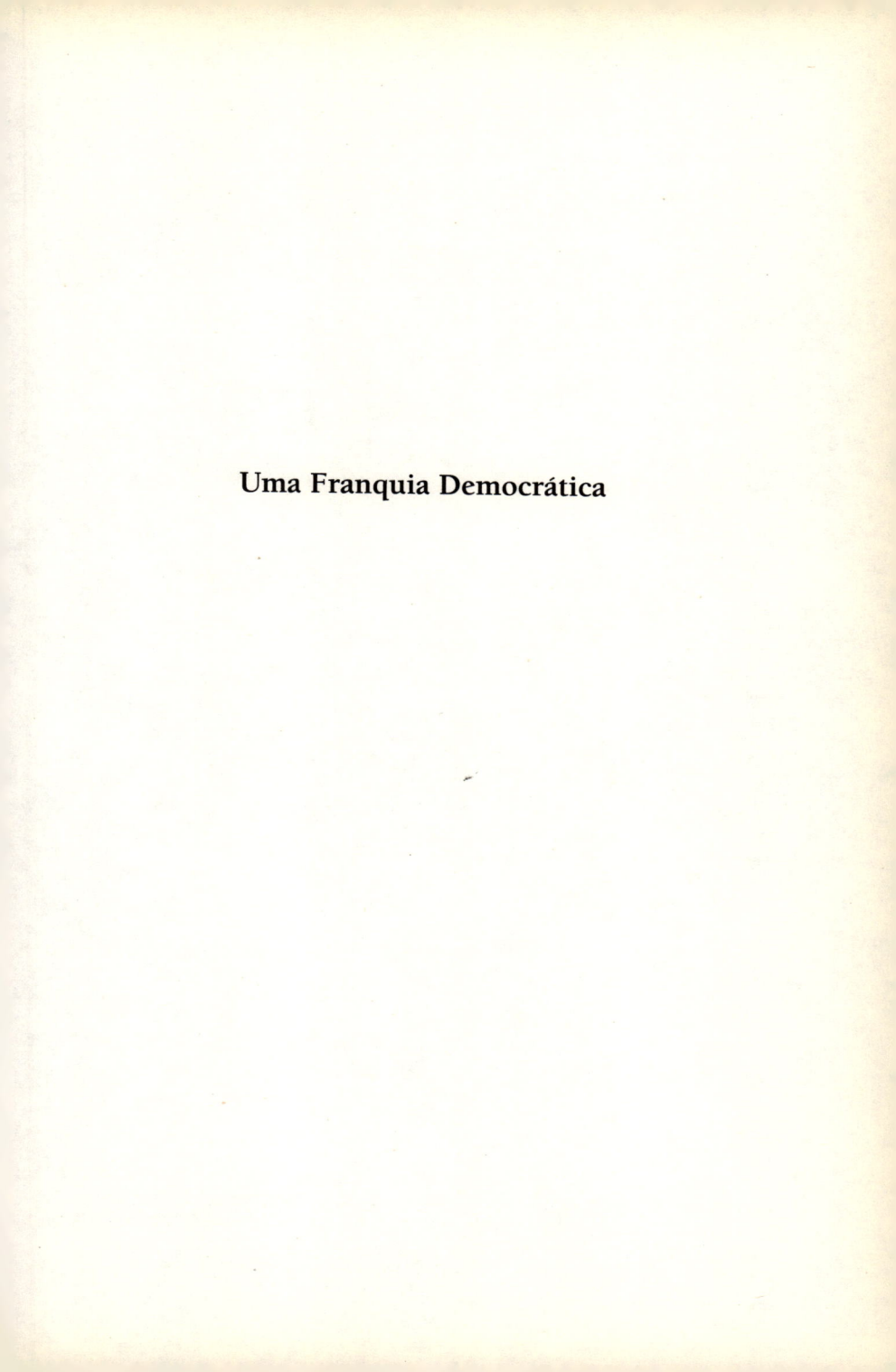

LIBERDADE DE CULTO

Nenhuma das liberdades civis tem sido tão impunemente desrespeitada, no Brasil, como a liberdade de culto. O texto constitucional não tem clareza, embora seja claro como a luz do dia o princípio democrático que lhe serve de base – e qualquer beleguim da polícia se acha com o direito de intervir numa cerimônia religiosa, para semear o terror entre os crentes. Esta violência já se tornou um hábito, sem que contra ela se eleve sequer uma voz de protesto, nem mesmo quando a casa de culto, na forma da Constituição, tem personalidade jurídica.

Esse desrespeito a uma liberdade tão elementar atinge apenas as religiões chamadas inferiores. E, quanto mais *inferiores*, mais perseguidas. A Igreja Católica não se vê incomodada pelas autoridades policiais, ainda que interrompa o tráfego, numa cidade sem ruas como o Rio de Janeiro, com as suas morosas procissões. Nem as seitas protestantes. Outras religiões mais discretas, de menor número de aderentes, como a budista e a muçulmana, escapam somente porque a sua própria discrição as resguarda. Já as religiões mais populares, mais do agrado da massa – o espiritismo e a macumba – são vítimas quase cotidianas da influência *moralizadora* – a depredação, as borrachadas e os bofetões – da polícia. De segunda a sábado, as folhas diárias, numa inconsciência criminosa dos perigos a que expõem todos os brasileiros, incitam a polícia a invadir esta ou aquela casa de culto, cobrindo de ridículo as cerimônias que ali se realizam. E ninguém se levanta em defesa do direito primário, que têm os responsáveis e os fregueses dessas casas, de dar expansão aos seus sentimentos religiosos como lhes parecer mais conveniente.

O texto legal ajuda os perseguidores dessas religiões, já que, após afirmar a inviolabilidade da liberdade de consciência e de culto, a Constituição (art. 141, § 7º) ressalva a intervenção do Estado, desde que os cultos "contrariem a ordem pública ou os bons costumes". A interpretação de cada caso, na falta de uma lei adjetiva que regulamente a matéria, cabe à polícia – e sabemos o que pode acontecer, em desmando e em arbitrariedade, quando algum dos direitos do homem fica entregue nos façanhudos Javerts indígenas. Quanto à ordem pública e aos bons costumes, será a polícia quem pode decidir nestas questões?

Ora, são exatamente os motivos por assim dizer constitucionais – basta ler o noticiário da imprensa – os invocados pela polícia para interferir com a liberdade de culto. O macumbeiro que fuma o charuto do Velho Lourenço, engole brasas ou esmaga cacos de vidro com os pés nus não está prejudicando "os bons costumes". Isso não impede que seja espancado, metido no *tintureiro*, atirado na enxovia, ultrajado e vilipendiado pelos escribas da imprensa venal. Nem o médium espírita, servindo de veículo para os mortos, conduzindo para o seio dos vivos os irmãos do espaço, está pondo em perigo "a ordem pública". Com efeito, que "ordem pública", que "bons costumes" serão esses? Todos sabem que é a intervenção policial nesses cultos que subverte a ordem. E, quanto aos costumes, será possível que os "bons" costumes sejam apenas o pife-pafe, as corridas do Jockey, a vagabundagem nas praias de Copacabana e de Guarujá ou as especulações da Bolsa? Pode-se argumentar, pelo contrário, que essas religiões continuam hábitos tradicionais do branco, do negro e do índio. E ainda mais quando, como na verdade sucede, os "bons" costumes estão de tal maneira penetrados de elementos mágicos, supérstites das antigas religiões desses três grupos humanos.

O candomblé da Bahia, a despeito da sua fama internacional, ainda paga um selo policial para realizar as suas festas. Outro dia, a Igreja Católica Brasileira do ex-bispo de Maura foi impedida de funcionar, em virtude de decisão judicial. As macumbas do Rio, os batuques de Porto Alegre, os xangôs de Maceió e do Recife, a pajelança e o catimbó, o tambor de mina, as sessões espíritas, todas as instituições religiosas (ou aparentemente religiosas, como a Maçonaria) existentes no país já sofreram, ora mais, ora menos, por este ou por aquele motivo, limitação na sua liberdade de culto – senão supressão dessa liberdade elementar. Que fazer diante da intromissão policial, senão resistir, pacificamente, mas com firmeza, em defesa deste direito?

Contando com o declarado apoio de dezenas de milhares de pessoas, em cada cidade brasileira, as religiões perseguidas necessitam de coesão entre si, precisam organizar-se para a conquista comum – por cima das divergências e das diferenças de concepção do mundo – de um direito que interessa a todas. Não é a polícia quem assegura o exercício dos direitos do homem – a prática o tem demonstrado – mas a organização, a vigilância e a combatividade dos cidadãos. Lutando organizadamente pela liberdade de culto, as pequenas religiões conquistarão o seu lugar ao sol.

(1950)

XANGÔS DE MACEIÓ*

Por delegação da IV Semana Nacional de Folclore, reunida em Maceió (1952), e em resposta à solicitação do governo de Alagoas, cabe-nos declarar o seguinte, acerca do funcionamento das casas de culto conhecidas pela designação de *xangôs*:

I – Constitui em direito inalienável do cidadão o de cultuar os seus deuses da maneira que lhe parecer mais conveniente e mais eficaz. Esse direito, aliás, é reconhecido expressamente pela Constituição Federal, com a simples cautela de que não ofenda a moral ou os bons costumes. Parece-nos que os xangôs se enquadram bem neste dispositivo constitucional, não havendo, portanto, razões legais que justifiquem qualquer constrangimento à realização das suas cerimônias religiosas.

II – Entretanto, para prevenir surpresas, achamos que a medida mais acertada que o governo alagoano poderia tomar de referência aos xangôs seria a de induzi-los ao registro como sociedades civis, fazendo acompanhar o respectivo pedido do calendário das festas públicas obrigatórias do ano.

III – Os xangôs assim constituídos em sociedades civis poderiam, subsequentemente, organizar-se em União ou Federação, em base democrática, com igualdade de representação, voz e voto, mas sem direito a interferência em questões de prática e ritual das suas filiadas, embora com força coercitiva em assuntos e obrigações civis.

O governo alagoano poderia destacar alguma das suas repartições, de preferência não policiais ou militares, para manter contato permanente com essa organização.

Consideramos que os xangôs, que já não são formas africanas de religião, mas também ainda não constituem formas brasileiras de culto, representam um passo importante para a nacionalização da vida espiritual do negro; que esse processo tem de ser pacífico para poder dar os resultados que desejamos, mas que não obteríamos, antes retardaríamos, com o uso de proibições e violências; e, finalmente, a experiência nos tem demonstrado, cabalmente, que os xangôs satisfazem necessidades de ordem moral, física e espiritual que a sociedade brasileira, no estado em que se encontra, não tem maneira de satisfazer.

Os excessos, que por acaso se verifiquem no uso da liberdade de culto, já estão previstos nas leis brasileiras e poderão ser corrigidos através da sua aplicação.

(aa.) RENÉ RIBEIRO – EDISON CARNEIRO, relator.

(1952)

ASSOCIAÇÃO NACIONAL
DE CULTOS POPULARES

Está faltando uma associação nacional que congregue, democraticamente, credos e cultos populares para a defesa dos seus interesses.

Não se trata de uma entidade religiosa, mas *civil*. Os vários modos de conceber o mundo e a vida que são a Umbanda, o espiritismo, o ocultismo, etc., a despeito de possíveis pontos comuns, provavelmente jamais chegarão a uma unidade religiosa que os englobe. Nem esta é necessária para prestigiá-los, em conjunto. A unidade pode e deve fazer-se no plano civil, para a defesa da liberdade de culto assegurada pela Constituição, necessidade comum a todos eles. E, para que a Associação Nacional possa preencher as suas finalidades, não poderá organizar-se senão em base democrática e voluntária.

O normal seria que cada denominação religiosa se organizasse, primeiro, em associações locais, que com o tempo formariam federações nacionais, de que a Associação Nacional seria, como confederação, o coroamento, arma do esforço geral. Dado o caráter espontâneo e desordenado do aparecimento das várias casas de culto, que por sua vez redunda na completa independência de umas em relação às outras, esse desenvolvimento, de baixo para cima, exigiria muitos anos. E não há tempo a perder. A liberdade de culto, não obstante inscrita na Constituição de 1946, não tem uma lei que a regulamente – e não estará realmente assegurada enquanto o cidadão não souber ou não puder exercer conscientemente essa franquia democrática. Felizmente já ficaram para trás os ominosos tempos em que qualquer esbirro policial podia, a seu talante, perturbar uma cerimônia religiosa popular, mas não é raro que uma simples denúncia, ainda que partida de algum irresponsável, resulte em invasão e profanação da casa de culto, em prisão do seu chefe e em difamação deste e do culto pela imprensa. Sem a unidade civil, que a Associação Nacional pode promover, periclitará sempre a liberdade de credos e cultos populares.

Mais de um milhão de pessoas (entre as quais 824,5 milhares de espíritas), de acordo com o Recenseamento de 1950, são a massa a que a Associação Nacional dará voz. E essa voz tem de ser democrática. Não se dará lugar a repugnâncias ou divergências – o esforço comum deve ser canalizado para assegurar, efetivamente, a liberdade de culto. As tentativas que se fizeram, no passado, para a criação de associações semelhantes não deram resultado por não terem levado em conta a necessidade de democracia interna: ou se referiam a um só grupo de culto, a Umbanda, por exemplo, ou visavam à predominância deste ou daquele credo ou culto, na forma de imposição das suas práticas aos demais. Não tem cabimento cometer de novo o mesmo erro. A nova Associação Nacional deve respeitar as características de cada credo ou culto, abster-se (por disposição estatutária) de intromissão na vida religiosa particular das unidades que a compuserem e discutir e resolver quaisquer problemas exclusivamente no âmbito civil.

As Igrejas reconhecidas no Brasil – a católica, a budista, a maometana, etc. – já aqui chegaram institucionalizadas, com um corpo de crenças definido e práticas litúrgicas uniformes, em suma, com uma fisionomia peculiar. O reconhecimento de credos e cultos populares, que ainda estão longe desse estágio institucional, teria de esperar muitos anos, se se devesse fazer quando o alcançassem. A Associação Nacional estimularia a criação de federações (locais e nacionais) de cada grupo de culto, que, embora fundadas como associações civis, poderiam tornar-se, com o tempo, vigoroso fator de unidade religiosa, preparando o caminho para a criação de Igrejas devidamente institucionalizadas, capazes de pretender, com êxito, o reconhecimento oficial.

Lutando por garantir o pleno exercício de uma das liberdades democráticas, a Associação Nacional será, naturalmente, um organismo político, mas atrairá sobre si desgraça irremediável se se tornar partidária ou se transformar em peça da máquina eleitoral.

Desorganizados, desunidos, dispersos, credos e cultos populares lutarão sozinhos, em desigualdade de condições, sujeitos ao arbítrio das autoridades, pela liberdade de culto. A Associação Nacional, arma democrática, dar-lhes-á uma unidade de ferro, indispensável, não somente para a sua segurança, mas também para a sua merecida projeção na vida pública do país.

(1960)

APÊNDICES

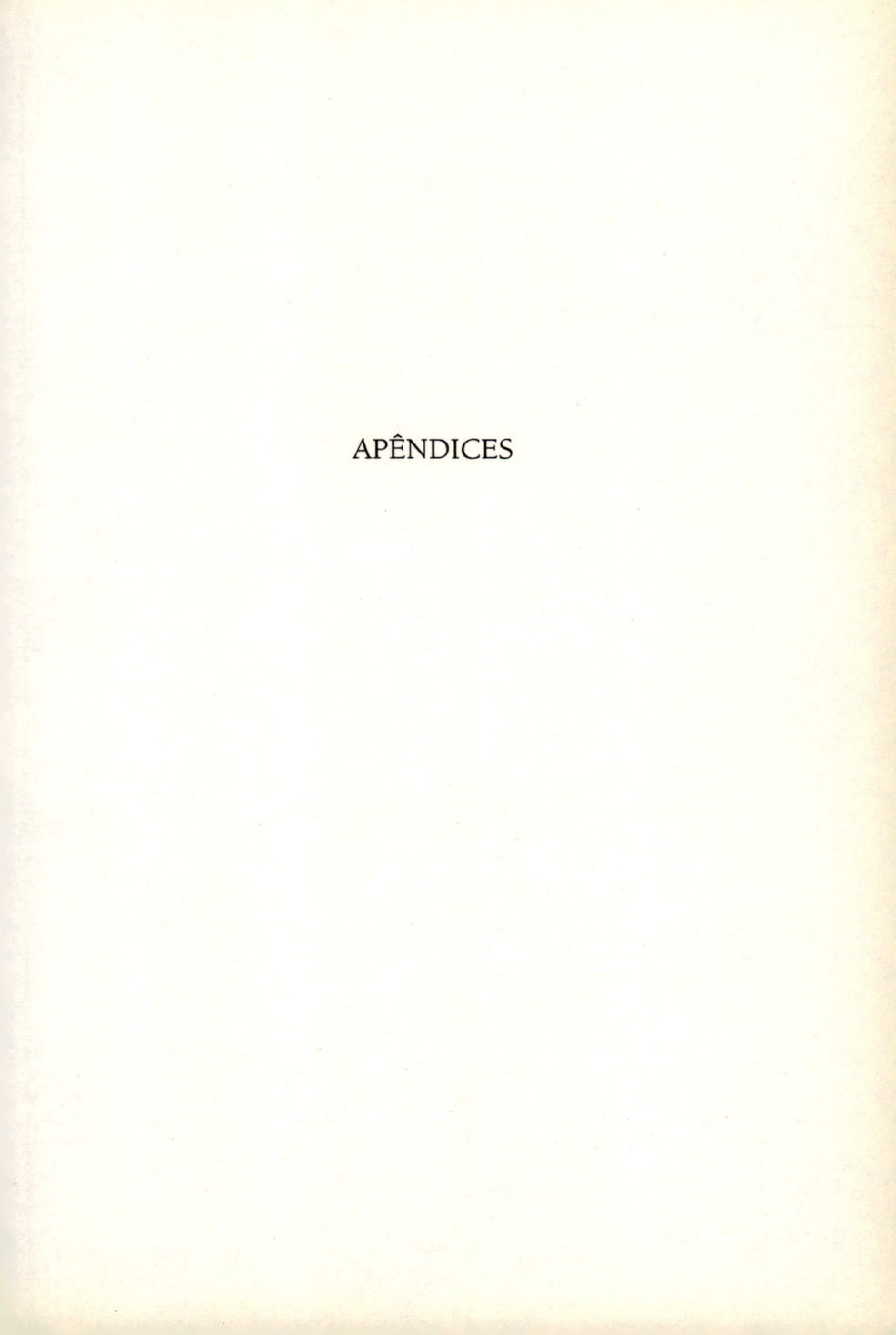

Livros

EMBAIXADA AO DAOMÉ

Duas vezes, em 1750 e em 1795, o régulo do Daomé (ou Dagomé, como se dizia na época) enviou embaixadores à Bahia, com cartas para o rei de Portugal, propondo o resgate exclusivo de escravos no porto de Ajudá. Da última vez, os dois embaixadores foram mandados a Lisboa, de onde somente um deles retornou à África (o outro morreu em Portugal) em companhia de dois sacerdotes, Vicente Ferreira Pires e Cipriano Pires Sardinha, incumbidos de trazer à fé cristã o soberano negro.

A aventura dos padres está contada em documento descoberto e publicado por Clado Ribeiro de Lessa – *Viagem de África em o Reino de Daomé* (Brasiliana, Cia. Editora Nacional, 1957), assinado por Vicente Ferreira Pires, baiano, com data de 1800. Escrito com a intenção de mover a simpatia real pelas provações do autor, e marcado por boa dose de hipocrisia, as observações que contém, a propósito do Daomé, teriam sido úteis se publicadas na ocasião, mas a narrativa tem certo interesse no que se refere ao tráfico de escravos.

A moeda corrente na Costa da Mina, durante o século XVIII, era o búzio. Os traficantes levavam, como anotou Vilhena, "muito zimbro que é um pequeno búzio que aqui se ajunta pela costa do mar". Uma libra de búzios custava $320 em 1759, de acordo com o testemunho de José Antônio Caldas. Na *Viagem de África* temos, pela primeira vez, maiores informações acerca do "dinheiro da terra", esparsas no documento, mas sistematizadas por Clado Ribeiro de Lessa. O búzio correspondia a meio real e tinha, por múltiplos, o *toque de búzio* (40 unidades ou 20 réis) e a *galinha de búzio* (5 *toques*, ou seja, 200 unidades ou 100 réis). Havia ainda a *cabeça de búzio* (20 *galinhas* ou 2$).

Em toda a Costa da Mina, os negros, em canoas, vinham a bordo permutar víveres, ouro e dentes de elefante por tabaco e aguardente. Os naturais estavam tão acostumados à visita de navios estrangeiros que se exprimiam "muito bem" em francês e inglês, mas não tinham ainda a malícia do comércio: as suas mercadorias "são cambiadas com um grande avanço nosso". O padre anota, por exemplo, que se trocavam 10 galinhas por seis a dez palmos de tabaco, ou seja, $120. Era igualmente "muito cômodo" o preço de um escravo, pois, com cinco, seis ou sete rolos de tabaco (o rolo pesava duas arrobas e meia e o seu valor oscilava entre 3$ e 5$400), era possível a sua aquisição. Com efeito, o governador Fernando Portugal desaconselhava o resgate exclusivo de escravos no Daomé, argumentando que "em todos os mais portos daquela Costa se resgatam os escravos por muito menor número de rolos do que no porto de Ajudá", onde habitualmente eram trocados por doze rolos e, se houvesse outro navio ancorado, por catorze.

Era intenso, na Costa, o alborque de ouro em pó. Os negros o traziam em "uns barrilinhos que lhes pendiam do pescoço", a fim de evitar a sua perda, em caso de acidente com as canoas. Estes "barrilinhos" serviam como unidade de peso, o *aqui*. "É costume este negócio ser reservado para o dono do navio": o capitão se trancava no camarote, com os negros, para realizar a negociação. Embora fosse "segredo de abelha", o padre conseguiu saber que um rolo de tabaco se trocava por dez a dezesseis *aquis*, que correspondiam a cinco a oito oitavas de ouro, ou seja, dois *aquis* equivaliam a uma oitava, "ou mais, conforme é a ignorância dos negociantes" da Costa da Mina. Nominalmente, cada *aqui* valia oito tostões ($800), de acordo com o preço da oitava de ouro na Bahia (1$600). Assim, o rolo de tabaco, nestas negociações, valia de 8$ a 12$800, dando um lucro líquido de 5$ ou de 7$400.

Finalmente, cabe ao padre o haver escrito, pela primeira vez, as palavras *caruru* e *aruá*. O caruru que refere é o de galinha, "que vem a ser como as nossas ervas, porém muito ralas, e com azeite de dendê, de que eles [os daomeanos] usam para tudo", também usado pelos baianos "no dito caruru". Do aruá (aluá), disse ser "uma massa de arroz desfeito em água", mas não parece tê-lo conhecido na Bahia, onde a massa que se desfaz (gengibre, cascas de abacaxi, milho, etc.) é diferente. Das comidas chamadas *baianas* a primeira relação completa encontra-se nas *Cartas* de Vilhena, que são de 1802.

Outras observações úteis podem ser apontadas na *Viagem de África*. Entre estas, as referentes aos deuses Gu ("que quer dizer do ferro") e Legba ("bom diretor da vida e da morte"); à saudação cerimonial durante o encontro de pessoas gradas; aos malês ("moiros pretos"), e à escravidão entre os negros no Daomé. Em geral, porém, o racismo e os preconceitos políticos e religiosos do sacerdote, que por sinal absolutamente não era um poço de virtudes, prejudicam o que de documental existe na sua narrativa.

Elogiável é o esforço de Clado Ribeiro de Lessa, não só divulgando o manuscrito, esquecido na Biblioteca da Ajudá, em Lisboa, mas também, através de notas eruditas (embora nem sempre compreensivas em relação aos negros), fazendo reviver, em todos os seus pormenores, a singular embaixada daomeana.

(1957)

CANDOMBLÉ

Havia uma falha perfeitamente explicável na documentação brasileira em torno das religiões do negro. As cerimônias mais secretas da iniciação, embora descritas sumariamente por todos os pesquisadores, a partir de Nina Rodrigues, não tinham sido presenciadas por nenhum deles. Os candomblés da Bahia as realizam sem alarde, em dias comuns, de madrugada, de tal modo que nem mesmo os seus aderentes as assistem. Com efeito, fora dos dias de festa, o candomblé preenche as funções de mosteiro ou convento, como na África, para a preparação de iniciandas – e essa tarefa rotineira passa despercebida, em geral, a todos, quer de dentro, quer de fora do candomblé, até a festa de apresentação das novas sacerdotisas. E, ainda que algum pesquisador as tivesse assistido, seria difícil que pudesse levar consigo, e utilizar, uma câmara fotográfica.

Caberia a José Medeiros suprir essa falha. Parcialmente. Pouco antes da sua ida à Bahia, lá estivera o cineasta Clouzot, que tanto sensacionalismo tentou fazer com as cerimônias de iniciação – e os chefes de candomblé estavam mais do que nunca prevenidos contra os forasteiros. Assim, Medeiros teve de fazer o seu documentário fotográfico num candomblé inferior, não representativo, e limitá-lo à fase mais decorativa da iniciação, desprezando o aprendizado de muitas semanas que constitui a parte verdadeiramente importante do noviciado. O seu *Candomblé* – que foi pena não poder realizar-se, por exemplo, no Engenho Velho, no Gantois, no Opô Afonjá, no Ogunjá, na Flaviana, em tantas outras casas significativas da Bahia – incorpora-se, definitivamente, ao nosso cabedal de conhecimentos sobre as religiões do negro.

O entendido notará, imediatamente, que Medeiros não teve um bom material à sua disposição. No pequeno texto que acompanha o documentário, Medeiros, fiel à informação recebida, comete erros e omissões. Exu, uma divindade especial, mensageiro dos orixás, foi identificado ao diabo dos cristãos; os banhos rituais, na fonte próxima ao candomblé, tomaram o nome de *naianga* – e não *maionga* ou *maiongá*; o sangue dos animais sacrificados (*axé*) passou a ser *ixé*; uma sereia qualquer assumiu o papel de Iemanjá, que não tem representação antropomorfa; o *axogum*, o sacrificador de animais, baixa para "uma espécie de acólito"... O título de *cavalo* do santo, dado a todas as pessoas que podem receber no seu corpo os orixás, parece aplicar-se apenas aos possuídos por Omolu, pelo que se lê no livro de Medeiros, que aliás se esqueceu de que esse orixá não tem apenas dois nomes, mas duas formas, a de velho (Omolu) e a de moço (Obaluaiê), referindo-se à forma de velho a dança "convulsiva" que anota. As incisões a navalha no corpo da iniciada não lembraram a Medeiros as marcas de *nação* que outrora distinguiam os negros na África – embora o seu documentário mostre uma *iaô* com riscos de tinta, diagonalmente, na face. As palmas são a linguagem das *iaôs*, que não podem falar no período crucial da iniciação, e não um agradecimento, como está no documentário. Medeiros foi igualmente induzido em erro ao falar de *batismo* no candomblé e ao escrever que a *iaô* aparece em público três vezes, ao fim da iniciação, pois o *público* só a vê mesmo no *dia de dar o nome* ou *oruncó*, e jamais com as marcas de tinta, já que, das outras vezes, estão cercadas apenas pelas mesmas pessoas que acompanharam, desde o início, as cerimônias rituais da *feitura* do santo. Oxumarê, o arco-

-íris, virou Oxum Maré – como se tivesse alguma relação com a deusa Oxum... Em tudo isto, vejo não exatamente erros de Medeiros, mas dos seus informantes. Não tendo controlado a informação em outras fontes, porém, Medeiros não comunicou universalidade aos dados que apresenta. Ainda assim, creio que esses erros têm importância para o conhecimento dos candomblés da Bahia, pois demonstram a que ponto se estão perdendo, a despeito da sua grande força interior como concepção do mundo, as tradições religiosas africanas. Esperemos que à honestidade e à seriedade de José Medeiros possam abrir-se, no futuro, as portas dos candomblés realmente exponenciais da Bahia.

Medeiros escreveu, no prefácio do seu *Candomblé*, que nunca me foi "permitido" assistir às cerimônias de iniciação na Bahia. Seria mais acertado dizer que "nunca tive oportunidade" de assisti-las. A confiança com que sou honrado pelos candomblés da Bahia jamais me proibiu a participação em qualquer das suas cerimônias, públicas ou secretas*.

Em suma, o documentário de José Medeiros preenche uma vaga especial na bibliografia brasileira. Embora parcialmente útil, pois só atinge as cerimônias finais – o sacrifício de animais, a epilação, os cortes de *nação*, o *oruncó* –, o seu livro marca uma etapa na compreensão do mundo religioso do negro da Bahia.

(1957)

O NEGRO NAS LETRAS BRASILEIRAS

Embora publicado há cerca de um ano, o livro de Raymond S. Sayers – *The Negro in Brazilian Literature* – provavelmente não teve um registro, sequer, na imprensa brasileira. Nas suas páginas encontra-se, porém, senão um *study* do negro como tema literário nacional, como o autor supõe, ao menos um recenseamento da nossa literatura do ponto de vista da importância que nela foi gradativamente assumindo a população de cor.

Com efeito, Sayers não sistematizou muito bem o copioso material que teve de manusear para escrever o seu livro. O plano de trabalho acompanha de perto o da *História da literatura* de Sílvio Romero, como se a história literária, e não o tema do negro, fosse o seu objetivo principal. O tema está exposto em parte cronologicamente, em parte de acordo com os gêneros literários. Assim, muitas vezes o leitor volta praticamente ao ponto de partida, numa repetição que só não se torna monótona porque, de cada vez, Sayers está passando em revista uma nova poesia, um novo romance, uma nova comédia. O livro é, pois, descritivo, mais do que analítico – uma sequência de notas críticas, quase sempre pertinentes, sobre livros e autores em relação ao escravo.

Trata-se de uma pesquisa caracteristicamente literária, que se estende até o ano da abolição. Sayers informa que o seu livro "segue o crescimento do interesse pelo negro como assunto literário através de períodos em que o neoclassicismo, o romantismo, o realismo e o naturalismo são sucessivamente as influências predominantes e acompanha o desenvolvimento de atitudes em relação ao negro que resultam em concepções e caracterizações tão encontradiças como a encantadora mulata, o Nobre Negro e o Escravo Sofredor". Para fazer verdadeiramente um *study*, Sayers deveria ter completado o seu livro com a história social do período da escravidão, já que as flutuações do tema decorreram, naturalmente, das transformações processadas na estrutura nacional nesses quatrocentos anos. Não obstante essa falha na sua construção, o livro condensa uma pesquisa pioneira, que abre um campo inteiramente novo à investigação literária.

Sayers, um americano tranquilo e cortês, passou alguns anos no Brasil – na Biblioteca Nacional, no Gabinete Português de Leitura e na Biblioteca Municipal de São Paulo – a estudar a literatura brasileira, depois de remontar às suas origens nos arquivos e bibliotecas de Portugal. Embora não o diga expressamente, o livro parece ser a dissertação com que se candidatou ao grau de doutor (Ph.D.) na Columbia University, pois a edição é do Hispanic Institute dos Estados Unidos, integrante da famosa Universidade de Nova York. O material, estudado do ângulo particular do negro, mostra-se surpreendentemente rico. Sayers não cita apenas, comenta também, e por vezes ainda resume os trabalhos literários que teve de consultar. Desse modo, o seu livro torna-se um trabalho de base, uma inestimável fonte de informações para um *study* ulterior do negro como motivo literário.

Com isto, Sayers coloca-se em excelente posição para identificar alguns tipos e caracterizar certas tendências literárias, com agudeza e sensatez. Afirma, por exemplo, que, nos dois primeiros séculos, a literatura, "não afetada pelas novas correntes do humanitarismo e sentimentalismo" em voga na França e na Inglaterra, utiliza o negro como "uma pessoa real, apresentada em primeira mão, e não como reflexo de modas literárias". Quanto à escola mineira, refletia "uma elegante sociedade urbana", que permitiu à sua poesia apenas uma nota antiescravagista. Os românticos inauguram os tipos do herói, do escravo fiel e do negro triste, a que a poesia *sertaneja* (que Sayers chama de local *color school*) acrescenta tipos, situações e costumes com que o negro "deixa de ser uma abstração para tornar-se uma pessoa". Macedo apresenta o moleque, Paula Brito enaltece a mulata. Luís Gama identifica-se como o primeiro poeta de cor a cantar os seus amores por negras e mulatas. Enquanto Fagundes Varela toma uma atitude de superioridade em relação ao escravo, que não saberia portar-se como um homem, Castro Alves "fala por cima da cabeça dos escravos às pessoas que os possuíam". Os realistas consideram o escravo um anacronismo que o progresso faria desaparecer, ao passo que, para os parnasianos, o escravo era "apenas um interessante assunto literário". Luís Delfino, com o seu Pai José, inicia a literatura saudosista do Pai João... Há páginas muito penetrantes – e às vezes curiosas – sobre os folhetins do século passado, sobre *O demônio familiar* de Alencar e *O mulato* de Aluízio Azevedo, sobre a obra de ficção de Inglês de Sousa, José do Patrocínio e Júlio Ribeiro, sobre os tipos cômicos de negros levados à cena por Artur Azevedo e França Júnior. E uma defesa muito simpática, embora não convincente, da atitude de Machado de Assis em face da escravidão.

Pode-se dizer, como se dizia no tempo dos bandeirantes, que Sayers saiu a descobrir campo. Um recenseamento destes, naturalmente, já devia estar feito há muito tempo, de maneira que se pudesse exigir, mesmo de um estrangeiro como Sayers, não um levantamento de material, mas um estudo interpretativo e analítico – se os nossos escritores, em vez de dissecar Gide e Proust, se interessassem pelo estudo da experiência literária de que são os herdeiros. Honesto, documentado, claro, trabalhado no bom sentido da palavra, *The Negro in Brazilian Literature* prova que nem tudo está feito em matéria de história, e menos ainda de interpretação literária no Brasil.

O livro de Sayers constitui, assim, uma aquisição positiva das letras nacionais – um livro de consulta obrigatória no futuro.

(1957)

A Face dos Amigos

ANINHA

Com a morte de Aninha, perdem as religiões de origem africana uma das suas maiores sabedoras e intérpretes.

Essa negra alta, disposta, falando claro e corretamente, o beiço inferior avançando em ponta, era bem um expoente da raça negra do Brasil, síntese feliz da soma de conhecimentos da velha Maria Bada e da agilidade intelectual de Martiniano do Bonfim.

Filha de santo do Engenho Velho, e com a responsabilidade de chefe do Axé de Opô Afonjá, erigido, em honra de Xangô, em São Gonçalo do Retiro, Aninha realizava o tipo perfeito da negra fiel à sua gente e às crenças trazidas da África, sobre quem a cultura ocidental passara somente para dar mais brilho ao fundo ancestral. Sobre esse terreno, onde tão estavelmente se equilibravam as influências de meios sociais diversos, floresciam honestidade e seriedade que mal ocultavam uma generosidade sem alardes.

Muito fez pela preservação das tradições africanas no candomblé na Bahia. Darei apenas dois exemplos. Em quarto guardado à vista de curiosos e de estranhos, prestava culto a Yá, a deusa da água dos negros *galinhas* (grúncis), uma tradição já então desaparecida. E foi Aninha quem, no ano passado (1937), trouxe para o Opô Afonjá a festa africana dos *obás* de Xangô, empossando os seus doze ministros com o rito próprio, há muito esquecido pelos chefes e pelos aderentes das religiões populares.

Foi decidido o seu apoio ao Congresso Afro-Brasileiro da Bahia. Eu e Aydano do Couto Ferraz, que havíamos tomado a tarefa de realizar o certame científico de janeiro de 1937, mesmo às vésperas do Congresso ainda não tínhamos podido procurar pessoalmente Aninha, de quem esperávamos conseguir uma festa aos congressistas. João Calazans, indo a São Gonçalo, encontrou-a em boa disposição para conosco. No dia seguinte, domingo, fomos finalmente vê-la. A recepção excedeu a expectativa, pois, em vez de uma simples mãe de santo que se mostrava favorável ao Congresso, encontramos uma mulher inteligente, que acompanhava e compreendia os nossos propósitos, que lia os nossos estudos e amava a nossa obra. Aninha se comprometeu a escrever, e escreveu, um trabalho sobre os quitutes trazidos pelo negro para a Bahia. E, em apenas três dias de prazo, o Opô Afonjá pôde oferecer aos congressistas uma das mais belas noites de que há memória nos fastos do candomblé no Brasil.

Posso dizer o mesmo do seu apoio à União das Seitas Afro-Brasileiras da Bahia, fundada, a 3 de agosto de 1937, com o fim especial de defender a liberdade religiosa sempre periclitante dos candomblés baianos.

Eis por que não me admirou a consagração que foi o seu enterro, no dia 4 de janeiro deste ano (1938) – perto de três mil pessoas chorando, lutando por carregar o caixão, gritando desvairadamente que ela ia ressuscitar, se atropelando para colocar também a sua pá de terra na cova de Aninha, se lastimando, se maldizendo pela morte dela, cantando lúgubres canções africanas para acompanhar-lhe os últimos passos por este mundo...

Aninha merecia muito mais.

(1938)

NINA RODRIGUES

Foi a medicina legal que levou Nina Rodrigues a interessar-se pelo problema do negro. Poderia ter sobrevivido à sua época se se tivesse limitado a estudos médico-legais, mas conquistou significativa posição na corrente do pensamento brasileiro com os seus trabalhos de etnografia e de folclore. Entretanto, a Medicina Legal marcou profundamente a sua obra, a que recorremos hoje com as reservas da ciência do nosso tempo, mas com a certeza inabalável da seriedade dos dados que teve a interpretar.

Era indisfarçável a simpatia que Nina Rodrigues nutria pelo negro. Tentava, porém, sobrepor a essa simpatia natural, adquirida no trato diário com o negro do Maranhão e da Bahia, as teorias científicas então em voga na Europa. Não pôde – e seria injusto culpá-lo, agora, pelo erro de todos – não pôde entender o significado exato dessas teorias, que tanto corromperam o pensamento humano. A superioridade da raça branca era, então, um axioma. As ciências sociais, ainda na infância, estavam interessadas em juízos de valor – não se tinha bastante perspectiva para entender e avaliar a experiência humana em todos os quadrantes do mundo. Pela mesma época, Sílvio Romero aderia à teoria de Le Play, de que, felizmente, ninguém se lembra mais. Nina Rodrigues, aceitando as falsas constatações de Lombroso e Ferri, violentava a sua natureza, mas supunha, honestamente, estar colocando o problema das nossas populações em plano verdadeiramente científico – e não emocional.

Ora, aquilo que Nina Rodrigues tentou evitar foi, na verdade, o que ocorreu. Ninguém hoje contestará que, no quadro das ciências sociais –, nascidas da necessidade de oferecer outra alternativa, que não a sociedade socialista, à Europa burguesa e capitalista do século XIX –, a *antropologia* de Lombroso e Ferri tinha um papel especial a desempenhar, como justificativa teórica da eterna submissão a que estavam condenadas as classes inferiores. Era uma teoria a serviço de uma classe social, que dava a alguns dados, não controlados pela observação sistemática que caracteriza a ciência, uma validez de ocasião. Nem mesmo perspectiva científica se tinha, ou se podia ter, já que somente o homem da Europa, o homem circunstancial da hora, fora objeto de observação. E de observação assistemática, tendenciosa e falaz.

Daí que Nina Rodrigues viesse a notar "possíveis germes de precoce decadência" na população brasileira; que decretasse que "até hoje não se puderam os Negros constituir em povos civilizados" e que explicasse "o critério científico da inferioridade da Raça Negra" como "produto da marcha desigual do desenvolvimento filogenético da humanidade". Dele vem também a afirmação categórica de que a raça negra, no Brasil, "há de constituir sempre um dos fatores da nossa inferioridade como povo". Nina Rodrigues serviria, assim, a uma política odiosa, de dominação de classe, se não fosse a "viva simpatia" pelo negro que, a despeito da ciência do seu tempo, o animava.

Somente esta "viva simpatia" pode explicar a extensão e a profundidade dos estudos que dedicou ao negro brasileiro. O assunto o apaixonava. Sob a discreta correção do cientista, o cidadão às vezes se apresenta, revelando convicções que destoam das teorias com que orientava o seu pensamento. Como compreender, por exemplo, o seu trabalho sobre a *responsabilidade penal* de negros e índios dentro do esquema lombrosiano? Tentando atenuar as suas responsabilidades, para as quais não estariam preparados, fazia-o, certamente, em nome da superioridade da raça branca, mas por que proteger "possíveis germes de precoce decadência" da população nacional? A extinção da escravidão lhe parecia "a maior e a mais útil das reformas" e aos negros malês e aos quilombolas de Palmares dedicou páginas quase entusiásticas. Poder-se-ia ver nisto uma crise de consciência, mas provavelmente estamos diante de um forte indício da sua insatisfação ante a análise que a ciência do tempo lhe proporcionava.

Com efeito, o problema fundamental que Nina Rodrigues pretendia encarar não era o do negro, mas o do mestiço. A fórmula do problema do negro enunciava-se como "futuro e valor social do mestiço ário-africano no Brasil". Pretendia examiná-lo nas suas múltiplas feições – no passado, no presente e no futuro – e *Os africanos no Brasil* dedicava-se a uma das "preliminares" do problema, "a história dos negros colonizadores". Sabemos que não pôde fazer essa incursão profunda. O fragmento de *Os africanos no Brasil* – parte do livro já sob impressão na Bahia – indica, porém, com que seriedade se lançou à pesquisa, a "viva simpatia" que lhe inspirava o tema. Se acreditava na superioridade da raça branca, se estava seguro de que a existência de outros grupos humanos no Brasil, e a sua larga miscigenação, trazia consigo a possibilidade de "precoce decadência", que interesse o levaria a aprofundar a análise do problema do mestiço, senão a sua superação, em benefício do país?

Não somente nas intenções dos seus trabalhos afastou-se Nina Rodrigues das diretrizes lombrosianas. A *antropologia patológica* limitou as suas observações ao plebeu da Europa – e, com um universo tão reduzido, tentou criar uma teoria válida para todo o mundo. Nina Rodrigues, que já estudara a mestiçagem, a responsabilidade penal de negros e índios, a loucura das multidões, o fanatismo de Canudos e, especialmente, os cultos religiosos trazidos pelos africanos, procurou basear as suas observações, tanto quanto possível, na *comparação*, no estudo dos comportamentos do negro no Brasil e na África. Línguas, religiões e folclore eram elementos dessa comparação a que a história dava a perspectiva final. Deste modo ganhou o negro a sua verdadeira importância em face da sociedade brasileira.

Esta *comparação* constitui uma aquisição da ciência brasileira, tão importante que Arthur Ramos tentou reivindicar para Nina Rodrigues a prioridade na descoberta do processo da *aculturação*. Não sei se essa reivindicação acrescentaria alguma coisa aos serviços por ele prestados ao entendimento dos nossos problemas. A aculturação figura como um dos processos culturais já identificados pela antropologia – e a sua importância é mais a que Arthur Ramos lhe atribuiu do que aquela que verdadeiramente tem, como parte do processo cultural geral. Para nós, brasileiros, o que esta *comparação* empreendida por Nina Rodrigues tem de fundamental é a dignidade que deu ao estudo do negro, em relação com os trabalhos, sem dúvida generosos, mas imprecisos, do movimento abolicionista. O negro, que era apenas o escravo, passou a ser considerado como homem, como nação, como povo. Para ser justo, essa transformação da atitude dos letrados brasileiros em face do negro foi mais sugestão do que imposição dos argumentos de Nina Rodrigues. Coube-lhe destruir o exclusivismo banto – a ideia de que teríamos recebido apenas negros austrais – e revelar a existência, no Brasil, de elementos de outros grupos étnicos africanos, ponderáveis pela sua civilização, como o nagô, o jeje e o hauçá. Os processos de adaptação desses povos ao novo ambiente lhe escaparam, porém – ou pelo menos nada nos autoriza a afirmar o contrário –, e dos seus trabalhos não se ergue o negro, liberto da sua condição servil, a abrir para si um caminho na sociedade brasileira. Embora não seja difícil, respigando aqui e ali, encontrar indícios de que chegou a suspeitar e mesmo a entrever alguns desses processos, na sua forma nacional, podemos assegurar apenas que, como pioneiro, rasgou horizontes, mas deixou para trás estradas a alargar e a consolidar.

As religiões do negro, que foi o primeiro a estudar e a sistematizar no Brasil, são um exemplo. Não será necessário discutir o *animismo* que supôs vigorar entre os negros baianos. Nina Rodrigues incidiu em erros maiores, ao mesmo tempo que, como um desbravador, desvendava riquezas inesperadas – inesperadas até para si mesmo, a ponto de não conseguir entendê-las. O candomblé que está nos seus livros é o candomblé nagô, com uma leve tintura jeje. Não viu, ou não teve oportunidade de ver, os candomblés angolenses, congueses e caboclos que, em fins do século passado, já estavam aparecendo na Bahia. Ao exclusivismo banto na corrente africana da população acrescentou, assim, o exclusivismo jeje-nagô nas religiões africanas. Nem mesmo identificou a *cabula*, não obstante a minuciosa descrição que dela fez o bispo João Nery. Estava interessado em mostrar, em toda a sua amplitude, "a ilusão da catequese" – e com isso perdeu de vista que, nas religiões que estudava, o negro de todas as tribos encontrara um padrão de culto que se generalizava em todo o país. Não explorou todo o campo das religiões africanas na Bahia nem entendeu o processo adaptativo da fusão de várias crenças religiosas e de diversas práticas litúrgicas de que resultou o candomblé, seja qual for o nome que tenha do norte ao sul do Brasil. De modo que agora podemos falar do exclusivismo nagô de Nina Rodrigues, quando poderíamos falar da sua constatação de que as religiões nagô e jeje, vizinhas e parentas na África, em virtude de circunstâncias especiais de meio e de época, deram o modelo para os cultos de origem africana existentes no território nacional.

Sem esta perspectiva, não sentiu que os conceitos com que trabalhava – animismo, sobrevivência, totemismo, etc. – em nada ajudavam na análise dos problemas do negro. A "ilusão da catequese" não sugeria um excelente subterfúgio para, escapando ao terror policial, facilitar a adaptação das religiões africanas? E a catequese não lavrava um tento, atraindo as religiões africanas à lavagem do Bonfim? Nina Rodrigues viu totemismo em todos os povos africanos que forneceram escravos ao Brasil – e apontou como festas totêmicas *negras* os cucumbis e os ranchos de Reis, os primeiros um folguedo popular contemporâneo dos movimentos nativistas, uma adesão do negro à voga em que esteve o índio durante a revolução da Independência, os segundos um cortejo popular, cristão, trazido de Portugal. Como sobrevivências totêmicas – uma reunião de dois conceitos – relacionou os *alôs*, os contos africanos de animais, que são um fenômeno universal e de modo algum um produto original da África, e o *afoxé*, que aliás não conheceu com este nome, mas, indiferentemente, como "clubes carnavalescos africanos". O simbolismo das crenças e da liturgia africanas, que vê em pedras e árvores a residência dos deuses, deu-lhe argumentos para identificar como animistas as religiões do negro. Ora, a bagagem cultural do negro não sobrevivia, adaptava-se. Esta capacidade de adaptação, atributo do gênero humano, e não apenas da raça branca, se não escapou inteiramente a Nina Rodrigues, pelo menos não pôde ser levada em consideração quando o pesquisador se valia dos conceitos da ciência do seu tempo.

Faltou, portanto, a Nina Rodrigues, um instrumento de análise à altura da pesquisa que pretendia realizar. A ciência do seu tempo, sob o peso dos preconceitos de classe e de raça, buscava apenas uma resposta às soluções socialistas – servia a Lia e não a Raquel. O negro nada deveria a Nina Rodrigues se, com a sua consciência de cidadão, de médico e de professor, não se tivesse deixado empolgar do mínimo de emoção necessário ao entendimento dos problemas humanos. São testemunhos desta emoção a massa de material que levantou em estudos e pesquisas, o trabalho de comparação e análise a que se entregou de corpo e alma e, sobretudo, o objetivo que visava com a trilogia de que *Os africanos no Brasil* são apenas um fragmento.

Este livro, que não pôde editar em vida, que esteve ao léu da sorte muitos anos, que se perdeu parcialmente, estava destinado a influir, poderosamente, nas direções principais do pensamento brasileiro, a partir do seu aparecimento em 1932. Em certo sentido, foi uma revelação de Nina Rodrigues, ao mesmo tempo que uma revelação do negro brasileiro. Muitos dos seus conceitos, e muitas das suas observações, decorrentes desses conceitos, estavam já ultrapassados, mas pela primeira vez no Brasil se tratava com elevação e dignidade científicas um tema que, desprezado pelos homens de ciência, era entretanto capital pelo que implicava no passado, no presente e no futuro. E, por mais estranho que pareça, pela primeira vez se tinha um documentário fiel das religiões, das línguas e de outros aspectos culturais do negro que vinha trazer luz a toda uma série de indagações que pareciam fadadas a ficar sem resposta. O estímulo que este livro comunicou aos estudos brasileiros talvez ainda não se possa avaliar em toda a sua força, mas pelo menos se pode dizer que, a partir do seu aparecimento, uma atitude científica se impôs no estudo dos problemas da população de cor.

Homem do seu tempo, Nina Rodrigues situa-se naquela virada do século, os anos imediatamente posteriores à República, em que todo intelectual, à falta de uma equipe menor de pesquisadores, devia ser um enciclopédico. As "imunidades mórbidas" das raças no Brasil levaram-no à antropologia e à etnografia, à história e ao folclore. Isto, que podia ter sido um mal, foi um bem, pois o anciclopédico enriqueceu de tal maneira o seu documentário que, ou o dado vale por si mesmo, ou Nina Rodrigues não pôde ou não soube interpretá-lo de acordo com os conceitos científicos da época. E, mesmo quando o dado não lhe merece maior atenção, como no caso do samba de roda, o registro não lhe escapa. O material, ainda que trabalhado pelas teorias de Lombroso ou de Tylor, apresenta-se em toda a sua cristalina pureza. Do *afoxé*, por exemplo, que não pôde explicar satisfatoriamente, no quadro do totemismo, escreveu, após uma descrição razoável: "Dir-se-ia um candomblé colossal a perambular pelas ruas da cidade". Não soube aplicar à arte dos negros os conceitos científicos com que trabalhava – e daí as páginas de intensa compreensão humana que lhe dedicou. Os *oxés*, as "peças esculpidas" que examinou, eram "emblemas, enfeites, peças de uso ou utilidade prática; cadeiras, tronos uns, altares outros", não uma representação direta dos orixás, "e sim dos sacerdotes deles possuídos e revelando na atitude e nos gestos as qualidades privativas das divindades que os possuem". Como enquadrar este fato dentro do animismo ou do totemismo? Um cofre sagrado, recolhido na praia, na Calçada do Bonfim, "vasa uma cena de pesca". De que maneira interpretar, com as teorias que tinha à mão, esta visão artística do triunfo do homem sobre o crocodilo? Nina Rodrigues, insatisfeito com as suas armas de análise, voltava prazerosamente ao conhecimento tradicional para explicar o fato novo que a ciência do tempo não podia abarcar.

Não foi, portanto, um repetidor. Tentou ordenar os dados do seu problema de acordo com a ciência, a última palavra da ciência, no seu quase apagado eco no Brasil –, e nessa tentativa cometeu alguns dos maiores erros da sua vida. Seria indesculpável julgá-lo pelas medidas da atualidade, medidas que em boa parte decorrem do seu trabalho pioneiro, mas seria imperdoável deixar de julgá-lo. A sua obra resiste, sobranceira, aos embates da crítica, mesmo depois de depurada de conceitos e teorias que complicaram, emperraram e infelicitaram a sua análise. Poucos livros, como *Os africanos no Brasil*, tiveram, entre nós, o condão de atrair as atenções gerais para determinado problema nacional. Comparável, nesse sentido, apenas a *Os sertões*, de Euclides, e a *Urupês*, de Monteiro Lobato, o livro, o fragmento de livro póstumo de Nina Rodrigues, fecundou inteligências, rasgou avenidas ao pensamento brasileiro e se fez a garantia da utilização de métodos científicos no estudo dos problemas do negro. A despeito de todos os seus erros – erros do seu tempo, erros por falta de informação, erros por ineficácia dos seus instrumentos de perquirição científica –, Nina Rodrigues eleva-se como o grande e insuperado pesquisador do homem negro nesta parte da América.

*

    Tão poderosa foi a lição de Nina Rodrigues que somente agora, meio século após a sua morte, parece possível passar adiante dele.
    Os seus continuadores apareceram de dez em dez anos, a partir da sua morte. Manuel Querino, na aparência um livre atirador, mas na verdade leitor de Nina Rodrigues, e com os mesmos horizontes de pesquisa, em 1916; Arthur Ramos, empenhado na defesa e na exaltação dos seus méritos científicos, em 1926; eu, de modo algum um discípulo, em 1936... Esta linha de pesquisadores constituiria a "escola baiana". Buscava-se apenas a *influência* do negro. Nina Rodrigues já havia, com efeito, proposto a questão: "A nós, brasileiros, como povo, menos nos importa ou interessa o conhecimento exato e completo da psicologia social dos negros africanos do que aquilo que dessa psicologia pôde exercer uma ação apreciável na formação da população nacional". Se ao pioneiro interessava o item cultural a influir, a "escola baiana" e os seus amigos no Maranhão, em Pernambuco, em Alagoas, em São Paulo e no Rio Grande do Sul satisfaziam-se com a simples constatação dessa influência. Uma nova corrente de pesquisadores tenta agora investigar *como* o negro pôde exercer tal influência. Nos dois primeiros casos o negro era considerado a bem dizer um estranho, já que a pesquisa o ia alcançar onde a sua resistência à assimilação é maior – nas suas religiões. No último caso, encara-se o negro como cidadão, de fato ou de direito, como elemento integrante da população brasileira, não tanto para revelá-lo, mas para desvendar os processos sociais que propiciaram, em épocas e situações diversas, a boa acolhida à sua contribuição particular.
    Ainda aqui, estamos em dívida com Nina Rodrigues.

*

    Com *Os africanos no Brasil*, o problema do negro perde o buço da adolescência e atinge a maioridade.

Este foi o papel reservado à inteligência de Nina Rodrigues – não apenas um médico imbuído de certas teorias em voga na Europa, mas um cidadão progressista, partidário da abolição e da República, que escrevia artigos e livros não por simples vaidade de escritor, não para ser admirado e louvado pelos seus leitores, mas como temas de estudo a debater e a esclarecer.

Um homem que merece franqueza na discussão da sua obra.

(1956)

PERDIGÃO MALHEIRO

Ainda não se fez a devida justiça a Agostinho Marques Perdigão Malheiro, um dos nossos mais eminentes abolicionistas, pondo ao alcance do povo a sua "mesquinha oferenda" às futuras gerações brasileiras – os três volumes de *A escravidão no Brasil*, um livro clássico, inspirado nos mais belos sentimentos liberais dos fins do século XIX.

Impresso às custas do autor na Tipografia Nacional da Guarda Velha em 1866-67, o estudo de Perdigão Malheiro, que somente os letrados conhecem, chegou num momento crítico do movimento abolicionista. "Circunstâncias públicas e notórias aconselham reserva e prudência." Era a encruzilhada. Ou a reação tomava as rédeas ao movimento, que começava a empolgar a opinião pública, ou as ideias liberais abriam caminho para libertar os negros "que ainda gemem nos grilhões do cativeiro". Daí o que Perdigão Malheiro chamou de "opúsculo" – três volumes de fatos, documentos e comentários, que custaram "longas vigílias e trabalho, com verdadeiro sacrifício da sua precária saúde". Esses três volumes de absoluta fidelidade aos acontecimentos da escravidão, essa obra em que palpitava uma grande compreensão humana, tiveram sérios obstáculos pela frente. Perdigão Malheiro confessa que a escreveu "com o auxílio de Deus (pois que dos homens o não tinha)", vencendo dificuldades "de natureza econômica, visto não ter auxílio de qualidade alguma para semelhante empresa e sua publicação".

Levou quatro anos a escrever *A escravidão no Brasil*, trabalho que terminou a 27 de maio de 1867. Ele mesmo diz que "anunciou" estar trabalhando no livro em 1864, ano em que, no Instituto Histórico, lia alguns capítulos da segunda parte. Já em 1863, porém, pronunciava o seu célebre discurso de 7 de setembro no Instituto dos Advogados, "prólogo do trabalho que ora tem saído a lume" – uma peça de jurisprudência em que se inspiraria o visconde do Rio Branco para a sua lei do ventre livre de 1871.

Foi com a sua costumeira modéstia que escreveu, no prefácio do seu ensaio: "Episódios interessantes aí lerá quem se der a este trabalho…"

O plano de *A escravidão no Brasil* mostra a meticulosidade com que se pôs à tarefa. O primeiro volume, uma introdução geral ao assunto, é um estudo do fenômeno social da escravidão, na antiguidade e nos tempos modernos, dos pontos de vista da história e do direito. Escrita com clareza e sobriedade sem par, essa introdução revela, sem sombra de dúvida, nesse homem então nos 42 anos, uma cultura invulgar e uma inteligência que sabia dominar os assuntos, sem deixar que a paixão os prejudicasse. O segundo volume é a nossa única tentativa de sistematização dos vários incidentes parciais que levaram à escravização do índio para os "engenhos desmantelados" dos colonos e das diversas formas revestidas por essa escravização até os fins do século XVIII. O terceiro volume, afinal, dedicado à escravidão dos negros, constitui ainda hoje o livro básico para a compreensão desse instituto no Brasil – e especialmente para a sua história. Com a falta de documentos que tanto aflige os estudiosos do problema do homem negro e das suas reações diante da sociedade brasileira e do novo *habitat* americano, esse volume de *A escravidão no Brasil* se torna simplesmente precioso, já que cobre todo o período compreendido entre a chegada dos primeiros *fôlegos vivos* e o ano de 1867, com documentos, instruções, estatísticas, estimativas de população, dados alfandegários. O volume constitui, ainda, uma história do movimento abolicionista, uma resenha de todo os esforços pela melhoria da situação dos negros escravos. E, afinal, contém o plano do próprio Perdigão Malheiro para a extinção do elemento servil, pela transformação gradual do trabalhador escravo em trabalhador livre. Este grande livro é, assim, um dos marcos principais do pensamento liberal brasileiro, um documento inestimável sobre um dos aspectos mais importantes do período de formação da nacionalidade.

*

O abolicionista Perdigão Malheiro é ainda menos conhecido do que a sua obra, de consequências tão fecundas.

Em 1850, publicando o seu *Índice cronológico* dos acontecimentos importantes da História do Brasil até 1849, Perdigão Malheiro propunha o problema da escravidão, em termos gerais. Em 1863, presidente do Instituto dos Advogados, estudava a *ilegitimidade da propriedade constituída sobre o escravo* e sugeria a abolição da escravidão declarando livres os filhos de escravos nascidos de certa data em diante. Em 1866, "não se limitando à teoria", alforriou, "gratuitamente", oito das suas escravas, "capazes de ter filhos", e um pardo, além de batizar como livre "a última cria nascida". Os pequenos foram recolhidos a um estabelecimento, dando-se-lhes um dote com a "valiosa e cristã coadjuvação" do conselheiro Zacarias e de F. J. Pacheco Júnior. Ainda nesse ano de 1866, Perdigão Malheiro iniciava a publicação de *A escravidão no Brasil*.

Era por isso que podia escrever, com sobranceria, no prefácio do terceiro volume, a fim de evitar confusão com os oportunistas:

"As minhas ideias abolicionistas, conquanto moderadas, não são, pois, de recente data; os meus estudos não são de ocasião; nem desejo a emancipação somente dos escravos alheios."

Perdigão Malheiro estava certo ao qualificar de "moderadas" as suas ideias abolicionistas. Com efeito, a sua posição era simples:

"Para se obter a extinção completa da escravidão, é preciso atacá-la no seu reduto, que entre nós não é hoje senão o *nascimento*. Cumpre, portanto, declarar que são livres todos os que nascerem de certa data em diante... Desde que não se pode adotar a emancipação *imediata*, não há outro meio". Era o princípio básico da futura lei do ventre livre, já atrasada em 1863, em 1867, em 1871, quando Luís Gama, José do Patrocínio, Joaquim Nabuco e Castro Alves exigiam a libertação total do elemento servil, arregimentando em torno de si todos os elementos progressistas da sociedade brasileira. A emancipação total e imediata dos escravos negros parecia a Perdigão Malheiro, em 1867, "uma solução absolutamente inadmissível na atualidade, e mesmo em futuro próximo". O abolicionismo de Perdigão Malheiro não era um movimento sentimental, era um imperativo de política realista. Não procurava apenas libertar escravos, mas, extinguindo a escravidão, "substituir o trabalho escravo pelo trabalho livre". Daí a sua hesitação, daí a medida parcial que propunha. Daí ter advertido, no item n? 10 do seu plano de emancipação dos escravos:

"Não desorganizar o trabalho atual, sobretudo agrícola; e portanto obviar a uma catástrofe econômica, que de outro modo poderia ter lugar."

Uma "catástrofe econômica" que levou consigo o Trono dos Bragança.

*

Perdigão Malheiro nasceu em Campanha, Minas Gerais, em 1824. Formado em Direito pela Faculdade de São Paulo, em 1849, já no ano seguinte publicava o seu *Índice cronológico* da História do Brasil. Casou com d. Luísa de Queiroz Coutinho Matoso Perdigão, advogou no Rio de Janeiro e em São Paulo, foi procurador dos Feitos da Fazenda Nacional e advogado do Conselho de Estado, representou Minas Gerais na Assembleia Geral (1869-72), pertenceu ao número de sócios do Instituto Histórico. Durante cinco anos

(1861-66), presidiu o Instituto dos Advogados, que após a sua brilhante administração o escolheu para seu Presidente Honorário. Comendador da Ordem de Cristo, as poucas referências ao homem Perdigão Malheiro o dão como "moço fidalgo", benquisto na Corte. Morreu em 1881, aos 57 anos.

Terá sido "maior jurisconsulto que advogado", mas, pela relação das suas obras, vê-se que, como na questão da abolição, não se limitou à teoria. Publicou dois ensaios históricos, o *Índice cronológico dos fatos mais notáveis da história do Brasil desde 1500 até 1849* (1850) e *A escravidão no Brasil* (1866-67), dois discursos sobre questões ligadas à escravidão, *Ilegitimidade da propriedade constituída sobre o escravo* (1863) e o *Discurso sobre a proposta do governo para a reforma do estado servil* (1871), dois trabalhos de jurisprudência, *Comentário à lei n.º 463 de 7 de setembro de 1847 sobre sucessão de filhos naturais e sua filiação* (1857) e *Sucessão dos filhos naturais* (1872), o *Manual do procurador dos Feitos da Fazenda Nacional nos juízos de primeira instância* (1859), um *Suplemento* a esse Manual (1870), e o *Repertório ou índice alfabético da reforma hipotecária e sobre as sociedades de crédito rural* (1865). O discurso de 1863 – núcleo da lei do ventre livre – está reproduzido, em apêndice, no último volume de *A escravidão no Brasil*.

*

O estudioso se voltava para o futuro, entregava à justiça da posteridade todo o seu trabalho em favor dos escravos negros: "Os vindouros o julgarão". A sua obra, entretanto, não teve a difusão que merecia, ficou limitada a uns poucos intelectuais, distante do homem comum que era o seu objetivo. Perdigão Malheiro está a exigir, agora, aquilo que não teve ao escrever *A escravidão no Brasil* – o auxílio dos homens – para que a sua obra se incorpore, definitivamente, ao nosso patrimônio cultural.

(1944)

UMA "FALSETA" DE ARTHUR RAMOS

Num dos seus livros menos conhecidos (*A aculturação negra no Brasil*, 1942), Arthur Ramos divulga um artigo, ao que eu saiba até então inédito, contra as investigações realizadas na Bahia, em 1938--39, em torno das religiões do negro, pela dra. Ruth Landes.

O artigo destoa em geral dos trabalhos de Arthur Ramos. Ele condena, sem as conhecer, as pesquisas da antropóloga americana, declarando que ela "generalizou fatos de observação isolada" e descobrindo no seu trabalho "rancor contra os baianos e os negros". Na verdade, todo o artigo baseia-se em suposições – "o conhecimento das primeiras conclusões, algumas emitidas verbalmente..." –, ou seja, não diretamente de Ruth Landes, mas por terceiras pessoas, como veremos adiante.

Segundo Arthur Ramos, o método de estudo de Ruth Landes "era tão pouco científico que não me será possível dizer aqui em que consistia". Tratando-se de mulher, e de mulher bonita e insinuante, a frase adquire um tom deliberadamente reticencioso e descortês. Ele preferiu deixar a frase como está a narrar o episódio a que veladamente alude – um caso muito significativo da irresponsabilidade da imprensa carioca no primeiro ano de vigência do Estado Novo. Ao aportar ao Rio de Janeiro, vinda dos Estados Unidos, a pesquisadora americana foi abordada pelo repórter de um vespertino que a todo custo dela queria arrancar uma entrevista. Tendo-se recusado a falar, o repórter não teve dúvidas – obteve o retrato dela na Polícia Marítima, que então ficava com os passaportes por alguns dias, e publicou a notícia (5/5/1938) de que viera estudar "os índios nas tabas", atribuindo-lhe a declaração de que da Bahia ganharia os sertões de Mato Grosso, Goiás e Amazonas, a fim de preparar um relatório sobre as condições de vida dos índios. "Espero varar todos os sertões e matas brasileiras..." Para tais excursões pelo interior precisaria contratar "homens vigorosos" para a condução da bagagem. Ora, Ruth Landes fazia parte, na ocasião, do Departamento de Antropologia da Universidade de Colúmbia, de Nova York; havia publicado dois volumes de pesquisas (*Ojibwa Sociology* e *The Ojibwa Woman*) acerca de uma tribo indígena do Lago Ontário – livros que Herbert Baldus, segundo me declarou há alguns anos, considera de boa qualidade; antes de vir, palestrara algumas vezes com Donald Pierson, que havia estudado, durante cerca de dois anos, o negro da Bahia; trazia cartas de apresentação dos maiores nomes da antropologia americana, e em especial de Ruth Benedict. No seu artigo confessou Arthur Ramos: "Trouxe-me várias cartas de recomendação de amigos norte-americanos..." Não tinha ele, portanto, o direito de supor verdadeira a notícia do vespertino (para a qual a própria vítima, revoltada, lhe chamara a atenção) e, menos ainda, de declarar, com todas as letras, que Ruth Landes viera ao Brasil à procura de "tribos negras".

A viagem ao nosso país constituía realmente "o primeiro contato" de Ruth Landes com o problema do negro, exclusive uma breve permanência na Universidade de Fisk, mas não é verdade que o seu conhecimento da bibliografia correspondente fosse "quase nulo". Seria exigir demais – rejeitar o trabalho dos antropólogos, que se preparam para todas as eventualidades no seu campo de estudo, sob o argumento de que não tiveram contato anterior com o problema. Também não é exato que o objetivo dela fosse estudar "a vida sexual dos negros". Esta afirmativa capciosa repete, sem originalidade, a notícia do repórter carioca. Posso garantir que, ao regressar aos Estados Unidos, Ruth Landes conhecia, tão bem quanto nós, brasileiros, pesquisadores do assunto, as religiões de origem africana da Bahia*.

Fui um dos amigos a quem Arthur Ramos a apresentou, por carta, na Bahia. Durante cerca de seis meses eu a acompanhei a quase todos os candomblés da cidade; indiquei-lhe as pessoas com quem deveria trabalhar – e com as quais realmente trabalhou, todas as tardes, nos dias úteis; forneci-lhe livros; juntos assistimos a cerimônias públicas e privadas dos candomblés, participamos da vida popular da cidade e discutimos o andamento das pesquisas, verificamos dados e seguimos pistas por eles sugeridas. Nunca, absolutamente nunca, letrado algum, brasileiro ou não, tivera tanta intimidade com o candomblé da Bahia.

Arthur Ramos, que se considerava e era considerado o dono do assunto, não podia estar contente. Ela não se valera de todas as cartas de apresentação que lhe havia dado e, durante a sua permanência na Bahia, não se lembrara de lhe escrever, seja para um agradecimento, seja para lhe pedir ajuda ou orientação; e, de volta ao Rio de Janeiro, às vésperas do seu regresso aos Estados Unidos, não se animou a procurá-lo. Lá está no artigo: "Viajando a dra. Landes para a Bahia, perdi-a completamente de vista. Soube, por terceiros, que ela não apresentou as cartas que lhe dei para as autoridades administrativas da Bahia... Não a vi mais, não tive mais contato com os seus planos". Lembro que, ao lhe transmitir, mais tarde, lembranças de Ruth Landes, a reação de Arthur Ramos foi significativa: "Agora?!"

*

A oportunidade esperada por Arthur Ramos surgiu em julho de 1940, quando *The Journal of Abnormal and Social Psychology* publicou o artigo "A cult matriarchate and male homosexuality", em que

Ruth Landes sustentava a tese de que o chefe de culto, ofuscado pelo prestígio social desfrutado na Bahia pela mãe de santo, procurava adaptar-se ao tipo ideal da mãe, resultando daí certas atitudes femininas e, em última análise, a homossexualidade.

Consciente de que o seu contato pessoal com os candomblés da Bahia era superficial, Arthur Ramos manteve conversa telefônica com Aydano do Couto Ferraz, que de certo modo, por delicadeza, concordou com ele, dizendo-lhe que "nem todos" os pais de santo eram homossexuais. Sem saber de que se tratava, sem ter lido o artigo, não poderia dar outra resposta. A mim, que já residia no Rio de Janeiro, Arthur Ramos nada perguntou nem disse.

Criticando a tese, Arthur Ramos negou que a chefia dos candomblés baianos fosse uma "prerrogativa" das mulheres, afirmando que era aos homens que ela sempre pertencera. A palavra "prerrogativa" não está no artigo de Ruth Landes. E, no intervalo de mais de dez anos desde que Arthur Ramos transferira residência para o Rio de Janeiro, as mulheres haviam igualado os homens em número e os ultrapassavam já em importância e prestígio como chefes de candomblé. Bastaria citar as grandes figuras femininas de Iyá Kalá, de Sussu, de Alaxèçu, de Maria Júlia, de Pulquéria, do século passado, de Silvana, de Maria do Calabetão, de Flaviana, de Aninha, de Tia Massi, de Maria Neném, de Dionísia, de Emiliana, deste século. E que dizer da constância da linha feminina de sucessão em candomblés tradicionais como o Engenho Velho e o Gantois? Seja como for, a presença de homens à frente dos candomblés constituía, em 1938-39, um motivo de tristeza para os adeptos mais velhos das seitas africanas. Nem era desconhecido de ninguém o grande número de efeminados – em geral *cavalos* de Iansã ou de Iemanjá – que se encontrava nos candomblés, quer como subordinados, quer como chefes.

Não encontro, em parte alguma do artigo de Ruth Landes, a afirmativa de que a homossexualidade dos pais fosse "ritual". Em vez disso, a autora procura demonstrar que, para vencer a repugnância do mundo do candomblé em aceitar um homem como chefe, o pai de santo reage psicologicamente, à sua maneira, no sentido de uma adaptação ao tipo "ideal" da mãe, respeitada, prestigiada, grande senhora, verdadeira matriarca. Na esmagadora maioria dos casos, essa reação psicológica levaria à homossexualidade.

Não estou subscrevendo, mas explicando o pensamento de Ruth Landes. O seu artigo era uma interpretação que só os psicólogos poderão dizer se é justa ou falsa. Mas os fatos que lhe serviram de base eram, na época, reais. Arthur Ramos, que durante toda a sua vida se valeu da psicologia (e do seu ramo então na moda, a psicanálise), podia rejeitá-la, mas não tinha o direito de o fazer torcendo propositadamente o pensamento da sua autora ou sugerindo e insinuando vulgaridades nas entrelinhas.

Este artigo de Arthur Ramos foi rejeitado pela revista *Sociologia*, de São Paulo, que acabava de aparecer. Mas, logo depois, uma instituição científica americana, a quem Ruth Landes submetera um manuscrito para publicação, consultava Arthur Ramos quanto ao mérito do trabalho. Não tenho elementos para dizer de que modo terá ele respondido à consulta, mas não é difícil calculá-lo, pois Ruth Landes teve de usar as suas notas de campo "in a more popular vein" para compor o volume *The City of Women* (Macmillan, Nova York, 1947).

Quando, em 1942, apareceu *A aculturação negra no Brasil*, eu fazia uma resenha de livros na revista *Diretrizes*. Cheguei a escrever uma nota lamentando o artigo de Arthur Ramos, mas, antes de publicá-la, falei-lhe por telefone. Eis a resposta dele: "Não o faça. Senão eu publico coisa muito pior..." Ele não estava para escutar razões nem aceitar críticas. Escrevi sobre o livro, sem me referir ao artigo. Para que irritar o amigo? Para que levá-lo a persistir na *falseta* e no erro? E, afinal, era extremamente improvável que algum dia Ruth Landes viesse a saber da existência dessas páginas indelicadas e vingativas.

*

Escuso-me por somente agora, mais de vinte anos depois, trazer estas coisas a público.

Fui amigo de Arthur Ramos, sou amigo de Ruth Landes. Mais cedo ou mais tarde eu seria chamado a um pronunciamento sobre a crítica de um ou o mérito da outra. Se, finalmente, me antecipo a inevitáveis interpelações, faço-o por dois motivos principais – primeiro, para reparar uma injustiça, que decorre apenas do orgulho e da vaidade de Arthur Ramos; segundo, para obstar a que a diatribe contra um simples artigo, lido de má vontade, com a intenção de descobrir por onde atingir a reputação científica e pessoal da sua autora, possa talvez afastar da bibliografia brasileira do negro os trabalhos de uma pesquisadora que não mediu esforços para compreendê-lo nas suas manifestações religiosas na Bahia.

(1964)

Scripta Manent

BIBLIOGRAFIA DO NEGRO BRASILEIRO

Esta bibliografia toma conhecimento dos ensaios nacionais e estrangeiros, livros, artigos, conferências e outros escritos de importância em torno do negro brasileiro, surgidos após a proclamação da República.

Deixamos de parte poemas e romances.

Antologia

CARNEIRO, Edison. *Antologia do negro brasileiro*. Porto Alegre, 1950.
VÁRIOS AUTORES. *Estudos afro-brasileiros*. Trabalhos apresentados ao Congresso Afro-Brasileiro do Recife (1934). Rio de Janeiro, 1935.
———. *Novos estudos afro-brasileiros*. Trabalhos apresentados ao Congresso Afro-Brasileiro do Recife (1934). Rio de Janeiro, 1937.
———. *O negro no Brasil*. Trabalhos apresentados ao Congresso Afro-Brasileiro da Bahia (1937). Rio de Janeiro, 1940.

Folclore

CARNEIRO, Edison. "Folclore do negro", in: *Folclore*, vol. II, n.º 1. São Paulo, 1953.
———. *Negros bantos*. Rio de Janeiro, 1937.

———. *Samba de umbigada*. Campanha de Defesa do Folclore Brasileiro, MEC, 1961.
RAMOS, Arthur. *O folclore negro do Brasil*. Rio de Janeiro, 1935. Nova edição, Rio de Janeiro, 1954. [3ª ed. São Paulo, Martins Fontes, 2007.]

História, economia, vida social

CARDOSO, Fernando Henrique. *Capitalismo e escravidão no Brasil Meridional – O negro na sociedade escravocrata do Rio Grande do Sul*. São Paulo, 1962.
CARNEIRO, Edison. *O Quilombo dos Palmares*. São Paulo, 1947. Nova edição, São Paulo, 1958. [5ª ed. São Paulo, WMF Martins Fontes, 2011.]
———. "Singularidades dos quilombos", in: *Les Afro-Américains*, IFAN, Dacar, 1953.
COSTA, Luís Monteiro da. *Henrique Dias, governador dos pretos, crioulos e mulatos*. Bahia, 1957.
DORNAS FILHO, João. *A escravidão no Brasil*. Rio de Janeiro, 1939.
———. *A influência social do negro brasileiro*. Curitiba, 1943.
DUARTE, Abelardo. *Negros muçulmanos nas Alagoas – Os malês*. Maceió, 1958.
FRAZIER, E. Franklin. "The Negro Family in Bahia, Brazil", in: *American Sociological Review*, vol. VII, 1942.
FREITAS, M. M. de. *Reino negro de Palmares*, 2 tomos. Biblioteca do Exército, 1954.
FREYRE, Gilberto. "O escravo nos anúncios de jornal do tempo do Império", in: *Lanterna Verde*, fev. 1935.
GIRÃO, Raimundo. *A abolição no Ceará*. Fortaleza, 1956.
GOULART, Maurício. *Escravidão africana no Brasil (das origens à extinção do tráfico)*. São Paulo, 1949.
IANNI, Otávio. *As metamorfoses do escravo – Apogeu e crise da escravatura no Brasil Meridional*. São Paulo, 1962.
JUREMA, Aderbal. *Insurreições negras no Brasil*. Recife, 1935.
LAYTANO, Dante de. *O negro no Rio Grande do Sul*. Porto Alegre, 1958.
LESSA, Clado Ribeiro de. *Viagem de África em o reino de Daomé – Crônica de uma embaixada luso-brasileira à Costa d'África em fins do séc. XVIII, incluindo texto do padre Vicente Ferreira Pires*. São Paulo, 1957.

LOBO, Haddock e ALOISI, Irene. *O negro na vida social brasileira*. São Paulo, 1941.

MACHADO FILHO, Aires da Mata. *O negro e o garimpo em Minas Gerais*. Rio de Janeiro, 1944. Nova edição, Rio de Janeiro, 1964.

MARCOS. *O quilombo de Manuel Congo*. Rio de Janeiro, 1935.

OTT, Carlos. "O negro baiano", in: *Les Afro-Américains*, IFAN, Dacar, 1953.

PÁDUA, Ciro T. de. "O negro no planalto (do século XVI ao século XIX)". *Separata da Revista do Instituto Histórico de São Paulo*, 1943.

PIERSON, Donald. "Africans and their Descendants at Bahia, Brazil", in: *Les Afro-Américains*, IFAN, Dacar, 1953.

RAMOS, Arthur. *As culturas negras no Novo Mundo*. Rio de Janeiro, 1937.

———. *The Negro in Brazil*. Trad. de Richard Pattee. Washington, The Associated Publishers Inc., 1939. Publicado em português como *O negro na civilização brasileira*. Rio de Janeiro, 1956.

———. *A aculturação negra no Brasil*. São Paulo, 1942.

———. *Introdução à antropologia brasileira*, 2 vols. Rio de Janeiro, 1943 e 1947.

STALEY, Austin John, O. S. B. "Racial Democracy in Marriage; a Sociological Analysis of Negro-White Intermarriage in Brazilian Culture". University of Pittsburgh, 1959 (mimeografado).

TAUNAY, Afonso de E. *Subsídios para a história do tráfico africano no Brasil*. São Paulo, 1941.

VERGER, Pierre. "Influence du Brésil au golfe du Benin", in: *Les Afro-Américains*, IFAN, Dacar, 1953.

VIANA FILHO, Luís. *O negro na Bahia*. Rio de Janeiro, 1946.

Literatura

SAYERS, Raymond S. *The Negro in Brazilian Literature*. Nova York, Hispanic Institute in the United States, 1956.

Antropologia física

CERQUEIRA, Luís. *Brancos, pretos e pardos da Bahia*. Bahia, 1948.

POURCHET, Maria Júlia. "Contribuição ao estudo antropofísico da criança de cor" [Bahia], in: *Actas do XXVII Congresso Internacional de Americanistas*. México, 1939.

Relações de raças

AZEVEDO, Tales de. *Les élites de couleur dans une ville brésilienne* [Bahia]. Unesco, 1953.
BASTIDE, Roger e FERNARDES, Florestan. "Relações raciais entre negros e brancos em São Paulo", in: *Anhembi*. São Paulo, 1953, n.ºs 30-34 (reunido em volume, São Paulo, 1955). Nova edição, revista e ampliada, com o título *Brancos e negros em São Paulo*, São Paulo, 1959.
CARDOSO, Fernando Henrique e IANNI, Otávio. *Cor e mobilidade social em Florianópolis – Aspectos das relações entre negros e brancos numa comunidade do Brasil Meridional*. São Paulo, 1960.
PIERSON, Donald. *Brancos e pretos na Bahia*. São Paulo, 1945.
PINTO, L. A. Costa. *O negro no Rio de Janeiro*. São Paulo, 1945.
RIBEIRO, René. *Religião e relações raciais*. Ministério da Educação, 1956.
WAGLEY, Charles e outros. *Race and Class in Rural Brazil*. Unesco, 1952.

Línguas

LAYTANO, Dante de. "Os africanismos do dialeto gaúcho". *Separata da Revista do Instituto Histórico Riograndense*, 1936.
MENDONÇA, Renato. *A influência africana no português do Brasil*. São Paulo, 1953.
RAIMUNDO, Jacques. *O elemento afro-negro na língua portuguesa*. Rio de Janeiro, 1933.
SENA, Nelson de. *Africanos no Brasil – Estudos sobre os negros africanos e influências afro-negras sobre a linguagem e os costumes do povo brasileiro*. Belo Horizonte, 1938.

Medicina

ARAÚJO, César de. "Sobre a incidência da tuberculose no preto da Bahia", in: *Revista de Tisiologia da Bahia*, jul.-ago. 1939.
BASTIDE, Roger. "Medicina e magia nos candomblés", in: *Boletim Bibliográfico*, n.º XVI, São Paulo, 1950.
FREITAS, Otávio de. *Doenças africanas no Brasil*. São Paulo, 1935.
SATTAMINI-DUARTE, Orlando. "Contribuição ao estudo clínico-histórico do banzo", in: *Revista Fluminense de Medicina*, Rio de Janeiro, 1951.

Música

ALVARENGA, Oneyda. "A influência negra na música brasileira", in: *Boletín Latino-Americano de Musica*, tomo VI, primeira parte. Rio de Janeiro, abr. 1946, com apêndice de documentos musicais.

Religiões

a) *Estudos*

BASTIDE, Roger. "L'axexe", in: *Les Afro-Américains*, IFAN, Dacar, 1953.

———. *O candomblé da Bahia* (rito nagô). Trad. de Maria Isaura Pereira de Queirós. São Paulo, 1961.

———. *Estudos afro-brasileiros*. 1ª série (contribuição ao estudo do sincretismo católico-fetichista. A cadeira do ogã e o poste central. A macumba paulista). Faculdade de Filosofia de São Paulo, boletim n° 59, 1946.

———. *A cozinha dos deuses*. SAPS, 1952.

———. *Estudos afro-brasileiros*. 3ª série (cavalos de santo. Algumas considerações em torno de uma "lavagem de contas". O ritual Angola do Axexê). Faculdade de Filosofia de São Paulo, boletim n° 154, 1953 (estes trabalhos estão incluídos em *Sociologia do folclore brasileiro*. São Paulo, 1959).

———. *Les religions africaines au Brésil*. Paris, Presses Universitaires de France, 1960.

———. *Imagens do Nordeste místico em branco e preto*. Rio de Janeiro, 1945.

BASTIDE, Roger e VERGER, Pierre. "Contribuição ao estudo da adivinhação no Salvador (Bahia)", in: *Revista do Museu Paulista*, nova série, vol. VII, São Paulo, 1953.

BRACKMANN, Richard W. "Der Umbanda-Kult in Brasilien", in: *Anuário do Instituto Hans Staden*, São Paulo, vols. 7/8, 1959-1960.

CARNEIRO, Edison. *Candomblés da Bahia*. Publicação do Museu do Estado, Bahia, 1948; 2ª ed. Rio de Janeiro, 1954; 3ª ed. Rio de Janeiro, 1961. [9ª ed. São Paulo, WMF Martins Fontes, 2008.]

———. *Negros bantos*. Rio de Janeiro, 1937.

———. *Religiões negras*. Rio de Janeiro, 1936.

———. "Os cultos de origem africana no Brasil", in: *Decimália*, Biblioteca Nacional, 1959.

———. "Umbanda". MEC, set.-dez. 1960.

CLOUZOT, Henri-Georges. *Le cheval des dieux*. Paris, 1951.

DUARTE, Abelardo. "Sobrevivência do culto da serpente (Danh-gbi) nas Alagoas" e "Sobre o Panteão afro-brasileiro", in: *Revista do Instituto Histórico de Alagoas*, vol. XXVI, Maceió, 1952.

EDUARDO, Otávio da Costa. "Three-way Religious Acculturation in a North Brazilian City" [São Luís do Maranhão], in: *Afroamerica*, México, janeiro de 1946.

———. *The Negro in Northern Brazil – A Study in Acculturation*. American Ethnological Society, Nova York, 1948.

———. "O tocador de atabaque nas casas de culto afro-maranhenses", in: *Les Afro-Américains*, IFAN, Dacar, 1953.

FERNANDES, Gonçalves. *Xangôs do Nordeste*. Rio de Janeiro, 1937.

HERSKOVITS, Melville J. "Estrutura social do candomblé afro-brasileiro". *Boletim do Instituto Joaquim Nabuco*, nº 3. Recife, 1954.

———. *Pesquisas etnológicas na Bahia*. Trad. de José Valadares. Publicação do Museu do Estado da Bahia, 1943.

———. "Os pontos mais meridionais dos africanismos do Novo Mundo", in: *Revista do Arquivo Municipal*. São Paulo, abr. 1944.

———. "Tambores e tamborileiros no culto afro-brasileiro", in: *Boletín Latino-Americano de Musica*, tomo VI, primeira parte. Rio de Janeiro, abr. 1946.

———. "The Negro in Bahia, Brazil: a Problem in Method". *American Sociological Review*, vol. VIII, 1943.

———. "The Panan, an Afrobahian Religious Rite of Transition", in: *Les Afro-Américains*, IFAN, Dacar, 1953.

KLOPPENBURG, Boaventura, frei. *A Umbanda no Brasil – Orientação para os católicos*. Petrópolis, 1961.

LANDES, Ruth. "A Cult Matriarchate and Male Homo-sexuality", in: *Journal of Abnormal and Social Psychology*, jul. 1940.

———. "Fetish Worship in Brazil", in: *The Journal of American Folklore*, out.-dez. 1940.

———. *The City of Women*. Nova York, The Macmillan Co., 1947.

MEDEIROS, José. *Candomblé*. Rio de Janeiro, 1957.
MONTEIRO, Duglas Teixeira. "A macumba em Vitória", in: *Anais do XXXI Congresso Internacional de Americanistas*. São Paulo, 1955.
PEREIRA, Nunes. *A Casa das Minas*. Publicação da Sociedade Brasileira de Antropologia e Etnologia, 1947.
PIERSON, Donald. *O candomblé da Bahia*. Curitiba, 1942 (incluído no livro do mesmo autor, *Brancos e pretos na Bahia*).
QUERINO, Manuel. *Costumes africanos no Brasil*. Rio de Janeiro, 1938 (coletânea organizada por Arthur Ramos, incluindo os vários trabalhos de Manuel Querino acerca do negro).
RAMOS, Arthur. *O negro brasileiro*. Rio de Janeiro, 1934. Nova edição, aumentada, São Paulo, 1940.
RIBEIRO, René. "Cultos afro-brasileiros do Recife: um estudo de ajustamento social", in: *Boletim do Instituto Joaquim Nabuco*, número especial, 1952.
———. "As estruturas de apoio e as reações do negro ao cristianismo na América Portuguesa: bases instrumentais numa revisão de valores", in: *Boletim do Instituto Joaquim Nabuco*, n° 6. Recife, 1957.
———. "Significado sociocultural das cerimônias de Ibêji", in: *Revista de Antropologia*, dez. 1957.
———. "Xangôs", in: *Boletim do Instituto Joaquim Nabuco*, n° 3. Recife, 1954.
RIO, João do. *As religiões no Rio*. Rio de Janeiro, s.d. Nova edição, Rio de Janeiro, 1951.
RODRIGUES, Nina. *Os africanos no Brasil*. Coordenação de Homero Pires. São Paulo, 1932.
———. *O animismo fetichista dos negros baianos*. Rio de Janeiro, 1935 (publicado por Arthur Ramos, incluindo a parte aumentada para a edição francesa).
SANTOS, Deoscóredes M. dos. *Axé Opô Afonjá*. Rio de Janeiro, Instituto Brasileiro de Estudos Afro-Asiáticos, 1962.
SEPPILLI, Tullio. "La acculturazione come problema metodologico", in: *Atti della XLV riunione della Società Italiana per il Progresso delle Scienze*. Roma, 1955.
———. "Il sincretismo religioso afro-cattolico in Brasile", in: *Studi e materiali di Storia delle Religioni*, vols. XXIV-XXV (1953-54).

———. "Il sincretismo religioso afro-cattolico in Brasile (Note aggiuntive)". Roma, Istituto di Antropologia dell'Università, 1955.
STOUTJESDIJK, Harriett. *About Spirits and Macumba*. Fotos de George W. Glaser. Rio de Janeiro, 1960.
VALENTE, Waldemar. *Sincretismo religioso afro-brasileiro*. São Paulo, 1955.
———. "Influências islâmicas nos grupos de culto afro-brasileiros de Pernambuco", in: *Boletim do Instituto Joaquim Nabuco*, n.º 4. Recife, 1957.
———. "A função mágica dos tambores", in: *Revista do Arquivo Público de Pernambuco*, n.ºs 9-10. Recife, 1953.
VERGER, Pierre. "Le culte des vodoun d'Abomey aurait-il été apporté à Saint-Louis de Maranhon par la mère du roi Ghézo?", in: *Les Afro-Américains*, IFAN, Dacar, 1953.
———. *Dieux d'Afrique*. Paris, 1954 (parte do volume subsequente).
———. *Notes sur le culte des orishas et voduns à Bahia, la Baie de tous les Saints, au Brésil, et à l'ancienne Côte des Esclaves en Afrique*. IFAN, Dacar, 1957.

b) *Livros populares*
BANDEIRA, Amando Cavalcanti. *Umbanda*. Rio de Janeiro, 1961.
BRAGA, Lourenço. *Umbanda e quimbanda*. Rio de Janeiro, 1951.
DUTRA, Erlon. *Dicionário de umbanda*. Rio de Janeiro, 1957.
FONTENELLE, Aluízio. *Exu*. Rio de Janeiro, 1960.
FREITAS, Byron Torres de. *Os orixás falam no jogo dos búzios*. Rio de Janeiro, 1963.
FREITAS, Byron Torres de e PINTO, Tancredo da Silva. *Guia e ritual para organização de terreiros de umbanda*. Rio de Janeiro, 1963.
———. *As mirongas de umbanda*. Rio de Janeiro, 1953.
———. *Doutrina e ritual de umbanda*. Rio de Janeiro, 1954.
MAGNO, Oliveira. *Práticas de umbanda*. Rio de Janeiro, 1951.
MENEZES, Heraldo. *Caboclos na umbanda*. Rio de Janeiro, s.d.
SILVA, Benedito Ramos da. *Ritual da umbanda*. Rio de Janeiro, 1951.
SOUSA, Florisbela Maria de. *Umbanda para os médiuns*. Rio de Janeiro, s.d.
———. *Pontos cantados e riscados da umbanda*. Rio de Janeiro, 1951.
———. *400 Pontos riscados e cantados na umbanda e candomblé*. Rio de Janeiro, 1963.
———. *Umbanda, 320 pontos cantados*. Rio de Janeiro, 1957.

Os ensaios do padre Étienne Brazil são desorientadores, especialmente notáveis pela sua incompreensão e pela falsidade dos dados colhidos. Tendenciosas são as observações de frei Boaventura Kloppenburg e de Henri-Georges Clouzot.

João do Rio fez simples reportagens sobre seitas que considerava singulares, existentes, no seu tempo, no Rio de Janeiro, dedicando pequeno espaço às macumbas cariocas.

As publicações dos Congressos Afro-Brasileiros do Recife e da Bahia incluem muitos trabalhos de valor em torno dos vários aspectos da vida do negro no país, em todas as épocas.

Embora ainda não reunidos em livro, merecem a sua inclusão nesta bibliografia as pesquisas de Carlos Galvão Krebs acerca dos batuques de Porto Alegre e o trabalho pioneiro de José Bonifácio Rodrigues de referência às Irmandades de negros na Guanabara.

BIBLIOGRAFIA DOS CAPÍTULOS

Os Rastros do Negro

– "Uma pátria para o negro", *Historium*, Buenos Aires, jan. 1958, e *Diário de Notícias*, Rio de Janeiro, 17-8-1958 – "Os trabalhadores da escravidão", *Jornal do Brasil*, Rio de Janeiro, 12-5-1957 – "O negro em Minas Gerais", in: *Educação e Ciências Sociais*, Rio de Janeiro, dez. 1956, e *Segundo Seminário de Estudos Mineiros*, UMG, 1957 – "Singularidades dos quilombos", *O Jornal*, Rio de Janeiro, 25-11 e 9-12-1951, e *Les Afro-Américains*, IFAN, Dakar, 1953 – "A Costa da Mina", *Jornal do Brasil*, Rio de Janeiro, 13-4-1958 – "Os negros trazidos pelo tráfico", *Jornal do Brasil*, Rio de Janeiro, 29-9-1957 – "A fortaleza de Ajudá", *Diário Carioca*, Rio de Janeiro, 11-8-1963, (resumido) – "Nego véio quando morre…", *Jornal do Brasil*, Rio de Janeiro, 1º-12-1957 – "Quanto valia um escravo?", *Revista do Comércio*, CNC, Rio de Janeiro, jun. 1946 – "Lembrança do negro da Bahia", *A Tarde*, Bahia, número do IV Centenário da Cidade do Salvador, 29-3-1949 – "O azeite de dendê", *O Jornal*, Rio de Janeiro, 27-3-1955 – "Aruanda", escrito a pedido de Eneida e por ela publicado no seu livro do mesmo título (Rio de Janeiro, 1957) – "O quilombo da Carlota", *Horizonte*, Belo Horizonte, set. 1953 – "O Batalhão dos Libertos", *O Jornal*, Rio de Janeiro, 8-7-1945 – "As

Irmandades do Rosário", MEC, Rio de Janeiro, mar.-abr. 1960 – "A abolição do tráfico", lido no Congresso do Negro Brasileiro, Rio de Janeiro, 1950 – "Treze de Maio", *Jornal do Brasil*, Rio de Janeiro, 11-5-1958 – "O Congresso Afro-Brasileiro da Bahia", inédito – "Os estudos brasileiros do negro", inédito; contribuição à I Reunião Brasileira de Antropologia, Rio de Janeiro, 1953.

As Encruzilhadas de Exu

– "Os cultos de origem africana no Brasil", *Decimália*, Biblioteca Nacional, Rio de Janeiro, 1959 (em português e em tradução francesa); reproduzido na terceira edição de *Candomblés da Bahia* (1961) – "Os caboclos de Aruanda", *Revista do Livro*, Rio de Janeiro, set. 1960 – "Tempo" e "Vodum", contribuições ao *Dicionário do folclore brasileiro* de Luís da Câmara Cascudo, Rio de Janeiro, 1954 – "Oxóssi, o deus da caça" e "Nascimento do arco-íris", *Renascença*, Bahia, set. 1938 – "São Jorge", contracapa do disco Columbia LPCB 22001 *Viva São Jorge*, 1958 – "Iemanjá e a mãe-d'água", comunicação ao Congresso do Negro Brasileiro, Rio de Janeiro, 1950 – "Umbanda", MEC, Rio de Janeiro, sete.-dez. 1960; contribuição ao *Dicionário do folclore brasileiro* de Luís da Câmara Cascudo, segunda edição, Rio de Janeiro, 1962 – "O culto nagô na África e na Bahia", *Diário da Bahia*, 16 e 23-12-1951.

Uma Franquia Democrática

– "Liberdade de culto", *Quilombo*, Rio de Janeiro, jan. 1950 – "Xangôs de Maceió", parecer ao governo de Alagoas, 1952 – "Associação Nacional de Cultos Populares", *Jornal do Comércio*, Rio de Janeiro, 8-5-1960.

Livros

– "Embaixada ao Daomé", *Jornal do Brasil*, Rio de Janeiro, 2-11--1957 – "Candomblé", *Leitura*, Rio de Janeiro, set. 1957 – "O negro nas letras brasileiras", *Leitura*, Rio de Janeiro, jul. 1957.

A Face dos Amigos

– "Aninha", *Estado da Bahia*, 25-1-1938 – "Nina Rodrigues", *Kriterion*, Faculdade de Filosofia, UMG, jan.-jun. 1958, e *Jornal de Letras*, Rio de Janeiro, dez. 1962 (parcialmente) – "Perdigão Malheiro", *Diário de Notícias*, Rio de Janeiro, 6-8-1944 – "Uma 'falseta' de Arthur Ramos", *Diário Carioca*, Rio de Janeiro, 29-3-1964.

Scripta Manent

– "Bibliografia do negro brasileiro", publicada originalmente como parte do livro *Candomblés da Bahia* (primeira e segunda edições) e atualizada para este livro.

NOTAS
(de Raul Lody)

P. 9
Coerente, a obra de Edison Carneiro assume um compromisso ético e moral com a afrodescendência quando o autor aponta para o despreparo de uma abolição sem projeto social, embora tenha havido propostas da Princesa Isabel e de Joaquim Nabuco. Mostra uma abolição que está na fronteira entre o Império e a República e que chegou aos limites políticos internacionais e, em contexto econômico, quando a máquina substitui a mão de obra artesanal.

P. 16
Há uma tipologia dos trabalhos da escravidão. Concentravam-se certamente no eito, na *plantation* da cana-de-açúcar, seguindo-se ciclos agrícolas como o do café. Contudo, tecnologias mais elaboradas estavam também nas minas de ouro e nos trabalhos de fundição do ouro. Destacavam-se os prateiros, em sua maioria escravos e descendentes de escravos, embora oficialmente as *marcas* fossem exclusivas dos portugueses, convencionais mestres do ofício prateiro. Muitos outros trabalhos especializados recuperavam experiências e conhecimentos na matriz africana, como o do entalhe em madeira, pelos carpinas para fabricar diferentes objetos do mobiliário, indo até as expressões barrocas da Igreja.

Também havia escravos exímios em uma arte cujo apogeu ocorreu em pleno ciclo do ouro, do diamante, no século XVIII, em Minas Gerais.

Essa mão de obra escrava também se aplicava em ofícios de metalurgia em ferro, latão, cobre, flandres; no ofício de sapateiro e em muitas outras formas do ganho, especialmente comida.

P. 23

O que Edison Carneiro destaca como trabalho técnico do africano em condição escrava em Minas Gerais é o conhecimento milenar de alguns povos da África Ocidental de conhecer como trabalhar o ouro, orientando, assim, métodos coloniais.

Destaque para a designação geral de negros *mina*, alusiva às minas de ouro dessa região do continente africano, compreendendo também uma área mais abrangente e conhecida como Costa do Marfim, Costa dos Grãos, Costa da Malagueta, em referência aos produtos dominantes exportados com o tráfico de escravos.

Os fanti-axanti, grandes ourives e detentores da tecnologia da fundição do ouro, foram buscados pelo tráfico para desenvolver os trabalhos nas minas no Brasil. Certamente a Real Extração precisou muito da mão de obra qualificada dos negros *mina* em outras atividades econômicas, como em estabelecimentos comerciais, por exemplo, quitandas e mercados.

P. 37

Quilombo é um tema preferencial na obra de Edison Carneiro. Em um sentido social, econômico e cultural, o autor encontra lugar para reafirmar seu compromisso socialista perante os patrimônios de matriz africana no Brasil.

O recente reconhecimento de terras quilombolas por parte do Estado Nacional resulta na posse da terra de centenas de comunidades por todo o Brasil e, assim, atesta a importante aliança social com as populações afrodescendentes. É também exercício de pertencimento no cultivo das identidades, possibilitando o acesso aos direitos culturais e ao sentimento pleno de cidadania.

P. 49

Note que *Mina* não é designação de grupo étnico, como, aliás, é comum observar na literatura de temática afrodescendente. É uma área no golfo do Benim, África Ocidental, onde o Castelo da Mina, no atual Benim, foi um importante ponto no tráfico de escravos para o Brasil. Daí grande contingente do grupo Fon, seguidores dos voduns, especialmente de *Dã*, a grande serpente que dá movimento ao mundo e que foi incluída na mitologia dos terreiros de candomblé da nação jeje ou, então, como Oxumaré, para os iorubás, nação Queto, integrando nosso imaginário religioso.

P. 56

Das organizações sociais, culturais, políticas e principalmente religiosas, pode-se dizer que a partir das relações comerciais com a chamada Costa Mina, com uma maior presença dos iorubás e fons, vê-se a fixação e o desenvolvimento de um modelo de base ancestral de um reino chamado Queto. Em função dessa matriz, há um forte orgulho na afrodescendência, destacado no culto religioso aos orixás e eguns, nos candomblés que se reconhecem como verdadeiros herdeiros das tradições queto, em especial no Recôncavo da Bahia, como para a cidade do Salvador.

Um exemplo é o terreiro de candomblé popularmente conhecido como Casa Branca, tido como continuidade do então terreiro da Barroquinha (século XIX), fundante do modelo queto, chamado nação Queto, e tido também como casa-matriz dos costumes e memórias desse povo, localizado no Benim, território dos iorubás.

P. 87

Sem dúvida, há profunda e imediata identificação entre Bahia e África – a Bahia da área do Recôncavo e em destaque a cidade do

Salvador. São memórias do golfo do Benim, popularmente Costa, ou então de Luanda e Benguela, com a chegada de povos bantos que fazem os principais acervos e patrimônios de territórios africanos revividos aqui.

Salvador, chamado por Aninha, famosa e importante ialorixá fundadora do terreiro de candomblé Ilê Axé Opô Afonjá, como *Roma Negra*, confirma forte expressão religiosa dos terreiros de candomblé reconhecidos nas diferentes nações, tais como: Queto, Ijexá, Jeje, Angola, Angola-Congo, Moxicongo, entre outros. Une-se o imaginário de Roma, cidade que abriga o Estado do Vaticano, centro irradiador da fé católica, a Salvador, de modo que esta cidade se torne o centro irradiador da fé aos orixás, aos voduns, aos inquices, aos ancestrais egunguns, transmitindo assim sabedoria tradicional.

Embora nesse capítulo de *Ladinos e crioulos* Edison Carneiro tenha olhado de maneira mais historiográfica do que etnográfica, ele não deixa de apontar alguns amigos dos terreiros de candomblé, onde o autor sempre estabeleceu aproximação de pesquisa e principalmente pessoal.

Há um lugar privilegiado na obra de Edison Carneiro para as religiões de matriz africana no Brasil, e nele busca acervos, testemunhos, registros amplificados da cultura, na sociedade complexa, na vida cotidiana da cidade do Salvador. Assim, relata e atesta o racismo para os afrodescendentes, preconceitos também culturais com a capoeira, o samba e o candomblé.

A capoeira ganha o mundo, o samba de roda é registrado pela Unesco como Patrimônio Cultural da Humanidade, o terreiro da Casa Branca é o primeiro candomblé a ser tombado pelo Iphan como Patrimônio Nacional e recentemente (2001) o Ofício das Baianas de Acarajé foi registrado pelo Iphan como Patrimônio Cultural Imaterial do Brasil.

P. 88

Uma forma imediata, sensível e saborosa de atestar presença, interação e civilização africana no Brasil é o *dendezeiro*, por meio do seu produto mais popular, que é o azeite de dendê.

Essa construção de identidade gastronômica compõe muitos pratos chamados de *azeite* ou *azeite de cheiro*, ou simplesmente *comida de azeite*. Afinal, falar de dendê é o mesmo que falar de azeite, pois o de oliva, de presença mediterrânea, lusitana, é o chamado azeite doce, também muito importante na mesa da Bahia.

No imaginário afrodescendente, a palmeira do dendezeiro para os iorubás é o *igi opé*, árvore fundamental aos contos religiosos, sendo inicialmente identificada com o orixá Ogum e também com o culto dos ancestrais egungum, quando o Ojé, sacerdote especial para tratar os ancestrais, é chamado de *igi opé*. Do dendezeiro se confecciona, com as folhas desfiadas, o *mariô*, visível na arquitetura dos terreiros e em algumas roupas cerimoniais.

Se o azeite de dendê marca uma vocação e o estilo das comidas do Recôncavo da Bahia, o dendê integra receitas tradicionais da área amazônica, como o vatapá e o caruru, tradicionais nos cardápios do Pará; como também no vatapá pernambucano; e principalmente no uso religioso nos terreiros, em inúmeros pratos para os deuses e para os homens.

Muitos pratos da cozinha baiana nos quais o dendê é ingrediente fundamental e de marca estética estão na mesa cotidiana e outros no tempo das festas. Há um trânsito entre os terreiros de candomblé e a mesa das casas, e há também um trânsito entre a mesa das casas e o candomblé.

Assim, vive-se o dendê no acarajé, abará, caruru, efó, vatapá, moqueca de folha, farofa de azeite, xinxim de galinha, xinxim de bofe, arroz de haussá, bobó de camarão, amalá, omolocum, axoxó, latipá, amori; além do *emu*, vinho do dendê.

P. 92

De Luanda, atual capital de Angola, África Austral. Seu porto, como o de Cabinda, foi uma porta na travessia do Atlântico, levando milhares de homens, mulheres e crianças na condição escrava para o Rio de Janeiro, Salvador, Recife. Depois espalharam-se por Minas Gerais e outras regiões.

Luanda, tema e saudade, presença forte nas *loas* e *maracatus de baque virado*, ou *maracatus africanos* do Recife, Pernambuco.

Vou embora para Luanda...

Luanda ficou identificada como África geral, terra dos ancestrais, terra da liberdade, e é também Aruanda, lugar mítico, lugar do retorno, terra do encontro, significando o que é Orun para os iorubás, um quase céu.

P. 101

O dia 2 de julho de 1823, dia da independência da Bahia, quase um ano após o 7 de setembro de 1822, é de profundo orgulho cívico e cultural na área do Recôncavo, notadamente na capital. É uma festa popular tradicional que traz como símbolo da liberdade e da nacionalidade as figuras do caboclo e da cabocla.

Os rituais ocorrem em grande cortejo pelas ruas, seguindo pelos antigos bairros do Santo Antônio, Pelourinho, Misericórdia, centro da cidade, por onde as figuras homenageadas ficam em carroças muito enfeitadas de folhas, flores, fitas, todas verde e amarela, cores emblemáticas de um Brasil livre.

Integram o cortejo: cavaleiros, vaqueiros com suas roupas de couro, bandas militares e escolares, diferentes representações sociais, religiosas e especialmente políticos.

Há uma grande comoção, dando-se ao caboclo e à cabocla um valor religioso, pois a Bahia cria a Nação do Caboclo no modelo afrodescendente do candomblé.

É o chamado ancestral, o dono da terra, e assim deve ser louvado, ora presente nos terreiros Queto, Angola, Moxicongo, ora em candomblé especial, no então chamado candomblé de caboclo, como ocorrem nas cidades da Cachoeira e São Félix, na Bahia.

Destaca-se a festa da Cabocla em Saubara, Recôncavo da Bahia, um notável ritual público apresentando aspectos peculiares. Na ocasião, são revividos temas ancestrais de matriz africana, com grupos de mascarados que chegam durante a madrugada distribuindo mingaus, comidas que lembram os mortos nas tradições iorubá, os eguns.

A cabocla é uma celebração que envolve muitas famílias cujos ancestrais participaram das lutas pela independência na Bahia. Unem-se valores gerais nas festas que também são religiosas e memoriais dos *heróis*.

A festa conhecida como o Dia da Cabocla faz a cidade se enfeitar com folhas de dendezeiro, e tochas feitas dessas folhas secas vão iluminando o cortejo, uma homenagem coletiva aos ancestrais.

Ainda, o samba de roda é feito diante da cabocla como mais uma forma de reverenciar de maneira lúdica e pessoal.

> Viemos saldar a cabocla
> Viemos saldar a cabocla
> Este samba é de caboclo

P. 106

As Irmandades de homens negros e pardos reuniram grande massa escrava em sistemas religiosos organizados pela Igreja.

Muitos santos do amplíssimo elenco católico foram destinados, escolhidos como exclusivos para os africanos em condição escrava e seus descendentes. Exemplos são Nossa Senhora do Rosário e São Benedito.

Um sentimento dominante à época, de *bondade católica*, marcou e incentivou o abjeto comércio humano através do Atlântico. Isso se deu com um princípio ungido e patrocinado pelo Vaticano, na afirmativa de que os negros não tinham alma. Então, é preciso dar alma, levar os africanos para a Igreja para receber o batismo e, então, chegar ao Brasil já cristão, contudo escravo.

As Irmandades de escravos e libertos, mas afrodescendentes, tiveram importante papel social e político no controle, nas negociações com lideranças coloniais, representantes de segmentos de grupos de escravos conforme a etnia, a cultura, a língua, fazendo com que as ações fossem permeadas com o poder de um Estado unido à fé católica.

Nossa Senhora do Rosário, São Benedito, Santo Elesbão, Santa Ifigênia ou, em devoção mais localizada, Nossa Senhora da Boa Morte faziam reunir nas datas festivas das Irmandades grande número de devotos convictos ou formais, no cumprimento de rituais de uma fé imposta que estava no poder do Estado com interesses exclusivamente comerciais.

Ainda, as muitas Irmandades de matriz africana espalhavam-se pelo Brasil, assumindo no século XVIII um fundamental papel social nas mudanças da *plantation* de cana sacarina pela mineração de ouro e diamante nas Minas Gerais.

Embora o comércio fosse o verdadeiro motivo, a fé católica foi recriada, apropriada pelos inúmeros membros dessas irmandades, onde também tiveram oportunidade de relembrar alguns costumes e memórias africanas e inventar outros de expressão afrodescendente.

Maracatus, bandas de congo, congadas, ticumbis, catopés, ternos de congo, entre outros; manifestações de dança, teatro, cortejo e música são reveladoras dos santos, das Irmandades, como também formas estéticas e simbólicas de comunicar religiosidade e de reativar memórias étnicas, africanas, de transmitir sabedoria tradicional.

As próprias Irmandades foram apropriadas pela massa escrava como espaços de resistência na promoção das alforrias, na assistência e principalmente nos movimentos libertários.

P. 114

Uma data cada vez menos celebrada por seu alcance burocrático. Certamente, a Lei Áurea (1888) cumpre apenas o seu papel legal extinguindo a escravidão no Brasil.

Os muitos movimentos sociais afrodescendentes compreendem, como a população, em sua maioria, que a Abolição foi um ato que não preparou destinações econômicas e sociais das populações então escravas.

Revoltas, quilombos, lutas... Houve inúmeras maneiras de buscar o fim da escravidão. Assim, fatos marcantes foram substituindo no imaginário afrodescendente o dia 13 de maio.

Zumbi dos Palmares assumiu o verdadeiro papel libertador, e a data de 20 de novembro passou a ser a referência de um processo de conquistas e de reivindicações em prol da causa afrodescendente.

P. 117

Edison Carneiro certamente dá ao candomblé baiano a voz e o espaço necessários enquanto lugar de manifestações de longa trajetória em defesa das memórias, das formas de dialogar com as sociedades complexas.

O II Congresso Afro-Brasileiro reunido na cidade do Salvador tratou de tema dominante, que é o das relações étnicas e multiétnicas na intermediação religiosa. Entende-se religiosa no sentido pleno, ideológico e litúrgico, e assim atua na vida da cidade, constrói identidades ampliadas para a Bahia.

O autor encontra no candomblé, em suas *Nações* e lideranças de mães e pais de santo, além de babalaôs e pesquisadores, uma maneira de dar peculiaridade a um Congresso de participação popular e acadêmica. Muitos anos depois, o Recife novamente retoma a ideia e o sentido social e cultural do Congresso Afro-Brasileiro, em ações e conceitos mais atuais consoante ao desenvolvimento no campo das ciências sociais e antropológicas, e assim realiza o III e IV Congressos na cidade do Recife.

P. 136

Certamente, muito se ampliou em quantidade, em foco, em compromisso social, político, cultural, econômico, em prol dos direitos, na visibilidade das *mídias* e principalmente na crescente participação em ações e em realizações acadêmicas dos movimentos afrodescendentes; trabalhos, intervenções, compromissos por parte do Estado, organizações da sociedade civil, entre outros.

Entre as inúmeras realizações, um estudo de caso é a obra de Pierre Fatumbi Verger, fotógrafo, etnólogo e babalaô que se voltou em vida e obra à causa das relações entre o golfo do Benim na África, e a Baía de Todos-os-Santos, na Bahia.

A imagem, a pesquisa, o compromisso ético, moral e emocional fizeram de Verger um dos mais vigorosos articuladores e, também, revelador de temas especiais como dos Agudás, africanos, filhos de africanos retornados para a África, em especial para a Nigéria e o Benim.

Foram muitas *Áfricas* que Verger registrou, e assim oferece ao olhar de tantos essa diversidade, variedade e estilo de retratar principalmente a pessoa.

África Magreb, África Islâmica em encontros com a África Ocidental; em destaque a África Iorubá/Fon, documentando também a África Central e sempre estabelecendo um relato da vida cotidiana, de uma estética experimentada na roupa, na comida, no mercado, na religião, no corpo representado e simbolizado de identidade.

A arte, o sentimento da festa, arquitetura, entornos da natureza complementam acervos que estão sempre prontos para novas e dinâmicas leituras de pessoas e sociedades.

Por mais de cinquenta anos de intensa produção fotográfica, por países e povos do mundo, Verger marcou e especializou essa produção em retratar a África Iorubá, preferencialmente, trazendo essa África na Bahia. Verger vive o eixo temático do candomblé e tudo que ele agregou, preservou, transformou e coformou no povo, na vida brasileira, regional, tocando numa forte e fluente afrodescendência. Esse olhar é ampliado no Maranhão e em Pernambuco.

Mais de sessenta mil fotografias relatando em intenção e emoção, próprias da antropologia da imagem, trazem retratos das pessoas e fazem uma interação direta e íntima entre o fotógrafo e o fotografado.

Todo esse acervo encontra-se sob a guarda da Fundação Pierre Verger, em Salvador.

P. 157

De um amplo e geral quadro das principais tendências e modelos religiosos de matriz africana, alguns se reconhecem mais próximos do ideal de preservar memórias ancestrais, outros são declaradamente mais católicos, contudo relacionando santo e orixá, e outros ainda assumem os caboclos como representantes de uma mitologia local, já brasileira. Todas essas tendências se relacionam, fluem e refluem no candomblé, no xangô, no batuque, no Mina, no babaçue, na umbanda, entre outros lugares de fé e de expressão religiosa de milhares de brasileiros.

No Maranhão destaca-se, em especial na cidade de São Luís, o modelo Mina, onde duas casas de terreiros têm o papel histórico de manter fortes elos entre essa cidade e a costa africana: Casa das Minas, ou ainda Mina Jeje, o Querebetã de Azamadonu; e Mina Nagô, que também mantém características especiais.

A Casa das Minas assume significativo papel de ser um memorial das tradições do Abomey, cidade real do Benim, onde se cultuam elencos específicos de voduns próprios das famílias reais. Todo esse patrimônio é mantido e também recriado no sincretismo afrocatólico, destacando-se a festa do Divino Espírito Santo, que é para a região um dos mais notáveis eventos tradicionais e populares.

Juntam-se, assim, duas celebrações: a do Divino e a da Corte da Princesa Zepazim, que chegou ao Maranhão com toda a sua família em condição escrava, e assim nasce do rico processo cultural dos intercâmbios e dos diálogos criativos uma festa/fé comum relembrada anualmente na Casa das Minas.

Sem dúvida, o Mina no Maranhão é uma expressão muito particular na diversidade de terreiros, de dinâmicas religiosas que fazem e identificam os patrimônios afrodescendentes. A designação Mina reúne grupos culturais Fanti, Achanti, Nok, localizados em Gana e regiões próximas, também incluindo os grupos Fon/Ewe.

P. 166

Nas tradições populares há um rico imaginário que traz por diferentes manifestações a figura do caboclo.No teatro, nos cortejos, nas danças e especialmente nos cultos religiosos, o caboclo, além de ser mito/herói, personagem na luta pela independência da Bahia (1823), assumiu o papel de grande ancestral e, como relata Edison Carneiro, é um personagem das terras de Aruanda, terra que é um tipo de céu, de lugar idealizado de retorno, África, uma lembrança de Luanda, Angola. É também a terra dos caboclos, mito de identificação nacional e que foi africanizado em sua ancestralidade.

O caboclo assume também o ideário de que é brasileiro, próprio da terra, nativo, dando à estética do índio um valor ampliado de seu sentido de viver nas matas, de viver com os animais, de estar próximo aos rios, às cachoeiras, a uma natureza também idealizada, quase paraíso tropical.

O candomblé baiano certamente apropriou-se do caboclo; a umbanda mais ainda em sua vocação de incluir e de permanentemente recriar mitos, deuses, unindo-os aos santos católicos.

No ciclo carnavalesco, o tema *índio* é um dos preferidos pela população que se fantasia, exibindo publicamente uma escolha estética, uma homenagem no uso das roupas e adereços.

Destaque para o carnaval do Recife, com os grupos de *caboclinhos* ou *cabocolinhos*, que se apresentam com fantasias elaboradíssimas com altos e suntuosos cocares e tocam alguns instrumentos musicais, como o ganzá, o pífano e a caixa, participando homens e mulheres. Nesse carnaval, nos grupos de maracatu rural ou maracatu de baque solto, próprio da área canavieira dos engenhos, vê-se o personagem caboclo real, ostentando cocar monumental.

Em inúmeros grupos e cortejos tradicionais, o imaginário do índio brasileiro, geralmente identificado pelos cocares, saietas e outros elementos da estética corporal, está nas congadas, nos ticumbis, cucumbis de Minas Gerais, São Paulo, e também nos maracatus africanos ou de baque virado no Recife. Também estão presentes os caboclos dos grupos de Boi, Bumba Meu Boi, entre outras expressões da nossa cultura popular. Voltando-se às questões religiosas estão os caboclos nos rituais da Jurema e do Catimbó, no Nordeste, outro importante campo de realização e expressão de fé.

P. 180

A compreensão histórica, social e religiosa de um modelo declarado como o nagô-vodum para alguns terreiros de candomblé é exemplo da convivência entre dois povos próximos em território e antigos inimigos, os iorubás e os fons.

O primeiro referente à mitologia dos orixás e o segundo referente à mitologia dos voduns. Há ainda a Nação Jeje, voltada ao culto específico dos voduns como nos terreiros do Bogum, Salvador; e outros também notáveis no Recôncavo Baiano, como o Sajeundê, Huntoloji, entre outros verdadeiros templos de memórias e de experiências religiosas. Essa mitologia nasce a partir dos princípios de Dã, que é o sentido do movimento do mundo, sendo a grande serpente dos criadores Mavu e Lissá, respectivamente os princípios feminino e masculino da criação do homem.

Destaque para o culto vodum no Maranhão na Casa das Minas, em São Luís, reconhecido pelo Estado como Patrimônio Cultural Nacional.

P. 186

Sempre marcou e principalmente impressionou a figura masculina, elegante, forte, viril do cavaleiro medieval; de armadura, elmo, longa lança na ação de vencedor, de herói salvador que representa o bem vencendo o mal. Ou seja, o cavaleiro branco, em seu cavalo também branco, projetando a luz solar e lunar sobre o dragão, ser do escuro das profundezas, aquele que representa o oposto de Deus, que é o único, o verdadeiro e dominante Senhor.

São Jorge é tema de uma forte e expressiva fé popular por todo o Brasil. É a necessidade de recorrer ao herói salvador e justiceiro, ao alcance da causa popular.

Ele chega, fica e é tema de inúmeros rituais coletivos, familiares, individuais; nos terreiros de candomblé, de umbanda, nas procissões e nos templos católicos.

Para muitos candomblés de origem queto da Bahia, inclusive, o Ilê Nassô ou Casa Branca, tido como terreiro continuador da Barroquinha, considerado o mais antigo dessa tradição dos iorubás, ele assume fé partilhada entre o orixá e o santo da Igreja.

Na Casa Branca, São Jorge é Oxóssi, orixá da caça, orixá provedor, aquele que traz o alimento e é também tido como rei de queto, assim fundante das tradições, sendo grande ancestral de todos que descendem dessa comunidade.

Oxóssi, que é São Jorge, cujo imaginário também traduz a ação do cavaleiro caçando, matando o dragão, é relembrado no dia a dia do terreiro.

Importante ritual público acontece por ocasião da festa de *Corpus Christi*, que é também o dia principal para a festa que lembra e comemora Oxóssi, Odé, o caçador. Tudo começa com missa solene na igreja do Rosário dos Pretos, no Largo do Pelourinho; a comunidade do candomblé está presente, levando discreto andor com uma antiga imagem de São Jorge, que ocupa o altar principal por toda a celebração. Após esse ritual, todos retornam ao terreiro, e o grupo é recepcionado com toques de atabaques próprios do orixá Oxóssi, o aguerê, e assim vão entrando no barracão, salão público onde acontecem as festas e rituais tradicionais, conforme o calendário do candomblé.

Todos dançam e catam para Oxóssi, dando continuidade à liturgia.

P. 198

São muitas as revisões e teorias sobre o tão celebrado conceito de *pureza*, visão extremamente conceitual que merece ser relativizada em experiências sociais, e no caso religiosas, nas maneiras de rever os nagôs na Bahia, aliás tema tão estudado, preferido dos antropólogos.

Ampliados os estudos sobre o culto egungum, como também de outras organizações que compõem o sistema de poder do candomblé baiano, também se amplia o foco da obra de Edison Carneiro.

Outras associações dos nagôs com os ogbonis, gueledés, elecós, entre outras, distribuem-se nas liturgias dos terreiros, nas memórias orais, marcando fortes imaginários recorrentes na reinvenção da tradição.

P. 212

Destaco o magnífico conjunto de objetos religiosos do xangô de Alagoas sob a guarda do Instituto Histórico e Geográfico, conhecido como Coleção Perseverança. Aponto, também, para a coleção Xangô Pernambucano, sob a guarda do Museu do Estado, Recife, e para a Coleção do Candomblé Baiano, sob a guarda do Instituto Geográfico e Histórico da Bahia.

Estas coleções foram enviadas aos Institutos por intelectuais, que assim salvaram de delegacias de polícia, hospitais psiquiátricos, etc. documentos, testemunhos, matérias, objetos oriundos dos terreiros de Xangô e de candomblé. Tudo é resultado da repressão policial, da violência e do preconceito contra as manifestações de matriz africana: terreiros, capoeira, samba, entre outros, por ocasião do Estado Novo.

P. 224

Embora o olhar de Edison seja voltado ao trabalho fotográfico de José Medeiros, sobre o candomblé na busca de documentar cerimônias secretas, especialmente a iniciação religiosa com a feitura do iaô, observa-se uma preocupação com a etnografia que pudesse trazer, realmente, contribuições para o melhor entendimento desse patrimônio tão importante para a Bahia e o Brasil.

O livro *Candomblés da Bahia*, de Edison Carneiro, tem ampla literatura sobre vários temas relacionados à vida religiosa dos terreiros, de modelos culturais chamados Nações, e especialmente para a causa social, aliás tema dominante na obra desse autor baiano.

P. 248

A temática religiosa continua dominante em *Ladinos e crioulos*. Isso confirma que Edison Carneiro encontrou na questão africana no Brasil um fundamental lugar de resistência histórica, social e patrimonial por meio das muitas formas de fé e principalmente na comunicação inter-religiosa.

São muitos os lugares sociais nas Irmandades e terreiros, e assim o autor trata também do gênero como uma maneira de verificar como homens e mulheres tentam equilibrar funções litúrgicas no candomblé da Bahia.

Pioneira nesse âmbito de estudos é Ruth Landes, autora do livro *Cidade das mulheres* (1947), que trata da mulher, do mando da mulher no candomblé em alguns terreiros visitados e estudados no Salvador com total apoio e presença de Edison Cordeiro.

As linhagens por *sangue*, descendentes por elos familiares, como acontece no Gantois, ou pelo jogo de búzios, como é o mais usual, inclusive nos tradicionais Ilê Nassô ou Casa Branca, no Ilê Axé Opô Afonjá e na maioria dos terreiros, revelam um predomínio da mulher no controle social e religioso. É notório e indispensável a função masculina na hierarquia do candomblé, pois há especialidades próprias de cada gênero.

A cozinha é espaço exclusivo da mulher, ocupando o cargo de *iabassê*, e a música religiosa nos atabaques é o espaço exclusivo do homem, no exercício do *alabê*, segundo a nação Queto.

A partir das observações de campo de Ruth Landes levanta-se o tema do poder e da forte presença da mulher, iniciando assim novas leituras de caráter antropológico, inclusive de um possível matriarcado nos candomblés da Bahia.

Edison Carneiro relativiza o papel de Arthur Ramos em confronto com Ruth Landes, o que, aliás, é comum acontecer no que se pode chamar de uma *guerra acadêmica*.

Certamente, o autor toma partido de sua nova amiga, Ruth Landes.